路远小说精选集

色的苦恋·都市

路远 著

远方出版社

图书在版编目 (CIP) 数据

色的苦恋：都市 / 路远著 . -- 呼和浩特： 远方出
版社，2020.3

ISBN 978-7-5555-1466-4

Ⅰ.①色… Ⅱ.①路… Ⅲ.①中篇小说 – 小说集 – 中
国 – 当代②短篇小说 – 小说集 – 中国 – 当代 Ⅳ.① I247.7

中国版本图书馆 CIP 数据核字 (2020) 第 029209 号

色的苦恋·都市
SE DE KULIAN DUSHI

作　　者	路　远
策　　划	苏那嘎
绘　　画	王忠仁
责任编辑	董美鲜　奥丽雅
责任校对	心　妍
封面设计	高月雅
版式设计	韩　芳
出版发行	远方出版社
社　　址	呼和浩特市乌兰察布东路 666 号　邮编 010010
电　　话	（0471）2236473 总编室　2236460 发行部
经　　销	新华书店
印　　刷	内蒙古爱信达教育印务有限责任公司
开　　本	170mm×240mm　1/16
字　　数	254 千
印　　张	16.75
版　　次	2020 年 3 月第 1 版
印　　次	2020 年 3 月第 1 次印刷
印　　数	1—3000 册
标准书号	ISBN 978-7-5555-1466-4
定　　价	45.00 元

目 录

男孩看见野玫瑰

原载《草原》

我真正的生命开始于我十八岁某一天那个橘红色的夜晚。

还记得吗，静姐？就在那个夜晚，命运让我结识了你。于是，我的生命历程就在那一晚划开了一条赫然醒目的界线，这边是现在的我，成熟却不自信，执着但不果断，满怀情愫却被紧紧压抑着，害怕它会如洪水猛兽般奔腾而出，将我彻底吞噬；那边是过去的我，那是一片混沌未开的原始荒原，永远沉睡着我童年幼稚而离奇的迷梦……

那一晚我从梦中醒来了。为此我永远感激你，静姐，是你唤醒了我，从此走入一个男人的世界；为此我也永远恨你，静姐，是你使我坠到地狱般的情涛孽海中难以自拔，从此向黑暗和死亡的深渊沉沦。

爱是一剂令人心醉神迷却无法自制去吸食的鸦片，一旦上瘾便面临着无法逃脱的毁灭。

尼采说：基督教让爱神饮鸩止渴，爱神未能死于非命，却从此堕入罪恶的深渊。

与你结识是个错误。

直到今天，你也并不认识我，而我却对你很熟悉。

认识你竟是这样的简单——我们是邻居，你住在紫藤花园小区621号楼的第五层，而我住在同一个小区521号楼的第五层。透过我的北窗，可清晰地看到你的南窗。你的窗上有一层海蓝色的窗纱，有风时它飘动起来是那么恬静优美，令我想到海风、白帆和椰林。

我坦诚地告诉你，静姐，不知在多少个静夜里，我熄了灯静静地坐在我的北窗，痴迷地凝视着你的窗口，像在欣赏深邃无比的大海。我常常能听见涛声在经久不息地喧哗，海鸥在浪花间欢娱地鸣叫，被打湿的浮云带着一股清新潮湿的气味卷了过来，轻轻推操着我向无边无际的天涯漫游而去……

在许多日子里，你的窗口总是黑的。然而黑暗散发着神秘气息，一切诱惑都会被黑暗唤醒。我知道那时你不在家，或者是你早已浴毕入梦。夏夜的空气在你的窗口凝固了，犹如宇宙间那深不可测的黑洞，把我生命的物质和灵魂统统吸吮进去。

最使我心动的是你屋里灯光闪亮的瞬间，大海顿然开始了它的骚动与喧哗。那是一片最温柔的橘红色的灯光，在我三年零七个月的窥视当中。那片橘红始终是那么新鲜，那么纯净，那么迷蒙，它构成了我生命中最主要的原色；除了这片橘红，我一无所有呵！

我手忙脚乱地调整着我那架三十倍的望远镜，将焦距调到最清晰的程度。静姐，我邪恶的窥视每天都是从那一刻开始的——你走入房间，脱去外衣，紧身内衣使你全身的每一道曲线都袒露无遗。你或者打开录音机，听上一会儿音乐；或者倚在席梦思床上，看一本杂志或什么小说；或者走入卫生间去淋浴。这时我紧张得几乎喘不过气来，焦急地等待着你湿淋淋地走出来，以满足我那双贪婪可恶的眼和那颗苍白干渴的心。

欲望！我在欲望的毒火中倍受煎熬！

不记得是谁说过：每一个欲望都是我们胸中的毒蛇。当它冻僵的时候，它是无害的，一旦给了它温度，它就会苏醒，会飞快地爬遍全身每个角落。

唉，静姐，让我绝望的是，我永远也无法捕获胸中的那条毒蛇！

昨天黄昏，整个世界都在下雪，铁窗外的野鸽子在迷离的雪雾中精灵般飞舞着消失了。我觉得连大墙上的铁丝网都冻得颤抖。这时候，我的律师（鬼才知道是谁花钱请他来给我当律师的）来探视我。我被唤到一间狭小的会见室与他见面。律师的脸很白，像一张涂了白油漆的假面，你永远猜不透那层白漆后面的真实表情。

律师悲天悯人地叹口气，沉默地注视着我，仿佛我是一具被风干了的木乃伊。那目光使我浑身痒痒。我强忍着，等待他开口。他又叹了口气，告诉我说："明天开始，你的案子最后一审了，情况对你很不利，孩子！你已经过了十八岁，有了公民权，也就是说这意味着……"下面的话他没说出口。我何尝不知道他要说什么。其实，他大可不必这样吞吞吐吐，完全应该把实情告诉我，我早知道最糟糕的结局在等着我。在牢狱的许多夜里，我都梦见自己的名字被血淋淋的红"X"淹没，那就是结局！

我说："律师，你应该铁石心肠才对，在法庭上每天有多少人的生命像一阵轻烟似的消失了，你难道还不习以为常吗？"律师冷峻的目光比窗外的风雪还冷。他说："你错了孩子，你不该做这种选择，只要你改变供词，一切都还来得及，你傻得让人心寒！"我沉默了片刻，站起来说："谢谢律师的仁慈，还有那个出钱请你而不愿意让找知道姓名的人，但是我主意已定，不会再改变了。也许我生命的价值就在于我的这个选择。"律师的目光开始奇怪地迷离浑浊起来，他没再说一句话，站起身默默走了。

我一直以为那个夜晚是上苍冥冥中给我的一个机会，而恰恰是这个机会使我的生命有了辉煌的意义，但也注定了我不幸的开始。

苦难与幸福竟是这样密不可分！

静姐，但愿我的忏悔能使你的心灵得到某些宽慰。

似乎一切都是这样开场的——有个傻男孩，他可悲地染上了窥视的坏毛病，偷看了一个女人的私生活。那个女人以不可抗拒的魔力征服了他。从此，男孩堕落了！

堕落的后果是他再也摆脱不了手淫的恶习，以及与巫山神女偷欢的想入非非。在气喘吁吁的紧张中，他愉悦地欢叫着攀上极乐的峰巅，一声惨痛的爆炸之后他又坠入无边的罪恶和苦难的渊薮……

还是先回到那个夜晚吧，静姐！你不知道我曾把那晚的每个细节都回味了无数遍，以至于像有一把锋利无比的刻刀把那些画面一条条一缕缕全部镌刻在我的脑海里，只要一闭住眼，那画面便鲜活地犹如高清晰度的激光影碟一样历历在目。

记得那天你从浴室走出来之后，肤色呈现出一种病态的苍白，一件浅粉色浴衣轻拢住你的双乳，而那袒露的胸则显得透明而晶莹。散乱的秀发湿漉漉地垂在你玉石般的削肩上，你无力地坐在床边，用毛巾细细擦拭脖颈和胸部。

之后发生的事像一道猝不及防的闪电划破了我心底黑暗的夜空，那光明使我十七岁的血液燃烧沸腾起来——你站起身，脱下了浴衣，于是全裸的你顿然纤毫毕现地闯进了我的视野。

我浑身为之震颤了一下，手中的望远镜险些掉在地上。

那一夜，你的那层海蓝色窗纱也被摘去洗涤了，透过明亮的窗玻璃我窥视到你的全部秘密！

静姐啊，我一生中第一次如此真切地看见了一个裸女的全部秘密。那感觉无异于一个原始人从混沌中脱胎而变为文明人一样，一个全新的自我完成了瞬间的质变飞跃而获得新生。

我记得我禁不住惊讶地"哦"了一声。

你优美地转过身来望着窗外。这样，你由侧面的立体变为正面的立体，我甚至连你那粉红色的乳晕都看得那么真切。你修长而匀称的四肢以及那凹凸的腰和胸美得简直令人无法挑剔。你似乎想起窗帘拿去洗了，窗子是透明的，于是你向窗户走来。在我那清晰异常的望远镜里，你似乎近在咫尺，伸手可触。

我紧张得差点儿向后退去，又冲动地想张开双臂。然而就在这时，却见你突然扬起手来，一道寒光闪了一下。立刻，你凝固了，脸上呈现出一种迷人的笑靥。

我看清了——那道寒光来自于你左手捏着的刀片，是男人们用来剃须的薄刀片，十分锋利。它闪过的地方是你右手的手腕——那里顿时喷溅出一股殷红的血，并迅速扩展成一片小湖泊。显而易见，你用刀片割开了自己的动脉血管……

天啊，你要自杀？！

我呆怔了足足有一分钟之久。当我再次举起望远镜时，见你正以一个优美的姿势倒在床上。

我忽地知道我该干些什么了。我把望远镜扔在床上，只穿拖鞋就拉开门奔了出去。

我像施瓦辛格一样麻利地弄开了你紧锁着的房门，又迅速地把昏迷不醒的你背下了楼。

哦，静姐，原谅我的鲁莽和无礼吧，急迫中我触摸了你的肉体。我从自己的衬衣上撕下一缕布条包扎了你汩汩淌血的伤口。你的血沾满了我的衣服和双手。慌乱中我抓起你的那件睡衣给你穿上……

事情过去很久以后，我仍觉得那是一场梦，是一种幻想。

第一次与你见面竟是面对你的裸体，而给你穿睡衣时那白皙丰满的双乳犹如一对小白兔般颤抖着，几乎撞到我的脸庞上。然而推心置腹地说，静姐，在我救你的那个时刻，我的心竟是那般干净圣洁，全然没有平素的淫念污秽，真的一点儿也没有！我被自己的高尚所感动，以至于后来我始终无法理解为什么当面对你的玉体时却没有了那份强烈的欲念，而当我躲在黑暗中向你窥视时却勒不住那奔腾不息的心绪？

我不理解我自己！

后来的一切我不想再对你详细叙述。其实之后的过程就简单多了——我拦了一辆出租车把你送进医院急诊室。大夫让我交押金，我就一口气奔回家里，把我仅有的六百元积蓄取出来攥在手里，又把六百元押金交给了住院处……

我知道你康复出院后曾想尽一切办法打听寻找那个在危难中救了你的男人。楼下有一位老太太是当时唯一的目击者，她向你形容了我的外貌——那男人大约一米七八以上，长腿，挺瘦的，脸皮皱皱巴巴的看不出多大年纪……老太太永远也不可能认出我来，因为在背你出来时我模仿恐怖电影中的样子，把你的一只长筒袜套在了头上，所以那"脸皮"看上去自然是皱皱巴巴的。我怕别人认出我来，我说不清这是一种什么样的心理动机。可是有一样东西险些使你找到我，那便是你在卧室里捡到的那个桃木制的护身符，图案是我的生肖——牛。一头挺憨挺可爱的小牛，是吧？那是我十二岁生日时姥姥送的小礼物，我一直把它挂在脖子上，那晚冲进你的卧室救你时竟落在那里（我总疑心那是一种缘分）。你曾向附近居民打听过这个小桃木牛雕，如果你问询的范围再扩大一些，把我的楼号也考虑进去，那么，我的外婆外公（对了，忘了告诉你，我一直与外婆外公住在一起）就会认出那是我的护身符。但你问询的范围只限于你的楼号，那就注定失去了一次与我相见的机会。

其实，那也正是我所希望的。

我真想不出，一旦我与你面对面在一起时，我会不会狼狈地逃掉，或者会找个地缝钻进去？不是害怕你，而是害怕面对我的另一半——那个躲在幽暗中从不肯轻易露面的自我，那个怕见生人又容易害羞的男孩子。

我曾经看过你在橘红色灯光下对着那枚桃木小牛凝神遐想，久久地望着它一动不动。你是在想我吗？我真想知道我的形象在你的想象中是何等模样，是亚瑟王的圆桌骑士，还是阿兰德隆式的佐罗，或者是身怀绝技的楚留香、陆小凤？这时，我心怀叵测地兀自笑了——我也让一个女子陷入单相思的苦海中了吗？就像她诱我沉沦到苦海中一样！

那么，我们打了个平手，是吗？

认真说起来你其实是见过我的，静姐。

不知你记不记得，在你住院的第二天上午，有一个穿着稀奇古怪服装的男孩，冒冒失失地闯进了你的病房，说是要看望他那得了肝癌的三婶，还说明明就在这个病房里嘛，咋就不见了呢……

当时你莫名其妙地盯着我，忍不住嫣然一笑，说我大概走错房间了吧……没错，那个男孩就是我！

那天早晨我按捺不住强烈的欲望，非想去看看你不可，便贸然去了。我看到你脱离危险、心情又很好时，才松了一口气。后来，护士给你送来一本书，告诉你是你一个老朋友送给你看的。你接过那本书瞟了一眼，书名是《人对抗自我》。这是一部专论自杀者心理和精神分析的书。不知这本书对挽救你是否起到了重要作用，但你活了下来，以后再未有过自杀的举动，这使我颇感欣慰，总认为是我送的那本书产生的效果。

现在想起来了吧，静姐？那个男孩子，他可曾在你心海留下过一些模糊的影子？你可曾把他与那桃木小牛、那本书联系在一起？不，你不会的，你无论如何不会相信一切都是那个瘦弱的、有几分神经质的少年所为。你的眼神是那么漠然地从我身上如轻风一样滑了过去，然后牢牢地滞留在那个守在你床边的风度翩翩的男青年身上。

我不是第一次见到他。

我听你管他叫"乔"。

在你受伤住院的前两天，我从望远镜中看到过乔。那天，乔的神情很黯然，你的神情也很黯然，你们像是刚刚吵了架，彼此赌气，一言不发。后来，你把什么东西甩给了乔（像一封信），而乔则把什么东西也甩给了你（像一张照片）。乔走了，你一头扑在床上失声恸哭起来。

我由此断定乔是你的男朋友。因此，乔是第一个闯入我生活中的情敌，为了打败他我不惜肝脑涂地！我不知道你的自杀是否与乔有关系，但我恨乔，从那一刻就开始了。并且，我从此憎恨一切打粉红色领带的男人！

乔不仅打粉红色领带，还戴一枚耀眼的金戒指，这就使我有足够的理由更加讨厌他。我固执地认为乔对女人可能会有魅力，但他永远也不会真心对任何一个女人。

静姐，我真不明白，你怎么会对这样的男人产生好感呢？

那天乔是紧随我之后进门的，捧了一簇很娇嫩的鲜花——他厚颜无耻地笑着，把鲜花送给你。我看见你把那束鲜花掷在他那张白脸上。花瓣纷纷脱落，悲凉地撒在病房地上。这使我很开心，禁不住笑出声来。乔恶狠狠地瞪了我一眼。这时候我看见静姐你捂着脸哭了。乔十分尴尬地站着，然后他的手慢慢伸向你的秀发……

请原谅我的嫉妒，静姐呀，那时我竟妒火中烧，恨不得立刻和乔决斗，像普希金一样为了爱而死去。然而这时护士来查房，我被轰了出去。

在此后一连几个晚上，我徘徊在医院楼下，仰头望第八层的窗口，那是一团惨淡的炽烈白光，全然没有你卧室那片橘红色的暖意。我无法再窥视到你的倩影，静姐，那滋味儿可真不好受，犹如遗失了自己的灵魂，只觉得四周是一片虚幻与迷茫，我的躯壳在无所依托地悠悠飘荡着……

等待你出院回家，成了那些天我唯一的渴望，宛如一个垂死者在等待天国之门的开启。

我就是一个溺于爱河的垂死者呵！

雪到今天依然没有要停的样子，纷纷扬扬似乎要淹没圣诞节的钟声。窗外那只灰色的野鸽子再也没有出现，我担心它会在风雪中迷失方向找不到回家的路而从此流浪。

那小精灵的离去对我难道不是某种暗示吗？

今天律师没有来，也许是他的狐皮大衣禁不住风雪的袭击，他躲到一家温暖的小酒馆独饮独酌去了吧？

法院的终审判决书下来了，结果和我所想的一样。我没有丝毫的意外和吃惊，坦然地在上面签了自己的名字。我的手真的没有一点儿颤抖，连送判决书的法警都吃惊，用不可思议的目光盯着我。他哪里知道，此时此刻我内心深处激荡着怎样的快乐和幸福呀！静姐，能为自己心爱的人做任何一件小事，都足以泛起我心海中欢悦的涟漪，而若能为心爱的人去死，那种幸福是任何一种别的幸福都无法替代的。

　　静姐，生命就要离我而去，离最后的日子大概没有几天了。就在这时，我却想起了我所喜欢的布莱克《病玫瑰》中的几句诗：

　　　　玫瑰啊，你病了，

　　　　那看不见的飞虫，

　　　　出现在黑夜里，

　　　　在怒号的暴风雨中，

　　　　他找到了你的床，

　　　　陶醉于红色的欢欣；

　　　　他黑暗而隐秘的爱，

　　　　断送了你的生命……

　　一只肉粉色的长筒袜使我更深地陷到那个玫瑰色的迷梦中。也许那只长筒袜恰是漂泊在漫漫苦海中的一根稻草，它被我紧紧抓住；我抓住它，是为了渡出苦海，谁知它却将我带到更深远的苦海之中。

　　静姐，我珍藏着你那只长筒袜，它紧贴在我的肉体上，即使在冰冷的牢狱中，我依然能感受到它暖融融的像一团火炙烤着我的肌肤，使我愈加干渴难挨。它已经是我生命的一部分了，我与它厮守着共同去迎接死神的到来。

　　许多夜里我尽情地嗅着它，品尝着那上面诸多丰饶的内容。我嗅到了你的体香，静姐，那股冰清玉洁的香味足够我回味一辈子！当我想到这只长筒袜曾经那么紧密地挨着你的肌体，甚至与你身上最隐秘的世界相接触，我便激动地难以自持。当初我是无意中取了它，它却有意闯到我这黑暗而隐秘的世界里来，与其说是一种巧合，倒不如说是一种缘分。我狂热地把它贴在我的脸上，不住地吻它……天呵，难道它不是你躯体的一部分吗？难道那细柔而光滑的质地不是你那润玉般的皮肤吗？

请原谅我对你的亵渎，静姐！那个十八岁的男孩尚缺乏成熟男人的自制力，他常常勒不住自己的欲念，只要黑暗笼罩着他，他就清楚地看到你的裸体，那丰腴而白皙的女性之躯，每个部位都散发出不可抗拒的诱惑力。

男孩在颤抖中哭了，他一遍遍重复着那件明明知道不可能却还要强而为之的事情。渴望与你交欢使他沉溺于自欺欺人的想象中难以自拔，于是那些污秽的东西流出来弄脏了那块圣洁的处女地。事后他痛恨自己、咒骂自己，可是他不愿意去清洗那长筒袜，因为他怕在洗去自己秽迹的同时也洗去了你的贞洁，他怕在洗去脏物的同时也洗去了你那妙不可言的体香……

佛经说：苦海无边，回头是岸。

然而我却怎么回头呀？

静姐，你可曾读过君特·格拉斯的《铁皮鼓》？有一段话简直就是写给我的：

"当我再也找不到草莓的时候，我却十分偶然地在另一个地方找到了蘑菇。它深藏在苔藓下面，我的舌头够不到，于是，我让自己长出了第十一个手指……他已经宣布独立了，他证明自己是有头脑的；他吐出的东西，我可不曾灌给过他；我躺下的时候他站着，他做着不同于我的梦；他既不会念书也不会写字，然而他却替我签了字；他至今还独行其是，从我感觉到他的那天起，他就同我分开了；他是我的敌人，而我不得不一再同他结盟；他背叛我，我为他感到羞耻；我替他洗澡，他却把我弄脏；对我来说，他是个陌生人……"

静姐，我也一样憎恨他，可每次都可悲地做了他的俘虏，为此，我恨我自己。

你出院回家的那天，暮色笼罩的天空布满了祥和的玫瑰色，傍晚宁静的空气在沉默中也抑制不住轻微颤抖。我早早地将灯熄灭，把窗子打开，然后我坐在五楼的窗台上，调好了望远镜的焦距，耐心等待着，等待那片橘红色的大海渐渐泛起生命最欢快的浪花和喧嚣。

黑暗像每天落下时一样，带来了数不清的欲望和骚动。这时候，你卧室的灯亮了，还是那片橘红色的迷蒙。我激动得几乎要窒息，忙举起望远镜去窥视。于是，我看见了浴后的你，水灵灵的像赵飞燕或杨玉环从华清池里刚刚浴罢，那份美丽娇艳真是难以从世上寻找出一个合适的词句来形容呵！

可是辉煌仅仅是一瞬间的事，就像圣洁的小天鹅悲惨地落入黑天鹅的魔窟一样，魔影将你吞噬——我看见了那个男人，那个被你亲昵地称作"乔"的男人。他出现了，他从你的身后环绕住你将你紧紧缠住。

你没有拒绝，而是甜甜地微笑着，任他轻率地在你身上游弋着他那肮脏的双手。之后，他沉醉地探过头来，吻住了你的双唇。你触了电般无力地瘫倒在他的怀里。

唉，女人何以如此轻率地被男人俘虏呢？

橘红色倏地消失了，巨大的窗帘遮住了那个隐秘的世界。我看不见大海，却能清晰地听见大海蔚蓝色的喧嚣。我想投身于茫茫海水中被恶浪吞噬，可是我找不到海的入口，我只能永远徘徊在那片干涸的陆地上形影相吊……

那一夜，我在你楼下彷徨到黎明时分。

我决定跟踪那个男人是为了证明他的爱是多么虚假而不可信，也是为了反证自己的爱是如此坚固稳定宛如磐石。那些天我成功地扮演了一个私家侦探的角色，我将自己的聪明才智和从侦探小说及电影中学来的技巧发挥得淋漓尽致。

没有人注意到我的行踪，甚至连那个扎粉红色领带的男人也没注意到自己被跟踪，被监视。我几乎用了整整一个月的时间，终于发现了他的隐情——他与另一个叫作媚娘的女人偷偷幽会。

那个媚娘把自己打扮得像个贵妇，脖子上的一条金项链粗得足以用来拴狗。媚娘的丈夫常年在外经商，寂寞的媚娘便时常打传呼把乔叫到她的公寓里去。

为了不再刺伤你那颗过于敏感的心，静姐，我不再向你叙述那些你已经猜到的过程。我要对你说的是，那几张照片，是我悄悄放入乔的皮包，又由乔挟带着进入了你的卧室。

而我，就像一位技艺超群的大导演，躲在窗帘后遥控着一台好戏，操纵着剧情向高潮发展。

让我始料不及的是，我想导演一幕喜剧或闹剧，谁知到了结尾才发现是一出可怕的悲剧。

那架望远镜，是我忠实的摄像机。

律师今天又来了。

他的脸上依然是那副悲天悯人的表情，让我觉得好笑。其实我们每个人在可怜他人之时，却不知自己也受到他人同样的怜悯。他说："孩子，你不该放弃最后的希望，向高院上诉是你最明智的选择。"他还说："如果你真的痴心不悔，接受这个残酷的现实，那么孩子你能否如实地告诉我——你为何如此心甘情愿地去做他人的替罪羊？"

我听了一怔。

真的，静姐，他的话让我感到吃惊，他难道也洞悉了这个案子的真实内幕？原以为除了你和我，还有死去的乔，这世上不会再有任何人知道这案子的底细，然而律师却一语道破天机。

"乔不是你杀死的，对吧？"

律师单刀直入，紧盯住我的双眼问。我觉得他的目光犹如两道X光射线，锐不可当地照见了我的骨骼。

"我只想知道，你为什么要替那个人去承担罪过，甚至不惜用自己的生命。"

一个字差点儿脱口而出：爱！

这一切都是为了爱！

然而我有效地控制住自己的感情，没有中律师的圈套。我用沉默来表示拒绝回答。

律师也沉默了。我们的沉默意味深长，只有彼此才能品味出来。静姐，我猜律师是你请来为我辩护的,对吗?

我把目光转向铁窗外,惊讶地发现不知何时,雪已经完全停了!

那只灰色的野鸽子还会飞回来吗?

像许多个玫瑰色的夜晚一样,那天夜里你依然没有把窗帘拉住,再次给了我窥视你隐私的机会。

乔走入你卧室的时间大约是在夜里十点多钟,在《晚间新闻》之后。乔进屋后你们热烈地拥抱接吻。我再次感到你被玷污了,静姐。那个家伙是何等龌龊可鄙呀,大约在两个小时之前,他还躺在媚娘的床上,而现在又跑来欺骗你,玩弄你纯真的感情,我真为男人中有这类人而感到羞愧!

是该揭穿他的时候了!静姐,我凭着一个男孩的童贞起誓,我决不允许这么一个家伙将你随意玩弄!

几分钟后,乔进入卫生间。这时你一人独坐,似乎在倾听天籁幽音。我看见乔的皮包就在你附近的沙发上,可你却始终没想到动它一下。这时候我不能再等待了,于是我给你拨了一个电话。

还记得那个苍老忧郁的声音吗?静姐,那是我努力装出来的!那个匿名电话决定了以后发生的一切。

"你不想看看乔的皮包吗?那里面的东西会叫你大吃一惊的……"

苍老的声音是否像伊甸园里的毒蛇一样诱惑着你?

不容你说什么,我毫不犹豫地挂断了电话。我几步冲到窗前,拿起望远镜瞄着。

撒旦的诱惑成功了!

我看见你打开了乔的皮包,于是你看见了那些不堪入目的照片。铁一般的事实使你在几秒钟之内彻底认清了乔的原形。

你在沙发上呆愣了足有五分钟之久。

静姐,我不知道那五分钟对你来说意味着什么,是铭心刻骨的蜕变,还是大彻大悟的悔恨,抑或点燃了你心底最邪恶的毒火?

五分钟，一个人就能把一生的爱转换成一生的恨吗？

因此，直到现在，我仍然认为那是误伤，是你不得已而为之的毅然之举。

我宁可相信"女人都是水做的"这类痴语，也不愿相信"歹毒不过妇人心"这种俗言。一个好女子是不会去伤害任何一个生命的，甚至是花鸟鱼虫。而你，竟会举起水果刀将一个男人刺死……

不，就是到今天我也不愿相信那是真的！

法警和法官们也不会相信。我觉得那件事应该由我来干才合情合理，他们也这样认为。

于是，我承认了。

于是，他们就完完全全地相信了。

当然，还有现场的物证，还有刀柄上的我的指纹。

我记得乔是在你呆怔了五分钟之后才从容不迫地走出卫生间的。他已换了睡衣，用毛巾擦着湿漉漉的头发。他是以一种自我感觉良好的神态走向你的。在他抱你的一瞬间，你厌恶地躲开了他。这时你已经藏好了那些照片，正在努力使自己镇定下来。他笑着又一次抱住了你，你的挣扎激起了他的欲望，大概是想品尝一下征服者的快乐吧，他把你猛地抱起来扔在床上，然后凶猛地压了上去……

之后的过程就像飘忽不定的一缕青烟，在我的脑海中聚而复散。严格地说，我并没有清楚地看见你杀人的过程。那把水果刀何时到了你手里？是你情急之中从床头柜摸住的，还是你早已藏它入袖，单等那致命的一击？

哦，静姐，现在讨论这些已没有什么实际意义。你在我心中永远不会是一个杀人凶手，绝不会的，否则，我心中那座爱的丰碑何以能牢固地支撑住？我所有的信念定会轰然崩塌。

那时候我只看见乔丑陋的身躯在你身上剧烈地扭动着起伏着，在最后癫狂地扭动几下之后，突然像一只瘫软的大虾歪倒了下去，手脚又抽搐了几下，就再也不动了。这时，他的身子翻转过来，仰面朝天地躺在你的席梦思床上，心口上扎着那把水果刀，只有刀柄露在外面，黑紫色的血正从刀柄周围向外奔涌不息。

而你，脸色惨白，怔怔地瞅着乔。

蓦地，你直挺挺地倒在了鲜红的地毯上。

过了许久，我才弄清你是昏厥过去了。

大海在一瞬间停止了它蔚蓝色的喧嚣，海鸥像闪电般消失于苍茫的天际尽头。一切都在这旷古般的寂静中凝固了。

我手中的望远镜忽地落地，镜片摔得粉碎，碎片像无数流星四溅开来，其中一块较大的碎片划伤了我的脚腕。

静姐，那一刻意志仿佛受到本能的驱使，我几乎什么都没想，就飞也似的奔下楼去，直奔向你的家。

你的门依然锁着，其实我完全可以不费力气用一张身份证就能把它弄开，但我却用猛力把它撞开了。

响声很大，我相信邻居们都听见了这响声，我故意把你门厅的穿衣镜砸碎，为的是弄出更大的响动。

我冲进卧室后的第一个举动就是从乔的心窝口拔出刀子，用床单擦去了刀柄上你留下的指纹，然后把我的指纹印到了上面。

紧接着，我把昏迷不醒的你抱到床上，撕碎了你的内衣，将现场伪装成你被歹徒强暴凌辱过的样子。

我在几秒钟之内做了周密的思考。我把T恤衫上的一枚纽扣扯下来，塞到你的手里，甚至还抓住你的手在我脚腕的伤口上抓挠了几下，这样，你的指甲缝里便有了我的鲜血。

我拼命惨叫两声，装出仓皇的样子奔到门外。

外面的情形正如我预想的一样，已有两家邻居在楼梯口处探头探脑。我挥刀威胁了一下，他们吓得慌忙缩回头关住门。我一口气跑回我的家。在我居住的单元门口，我把水果刀扔到了垃圾桶里，然后从容不迫地上了楼。

两个小时之后，你被救护车送进医院，而我，则被几名警察送入监牢。

那些警察真的不笨，他们在现场不仅发现了我T恤衫上的纽扣，而且发现了我上次闯入你卧室时遗留下来的桃木小牛（你把它扔在了梳妆台上）。之后，他们从你的邻居——那几位目击者那里询问到凶手的大致模样（有一个叫刘洋的男孩甚至说出了我的名字和住址）。于是，他们顺藤摸瓜，找到我家的楼房，从楼下的垃圾桶里找到了作案凶器。他们乘胜追击，直奔我家，从被窝里把我拎了出来。

我竭力把自己装成个杀人老手的样子，保持沉默，一言不发。我知道我的每一句话都将作为证词而拿到法庭上。尽管这样，来抓我的警察们看到我时还是禁不住怔了一下，彼此交换目光，像是说：凶手怎么会是这么一个不起眼的小家伙？

我真想告诉他们，杀人犯并不都是高大威猛满面胡须的大汉，懦弱者甚至女人一样可以杀人，但我忍住了没把这些话说出口。毕竟，他们见过的杀人犯比我见过的要多。

三天后，血型化验确定。我被第一次提审。我依然用沉默来回答那些严肃的警察们。我知道如果我一开始就承认"罪行"，他们会生疑的，就会认真审这桩案子。如果他们真的认真起来，那么肯定会从中找出什么破绽的。

我的沉默激怒了警察。他们开始对我刮目相看了，认定我是个"不好对付的家伙"，由此坚信了我作案的可能。

我知道我该在什么时候开口承认罪行。后来，他们的工作就顺利多了，因为我开始"配合"他们了，他们很高兴！

静姐，你昏迷了十多个小时之后苏醒过来，是否像个真正的受害者一样沉默寡言？

我所担心的是你的证词，如果我的交代和你的证词有出入的话，我的一切努力和计划就全部落空，宛如一片落叶付诸东流。

所幸的是，你也始终保持沉默，而医院给你诊断是：因受过分惊吓刺激而暂时丧失记忆。这样一来，案件就简单多了。

关于你的一切，是律师告诉我的。

律师说你想来探监。

我明确而坚决地告诉律师，我不想见你！

静姐呀，其实我没有任何时候比现在更渴望见到你，即使是远远地望你一眼，我也就死而瞑目了。可是，为了你，我不能……

你何必要知道我是谁、为什么要这么做呢？

到了这般田地，我心无所欲，心无所求，巨大的幸福感充斥着我心胸的每一个角落——真的，静姐，为了你，我死而无憾！

死而无憾啊！

今天早晨醒来还未睁开眼睛时，我顿然有了一种全新的异乎寻常的感觉。静姐，我忽然感到你就站在我身边，俯下身来静静地注视着我，那目光宛如盛夏的清泉晶莹透明，将我洗涤得周身舒畅。

我不由得想到了我的母亲。很多年前我最后记着她时我才七岁多一点。她很漂亮，也很温柔。她像夕阳一样落到西山后面了，只把晚霞般的美丽余晖永恒地嵌在我幼小的心田里。有时因为她那温柔的凝视我常常从梦中哭醒。

她和爸爸离了婚后两人天各一方不知去向。我爱她恨她渴望她又害怕她，那份感觉恰如对你一样！我多想欢叫一声"静姐"然后猛跳起来一头扎到你的怀里，接着就闭住眼睛甜甜睡去永远不再醒来……

后来我还是睁开了眼睛，床前自然没有你，而那份清新的感觉仍在甜甜地滋润着我的心。我伸手往心口一摸，摸住了你那只丝质的高筒袜，它暖融融地贴在我的心口处。

我意识到今天是个特殊的日子，仔细一想，禁不住笑了——当然是今天了，无论对我还是对你，都有极为特殊的意义。

我抬起头时看见铁窗外站着一个灰色的小精灵，"咕咕"叫着似在倾诉几日来的离愁别绪。我的眼一亮：那不是我的野鸽子飞回来了吗？它两只苗条的腿静静地伫立在窗外的白雪上，一对聪明美丽的圆眼珠安静地凝视着我……

呵，难道它也知道是在今天吗？它特意赶来为我送行吗？

幸福的海潮在周身漫卷不息，我真想让它们奔腾而出一泻千里让人间到处充满爱，我真想把我这颗心变成一粒红宝石送给我所爱的人让她永远佩戴在胸前，永远感觉我的心跳。

静姐，我一无所有，唯有这颗心呀！

钟声响了，隐隐地从雪原尽头响起来，轻轻地碰撞着大墙上的铁网。是教堂的钟声吗？今天应该是圣诞节吧？他们怎么为我选中了这样一个日子？难道，是为了我有一天还会复活吗？

我情愿被牢牢地钉在爱的十字架上！

静姐，钟声响起时，我会不会在你心里复活，并从此占据一席之地？给我那一席之地吧，尽管是多么微小的一席之地呵！

铁门在响动，长廊的水泥地上传来了空谷足音。有人在喊我的名字。我听见教堂里的少年唱诗班在唱着欢乐的《圣母颂》，那音乐美妙仿佛来自天国。我走去，朝那天国之门走去。世界开始落雪，无数野鸽子宛如数不清的灰色小精灵在雪幕里飞翔着。我走过茫茫无垠的雪原，看着白桦树在雪花中静静伫立。冬天，大海凝固了，只有雪在飘落。海风、椰林和蔚蓝色的喧哗都留在了都市里，还有电声乐队、爵士鼓和忧郁的萨克斯。倏地，那支歌穿破雪幕，飘扬而来，像是为我送行，好让我踩着节拍而去，我便看见了你——静姐，和无数的野玫瑰在雪原上怒放摇曳又徐徐飘落开来。

你就是风中那朵无可奈何的野玫瑰，永远危险，也永远妩媚……

爱情故事

原载《作家》

现在我们都安静下来了，躺在床上不说话。

她说："讲点什么吧，我想听。"

我说："我的初恋十分平淡，以后再讲吧。"

我心想：你怎么能理解那一切呢。每个人都是一个封闭的世界。我的故事不同于你的故事，你的故事不同于他的故事。

橘黄色的灯罩泛着一团迷蒙的梦影。风在楼外呼啸如泣。

老七说，女人再多也是过眼云烟，蓦然回首身后一片废墟。

楼道里有吐痰声、咳嗽声和缓慢低沉的脚步声。我猜是老七正拖着沉重的步履从楼道里走过去，这几天他佝偻着脊背，背后写满了忧伤。在这个问题上再强硬的汉子也会弯下腰来。

魔鬼胡安说，一个男人和一个女人这就够了。

真理实际上是极简单的，极朴素的。

黑暗中我总是看见一只黑狐狸在跑。黑狐狸的眼睛发出蓝宝石般的光芒，有一种危险的诱惑力。

七月里一个泛着夹竹桃味儿的黄昏，月亮升起来变成了一个圆圆的黑洞。沉入地下，沉入虚无，沉入无限的诱惑。

确切地说，那一天我才觉得自己是个男人了。

那天早晨，我们扶着固定在墙上的把杆压腿、踢腿、下蹲、弯腰。那时候我的腰十分柔细，往后下腰轻而易举。

当我把腰弯成个半圆弧时，恰好看见了在我身后的她。她那时也将身子折成一道美丽的圆弧，手抵着地板抓着自己的脚腕。由于我的视点太独特了，我的目光一下子被她身上的某个部位所吸引，真真切切地窥到了女性的秘密。

那天她穿着一条紧身的浅颜色的练功裤。裤子大概是尼龙的，所以两腿间饱满的部分极明显地暴露出来。我简直以为自己偷看了她赤裸的胴体，眼前一片眩晕迷茫。

我看见那只黑狐狸在幽暗中盯着我。我听见舌头哑巴着黑暗。我说你有一对不安分的专门勾引男人的眼睛。黑狐狸蓝宝石色的眼睛里有许多我不熟悉的故事。

我说你很坏但你是一个真正的女人，我从未遇到过。我遇到的都是被动型的。

楼道里有人在哼曲子——《跟着感觉走》。这几天老七总爱念叨一句话：身后一片废墟。我一直以为这句话是他从生活中发现的真谛，谁知几天后我又从另一个女人嘴里听到这句话方知此话的发明者不是老七。

黑狐狸静卧在一片荒草丛中姿态万千。跟着感觉走。实际上那女人还有一句格言令我佩服得五体投地：这是一个逼良为娼的年代。感情与肉体剥离。我准备写的另一部小说叫《假面舞会》，故事情节是荒谬的：在一次假面舞会上，由于舞厅起火，所有人的假面都被烫在各自的脸上，不得不带着假面生活下去。

老七谆谆教导我说："不要陷进感情里去，那会引起深层次的痛苦。"实际上他和我都陷进去了。其实陷进去的人还很多。

都市的夜充满了骚动与不安。都市只需要欲望不需要真诚。海蓝色的窗帘在烦躁不安地抖动。

那时我不知道亚当和夏娃的故事，不知道人一出母胎就带着双重的罪恶，因此，我以为只有我一个人才会那样做。

实际上许多年来一种深切的耻辱感一直紧紧压迫着我，它使我自惭形秽没有勇气和女人接近，特别是漂亮的姑娘；它使我无比自卑并从此孤僻，以至于人们夸我老实、谦虚、厚道、纯洁。

使我走上自卑愧疚道路的"那件事"是发生在练功房看到那件不该看的事的当天下午。无法描绘那股引诱我的力量是如何强烈有力，我根本没有一丝抵御它的力量。无论是草原上的暴风雪还是海洋上的飓风恶浪都无法与其相比拟。那种神奇的力量完全来自体内深处无法遏制。

当时我什么都不明白，以为我释放了体内某种生命元素，而失掉这种元素我可能会死去。我胆战心惊、浑身战栗，一连几天神情恍惚不敢见人。

我从此希望她能注意我，可同时又害怕她注意我。我渐渐痴迷到了可笑的程度。我偷她的头巾热烈地吻。我去抚摸一切她曾抚摸过的地方。练功时，我希望时间拖得长些以便多看她一会儿，我甚至希望出现奇迹——当她下腰时，她的尼龙裤能崩裂开。

然而，她始终也没注意到我。

我太渺小了，太普通了。我每天都为自己而感到悲哀。在舞台上我也是个悲哀的角色——南霸天手下敢死队里的一名小团丁。她扮演快乐的女战士中的小战士，在万泉河边上抢过炊事大叔的烟袋与之嬉戏的那位。实际上老炊事班长与女战士的那段舞蹈是一段充满了性意识的调情舞。吴清华和洪常青都是中性人当然不会产生爱情。我们的军代表在到来的第一天就明确地在全团大会上郑重宣布：不许谈情说爱！

小战士的舞蹈跳得十分活泼富有情趣。她有段在战场上的独舞激烈悲壮，双手握手榴弹倒踢紫金冠，全场为之喝彩。我手持大刀冲上场与小战士拼杀。舞台上一片混乱。小战士徒手夺刀一脚将我踢翻在地。那时我屁股上正巧长了一个大疖子，跌坐在地让我疼痛难忍。我大叫一声翻过身装死可忍不住放了一个响屁。她竟在台上大笑起来，一时惹得其他演员一同哄堂大笑。观众更是笑得比我们还疯狂。幕急落。军代表摔了帽子骂娘。

没有人敢笑了。军代表操一口河南方言怒气冲天："这是阶级感情问题，你们这俩小孩子给我写检查。"

她当场哭了。

军代表想抽她耳光，但不知为什么没抽。

我和她的距离突然拉近了。

她让我帮她写检查。我把责任都揽在自己头上。我说我不该放屁，南霸天的死团丁竟敢死后放屁实属胆大包天、罪大恶极，以后演出上场前我用棉花把屁眼儿堵上。

她笑得前仰后合使劲拧我胳膊。

她说："你愿意和我在一块儿吗？"

我说："愿意，以后我们总在一块儿好啦。"

她说："我以后会变成老太太的，那时你才不愿和我在一块儿呢。"

我说："你走不动路我来背你。"

她笑着说："人家还以为你背着一个娘呢。"

我说："感觉太好了，我们再来一次。"

她说："小馋猫你会累的。"

我突然看见了那片废墟——苍凉，寂寞，渺渺茫茫。废墟的残垣处闪过黑狐狸柔细的身段。烟雾荡来遮蔽了一切。

默默地归向我吧，把你熟悉的小巷折叠。

我们班一位女诗人的诗，颇耐人寻味。有位作家听后说，其实不难理解，不过是换种方式而已。排除一切功利目的甚至包括情感因素，只图这一件事情。不习惯，但你得学会适应。莎士比亚式的爱情是不可能存在的，罗密欧与朱丽叶式的情种活脱脱一对儿大傻帽。蓝宝石般的瞳孔如电光般灼人。

那天我们到草原上的一个筑路工地慰问演出。吃完午饭，我们悄悄钻出帐篷到草原上采撷野花。我陪着她走了很长一段路。

正当我们犹豫不定、驻足不前的时候，望见了在遥远处的那团拱起的翠绿。

当我们爬到圆台形的山冈上时不禁大失所望。稠密的林间没有任何野花，林隙间只是一片荒草。

我们无比失望也累坏了。我们坐在树林里默默地不说一句话，倾听着树叶被野风抚弄所发出的一阵接一阵的喧哗。

树林的喧哗使我觉得听到了海潮的呼啸，引起了我的一种莫名其妙的渴望。我想去触摸她身上的任何一个部位，但我没有这样的勇气。她转过脸盯着我。

我以为心中的秘密被她窥破忙移开目光。她伸过一只手来，轻轻地摸着我的肩膀。许多年后我才懊悔我那时竟不理解她目光里的含义，实际上那目光分明是一种暗示，一种期待，一种青春的骚动。她的手许久没有抽回去。那只手温存地放在我的肩头、颈部和后背，后来移到我的手上。她捏着我的手那么有劲，像男人一样。

本来那天我能成为一个真正的男人，有足够的机会可表明我已经不是一个孩子了，但我错过了机会。

我什么都不会，甚至连一句话都说不出来。

许多年后，另外一些女人也对我说过这句话："你真像个孩子。"

如果那时我有现在的经验和勇气，那么我也许能得到一次真正的爱情——既是情感的又是肉体的。可是我没有。爱情也许只是一个美好的幻想而已，只可神往而永远无法企及。

她说完那话就站起来走下了山冈。

待她的身影完全消失，我如痴如醉地趴在地上去吻她刚刚坐过的地方——那些被压倒的干草和青草上留下了她的体温和气味。

我说："你看上去很迷人。"

低低的音乐在耳边萦绕。舞步已经不太重要了，剩下的只是感觉。

另外两对也如胶似漆。她的眼波妖媚无比，许久盯着我，具有一种大胆的挑逗的意味。她用指尖轻轻划我的脸羞我。我知道这其实是她们喜欢玩的小把戏。

我在她耳边说："什么时候需要我，我就过来。"

她不以为然地笑道："我是搞慈善事业的吗？"

然而，我的猜测没有错。她的主动令我目瞪口呆。

她问："见过我这样的女人吗？"

都市的夜充满了形形色色的噪声。海蓝色的窗帘轻轻波动，仿佛后面藏着那只行踪不定的黑狐狸。

一颗星从窗外坠落，留下一道惨白的光影。

黑狐狸爬上了我的胸膛，用它湿润的舌头舔我的皮肤。海潮漫上了沙滩，冲刷着我的肌体。

一片白云悠悠荡去。黑狐狸轻盈地在波涛间奔驰着，踩着一朵又一朵浪花。

军代表说："小孩子搞啥子小资情调，还采花，哼，给我淘厕所去。"

淘厕所是军代表防止我们"变修"的主要手段。

她开始与我疏远。可是一天不见到她我就失魂落魄、六神无主。为了能听到她的声音，我在寒冷的冬夜偷偷摸到她宿舍的窗外。

地上的白雪泛着寒光。天上的星斗眨着寒光。夜风的呼啸尖利揪心，沿着电缆匆匆奔跑。我的脚冻得麻木了，双手揣在一块儿如同乞丐。

我终于在寒风的喧闹中听到了她的声音。她的声音从屋里传出，模糊而遥远。

太阳在雪原上跳跃。一团浓烈的火焰滚进银色的山谷。

我尽管听不清她在屋内说什么，可我听出那是她的声音，心里顿觉十分亲切，感动得简直不知所措。我把下颌放在冰凉的水泥窗台上，呆呆地不动。下颌融化了窗台上的积雪。我的泪默默流下变成冰柱。

宿舍的窗帘是块橘红色的花布。我的下颌变冷变硬失去知觉。我觉得我幸福得要死。橘红色的光芒。我渴望那里的一切：橘红色的太阳，橘红色的春光。

那年我刚满十六周岁。

那年我已经不是孩子了。

我没考虑过这样做可能导致的后果。当我被几个小伙子一把揪住后，当他们一边骂我流氓一边对我拳打脚踢时，我完全懵了，一句申辩的话也没说。他们用脚踢我的屁股、腰和头部。我双手护着头在雪地上滚来滚去，浑身沾满雪絮。我觉得肉体正渐渐麻木。

我以为我快要被打死了。就在这时，我睁开眼的刹那间，在许多模糊不清的面孔中我看见了她的面孔。她的面孔苍白带有惊愕。我忽然得到了一种少有的满足，脸上露出极幸福的微笑。

我心里说：为了你死而无憾。

我说："既然你已经和我睡过，怎么还去和另一个男人调情？"

她说："你总这么认真我感觉很累，我们分手吧。"

我说："好吧，但你不认为这一切太快了吗？"

她说："我不愿意被谁约束成为某一个男人的专属品。"

黑狐狸在床下咀嚼着黑暗。海潮消退，海滩上仅仅留下一片白色的泡沫。狂暴的风消失在某个神秘的黑洞里。

铁锚抛上沙滩，深深扎入湿润的沙土里。礁石上覆盖着一层绿色的海藻，浪花在上面撞得粉碎。

蓝宝石般的光芒冷酷地嵌在茫茫夜空。

夜间紧急集合。不许开灯，十分钟内打好背包。

分小组抓空降特务。我盲目地往前奔跑。

蓦地，我发现身边空无一人。雪原十分宁静。寒星撒满天宇。一种恐惧悄悄袭来。

我不停地奔跑，总觉得背后有人跟踪。回头一看，只见月光下自己留在雪地上的阴影。

知道自己掉队了，索性放慢脚步。

忽听得附近一阵响动，有喘息声还有一种陌生的声音。头皮发麻，伫立不前。

声音来自附近一个坑里，坑里大概有许多积雪。

声音在继续。

特务？

立功心切，小心翼翼地猫腰前进。摸到坑边，趴下，向坑内探望。

一股热血冲上脑门。我有生以来第一次看到男女在一起的情景。

确切地说，那对男女正在热烈地接吻。他们的双唇紧紧吸在一起像是永远不会再分开。他们的双臂互相紧紧缠绕着对方像是强有力的藤蔓。他们浑身上下滚满了雪都喘着粗气。

月光下我终于看清男的是演洪常青的那位英俊的男演员，那女的竟是——她！

我永远无法忘记那时最真实的感受。整个世界似乎都在一瞬间破碎了。

老七似乎变得坚强起来，不再絮叨"身后一片废墟"。

老七说，我们都太善良了，总怕伤害她们，结果恰被她们伤害得十分惨重。

我拥抱着一团美丽的肉体但仅仅是肉体。我苦苦寻觅可总也找不着那个绿色的梦。

黑狐狸依然来无影去无踪。

都市的夜永远混混沌沌、莫名其妙，充斥着数不尽的欲望。

我看见了一个我不该看见的秘密。

那秘密葬送了我的初恋，也扼杀了我的纯真。我开始洞悉人生的真实，尽管那真实十分严酷。

闷热的中午，我在宿舍睡不着便和班长悄悄跑到排练室后面的草丛里去睡觉。班长和我一直很"铁"。班长个头不高但发育得很好，和我无话不谈。一次在宿舍他和我一块儿洗下身，他说弄硬了洗得干净。就在那晚他详细地给我讲了一些性知识和性过程，听得我目瞪口呆，以为他是流氓在教唆我犯罪。

我们来到草丛后便选好地点躺下。

草地长满了碱草和蒿草。我们躺在没过膝盖的草丛里感到十分凉爽。我们闲扯了几句便睡意盎然。黑蚂蚁在草丛里匆匆爬行，野蜂嗡嗡叫着飞来又飞去。我侧过头看见一团白乎乎的东西。我展开纸团发现那是一封无头无尾的信。我轻轻叫声"班长"。班长一个鲤鱼打挺坐起来两眼放光。他认认真真地将信看了三遍，之后严肃地说："这不是一封普通的信，内容格调不高，像是团内某人所写，必须将它交给军代表让组织上来处理。"

我忽然意识到事情有点不妙，这封信或许和她有关？因为信中多次出现的一个字和她的姓名有极大的关系。我本想要回信件将它撕碎并制止班长去汇报，可不知为什么，心底忽然泛上一种报复感。看着班长走出草丛时，我感到了自己的卑鄙。

事情很快公之于众。

一天晚上，军代表主持全团大会，义正词严地将她和"洪常青"的奸情告白于天下。那"洪常青"还是有妇之夫，这件事情愈加严重。

隔离审查。

"洪常青"主动招供。

他所坦白的事实令我们瞠目结舌，不敢相信。

群情激奋。

就在揭发批判会结束的那天晚上，她自杀了。

我说，爱不仅仅是性交的欲望，也是免除孤独的手段，因为大多数男女在他们大部分人生中都会有孤独感。

她说，那晚的舞会豪华至极，令人留恋。

我说，那种持久而热烈的爱情会摧毁自我主义的坚壁，产生出一种合二为一的新东西。

她说，她曾吃过的宴席一桌就是上千元。

我说，我经常看见她从一片白色的花海中缓缓走出，走入我的梦境。

她说，去找其他心仪的姑娘吧。

我说，她死的时候面容安详十分平静。

她说，她不会为谁去死。

我说，那只黑狐狸将永远留在那片废墟里。

她说，她还有一个约会需要立刻赶回去。

我十分有礼貌地拉开了门尽量表现出绅士风度。

她大摇大摆走出门去说沙洋那拉古都拜再见。

屋内又是一片空虚。刚才的一切都是虚无的，只有孤独是永恒的。

屋子里永远这样冷清。黑狐狸在沙滩上踟蹰。海潮正悄悄卷来。不需要思想，不需要激情。只有废墟是真实的。孤独永恒。

我无法得到真实的情感。蓝宝石般的眼睛吮吸我的灵魂。我的躯壳将潇洒地生活。今夜午时，我要参加一场假面舞会，也许，我又会结识许多可爱的女孩，尽管她们都戴着各种假面具。

飞蛾对于星光的渴望……

黑夜对于黎明的幻想……

别动那颗小红果

原载《小说》

1.

从清晨开始，我就预感到今天会出点儿什么事，否则活得太沉闷、太无聊、太寂寞了！

这些日子，我觉得自己仿佛置身于一片沙漠瀚海，我搞不清自己是被谁推到这里来的，似乎我将永远被囚禁在这块没有色彩、没有声音、没有情感的荒漠里。我将作为一个不幸的囚徒被缚在高加索的悬崖上任凭鹰鹫啄去我的心脏和眼睛……

然而我还得活着，就这样没有任何知觉像个白痴一样终其一生，不被任何人所知，也不会被写到任何一本书里去。因为我不是普罗米修斯，我只是一个渺小的、没做过任何大事、不惹人注目的普通小编辑而已。

2.

编辑部还是那副半死不活的样子，忽而热闹得像自由市场，忽而冷清得像座坟墓。大家似乎都在谈论着一件什么重要的事，有的激动得发狂，有的在做冷静的分析，有的则高屋建瓴一副救世主的模样，有的则内心十分恐惧表面却装成不屑一顾的样子。我听了半天也没有搞清他们谈论的究竟是一件什么事。

我不想加入他们的谈话，那件事说到底和我有多大关系呢？实际上我们谁也不是普罗米修斯。我在做着我的事情，喝茶、看报。这几天的报纸一直没有送来，只好看些快变得黄旧的报纸。上面似乎有几则征婚广告，还有某位国外的要人到了一座什么狗屁城市，还有一位青年冒充知名作家骗了不少傻妞儿……

但我总是心神不定，右眼皮莫名其妙地跳了十三下，这是一个不吉利的数字。我扔了报纸开始看一本英语书，我学外语并不是为了出国，纯粹是为了消磨时光。对我这样的人来说，出国仅仅是无望的泡影，我十分清楚自己在社会中扮演的是个什么样的角色。每个人在社会上都扮演着自己愿意或不愿意的角色。

突然，一个英语单词引起了我的警觉——Lost，遗失，丢失，过去式。我难道遗失了什么吗？是的，我曾经遗失过很多东西，爱情、家庭还有可怜的一点儿财产。

我的目光被另一个单词吸引了——Key。Lost a key——丢失了一把钥匙。哎呀，我这才弄清使我不安的真正原因——钥匙并没有丢失，但它被遗忘在我的房间里了。这个事实意味着什么？意味着我早晨出来时忘了锁房门，进而意味着可能会有某位梁上君子潜入我的房间里，顺手牵羊捎走点儿什么。尽管我那两间狗窝似的房子里很难找出一件值钱的东西，然而，我还是忧虑甚至感到恐惧。敝帚自珍，而且我讨厌任何一个不相干的人动我的东西，这会使我许多天都极为不愉快，情绪很糟。后来，我又开始担心我的小不点儿会不会从敞开的门缝间溜出去，被人抱走或者打死。

我突然听清了同事们议论的那件事。不知从哪儿传来一则消息说我们所居住的X市将要流行一场大鼠疫，若不及时采取预防措施，这场可怕的鼠疫将毁灭整座城市。他们如此激动的争论原来都是在献计献策。有的建议多养猫，可是立刻有人反驳说猫的繁殖速度绝对赶不上鼠疫的蔓延速度，远水解不了近渴，而且猫本身也有传播鼠疫的可能。有人提议到处投放药饵，毒死全城的老鼠。但马上有人反驳说，现在的老鼠可不比从前的了，它们比现代派诗人和小说家还聪明，不会轻易上当的。一旦毒饵被城市里的孩子们吃了，岂不更糟？

我想这件事情与我仍没有多大关系，如果鼠疫真的蔓延开来，大家都死了，我有什么理由不随着大家一同去死呢？当务之急是我得赶快找一个理由请假回家。

3

电话铃响了，是老蛙打来的，在这时我真不愿意她来打扰我。然而，话筒里老蛙的声音温柔极了，听到这种声音你无论如何不能相信她曾经一个耳光子把情人从门里打到门外。

老蛙喜欢交际、爱好文学，进出大小沙龙结识四方名流，颇有女中豪杰要干一番轰轰烈烈的大事业的味道。她的笔名是"女娲"，大概取"志在补天"之意。我戏谑地称她"老蛙"，她也不恼，反而很高兴。

"喂，是老阮吗？真抱歉这几天没去看你，生我的气了吧？"声音突然变得甜腻腻起来，"小乖乖，别生气，最近忙得很。我想你是能理解的。明天晚上我请你吃法国大餐，好不好啊！"随后她又说了一句狗屁不通的英语，但我费了好大劲儿也没弄懂这英文的含义，我想大概她自己也不知道说的是什么。

今天，我实在没有兴趣与她在电话里打情骂俏，并且就在我接电话的时候，同事小边递给我几封信。我漫不经心地翻了一下，注意到其中有一封快信上的字迹很眼熟，有股令人亲切的味道。我知道这是小叶橘的来信，便顺手把它装到衣兜里。

"喂，你怎么不说话呀，大编辑？不想吃法国大餐吗？我知道你想吃什么……小馋猫！"

我仔细品味了一下法国菜的味道，似乎能引起我一丝兴趣，并且归根结底老蛙躺在床上的模样的确还是挺够味的。我懒洋洋地应了一声：

"好吧，如果我明天晚上还活着，那就……"

"是哪个妞儿？嘿嘿……"小边觍着脸凑在我身边问，眼睛色眯眯的。

"一位女作者。"我说。

"悠着点儿，你小子进步挺快。"

"滚一边儿去！"

"你骂谁？"话筒里传来老蛙莫名其妙的又带几分娇嗔的声音。

"噢，和你无关。就这样吧，如果没事儿我就挂电话了。"我已做出准备挂电话的姿势。

"喂，老阮！"电话里的老蛙停顿了一下，语气中多了一份小学生似的局促，"我的那部《走入红尘》……"

"噢，看过了。稿子嘛，我个人认为写得还是不错的。嗯，很有思想，文笔嘛也漂亮，尤其是那句开头诗'有志可去补苍天，走入红尘若许年'真是妙极了，既为提纲挈领、暗喻主题，又为警句名言、耐人寻味。只是……"我只得违心恭维了她那部糟糕透了的小说，这番话说得很累。

我知道自己已经不可救药了，而且我愈发把老蛙看得轻贱了。事实很明显，我绝不会发这种稿子的。在其他任何事情上我都可以不认真，唯独在处理稿件时还保持着那么一点儿真诚。也许是我对文学艺术从小的挚爱尚不容许我有任何权力去亵渎。每逢这时我就把主编抬出来，让他做一回恶人也正好发泄一下我对主编的怨气。这种嫁祸于人的把戏很令我开心。

"但是，送审没通过，我做了最大的努力，最后还是被那个老东西给毙了。"我用手拢住话筒压低声音说，并且警惕地往周围瞅了瞅，看看是否有人在注意我。

小边在一旁掩着嘴不怀好意地哧哧地笑。我狠狠地瞪了他一眼。

"我们主编那个糟老头子你也知道，花岗岩脑袋古板得像个泥胎，我把舌根子都磨烂了，但是结果……唉，为了这件事我伤心得差点儿辞职，编辑这工作真不是人干的。唉，只有你能理解我……你能理解我吧？"

话筒里沉默了半响，老蛙悲哀之后显示出她的无比宽容。

"不能发就算了，给我拿回来，会有地方给我发的。前几天，我新写了一部七万字的中篇，感觉棒极了，你再看看这部怎么样？”

老蛙的情绪由颓伤忽而转为亢奋。这种不屈不挠的热情简直让我害怕。我不知道明天的法国大餐是否还有希望。

老蛙真是聪明，一下子猜出了我的心思。

“别担心，明天的大餐计划不变。我老蛙处朋友够意思，和稿子没有关系。好吧，明天见！”

老蛙很果断、很利索地挂了电话。这是她的一贯风格。

放下电话，我刚要借故离开，主编走进来突然要召集大家开会。主编其实是位很有风度的学者型老头儿，我们编辑部善于培养年轻女作者的优良传统大都是从他那儿传承下来的。

主编说上面已经通知了，关于鼠疫一事并非谣传而是真的。我们每个人都必须高度重视，对待老鼠不能心慈手软，有一个打一个，有十个打五双……打不打不仅是态度问题，而且是立场问题！为了使我们的城市更加纯洁、更加卫生、没有污染、没有疾病，让我们明天早晨上班时必须交上三根老鼠尾巴，否则这个月的奖金泡汤……

∮

当主编的长篇大论终于结束时，已经到了下班时间。众人顿时作鸟兽散。

虽然我早已做好走的准备，却仍赶不上众人离去的速度。我走出屋门，身后的编辑室乍然沉寂。

走在街道上时，路灯已经亮了，街上飘散着一片幽幽的昏黄。天空上依然是那种无法说清的色调，看不到星星也看不到月亮，大概它们被城市上空的浓烟给遮住了。

街上行人稀少，偶尔有几个行人从我身旁擦肩而过，也都是行色匆匆，一副紧张不安的模样。我猜测这一切肯定与鼠疫有关。

我往前走着，听见晚风吹拂着路侧的树叶，似乎在诉说着它们那千百年来就有的孤独。远处的小巷里偶尔有爆竹声炸响，使我在猛然间总疑心那是枪声，心里依然惶惑不安，那种预感又一次把我的心情搞得很坏。我忽然记不起现在是什么季节了，我在心里嘲笑自己，季节和我有什么关系？鼠疫和我有什么关系？既然这一切都和我毫不相干，那么我为什么要心烦意乱呢？

就是为了那把该死的钥匙吗？

还是为了我那可怜的小不点儿？

我的脑海里浮现出这样一幅情景，如果铺天盖地的老鼠将这座城市淹没，无论是正义的、邪恶的、善良的、卑鄙的、崇高的、渺小的、道貌岸然的、凛然正气的，都将统统被毁灭掉。即使这个城市变成一座废墟，我也会丝毫不为之所动的。

我希望一切都不要发生，又希望一切尽快发生。

一缕暗香侵扰了我，大约是春天了吧？

5.

站在自己的屋门前，我感到心在咚咚地跳。我干吗要紧张？干吗心跳？实际上一切都和往常一样，除了钥匙被遗忘在屋子里，除了门没锁之外，一切都与以往的傍晚归来没有任何异样。

说到底我不过是个多疑而敏感的男人而已。

这样想着，我就镇定下来，那些可笑的感觉顿时烟消云散。我试着扭动了门把手，门没锁，生锈的门不情愿地响了一声，徐徐开启。我思考了三秒钟，然后从容不迫地跨入房间。

就如往常一样我顺手打开了屋顶的日光灯。在那一瞬间，从一大早就侵扰我的预感得到了证实。我呆立在门口进退不得。

使我惶恐不安的原因在这儿——再也找不到那间熟悉的破狗窝了，房间被收拾得整洁异常，所有的东西都摆放得整整齐齐，有条不紊。空气中甚至还弥漫着一种淡淡的清香。

我走错了房间吗？

然而，我清楚地记得我刚刚在电梯里见到了小罗大妈，她分明和我打过招呼并告诉我说居委会决定过几天来个全楼卫生大检查，有猫儿狗儿的都得登记注册，统一处理，家中发现鼠情的要及时报告。小罗大妈开电梯从来没出过差错，而且我住在最顶层——13层，最不吉利的一层。据说外国人的楼房就没有13层。小罗大妈将我送到顶层就又降下去了。出了电梯往左手拐最里面的门就是我那个狗窝似的家。

我在这儿住了七年，闭上眼睛也不会走错门的。

可是眼前的景象令我大惑不解——房间里的一切都变了样子，床铺得整整齐齐，写字台收拾得利利索索，地板擦得干干净净，一尘不染。厨房的灯亮着，似乎有人在里面忙碌着，一股炒菜的香味飘了出来。

总而言之，房间里充满了温馨亲切的味道。这是自我两年前离婚后再也没有感觉到的。

电视机也开着，屏幕上正演着一部腻腻歪歪的日本电视连续剧《血的波澜》。

谁来了？

也许是那冤家回心转意回来看我？绝不可能！那冤家若有这好心肠我们就不会离婚了，她自从成了红极一时的歌星之后，连洗脚都得我侍候她。我也很清楚她早就调离了这个城市，正在南方的几个大城市里巡回"走穴"，一场演出便是几万元。有时我从电视屏幕上见到她那副得意扬扬、不可一世的歌星派头便在心里暗骂：你狂个啥？老子看过你的大腿哩！

小不点儿从床上跳下来迎接我。它今天也显得格外兴奋，像是有好消息要向我报告。

将小不点儿抱在怀里，我才确信没有走错地方，这儿是我的家。可是厨房里那个人是谁呢？

随即有一个陌生且文弱的声音从厨房里飘了出来：

"回来啦？饭就好……"

老蛙？小叶橘？其他和我有过关系的女人？不，都不是！我敢肯定我从来没听过这个声音。这个声音太独特了，柔嫩的音色里带着一种难以掩饰的忧伤，漫不经心的腔调里有一种深切的悲凉，它一下子就把我扯入了一种永远摆脱不掉的情绪里。

根据声音，我立刻明白了厨房里的是一位怎样的女孩！

厨房的门开了。她腰扎围裙出现在我面前。她的神色既不愕然也不慌乱，而是一种坦然，一种宁静，一种我永远描绘不出的神情。

说真的，她长得竟那么像二十世纪三十年代的电影明星周璇！

6.

的确是春天了，但是我阳台上那盆夹竹桃还没开花。平时这个季节，它早已开满了无数素雅的小白花。

然而今年，它没开。

是六月了吗？

我默默地盯着她足有五分钟。她的坦然反而使我感到了一个闯入者的惶恐。在这段时间里，她已经将喷香的饭菜摆到桌上，然后她坐到桌前拿起筷子，先吃了几口，然后喜滋滋地对我说："呀，味道真不错呢。喂，你怎么还傻站着？不想来欣赏一下我的手艺吗？"

我只得坐在桌前拿起筷子，依然盯着她。我想：真是活见鬼了！如果不是她的脑子出了毛病，就是我的记忆发生了故障。我突然明白自己该干些什么了。

我说："树上有五只鸟，我开枪打中一只，树上还剩几只？小姐，请你回答这个问题。"

她扑哧一声乐了："树上一只也没有了。"

"那么，其余的呢？"

"枪声一响，其余的还不都惊飞了吗？"

我想了想又说："公元前XXX年，有一个皇帝统一了中国，建立了中国历史上第一个封建王朝。后来这个皇帝焚书坑儒成了历史上有名的暴君。请问，这个皇帝是谁？"

她茫然地看着我，很认真地思索着，皱着眉，显出很为难的样子。"这好像是一个非常简单的问题，我应该知道的。可是……"

　　我仔细观察她的神色，她说话的样子是那样诚挚，没有一丝矫揉造作的痕迹。这个发现使我更加困惑不解了。

　　"直说吧，你大概需要得到我的一些帮助。你需要什么呢？"

　　她依然茫然地摇着头，显得比我还要困惑。

　　"不，我不需要任何帮助。你怎么这样看着我？我坐在这儿不合适吗？"

　　我只好换一种方式审问她。

　　"你是怎么进到这间屋子里来的？"

　　"是猫咪把我引回家的。"

　　"你是说小不点儿吗？"

　　"噢，这是它的名字吗？你瞧我的思维现在就是这样糟糕，好像一觉醒来就把从前的一切都忘了……我好像真的什么也不记得了，这怎么可能呢？你说世界上会有这种事吗？"

　　这时她的脸上开始显示出抱歉的样子，然后埋下头长久地思索着。她思索的时候像是心灵被什么东西刺痛了，脸上浮现出一种让我为之心动的痛楚的神情。

　　我觉得有必要将一切都弄明白，我不甘心。于是审问继续进行下去。

　　"你叫什么名字？你从哪儿来？你是个大学生吗？你为什么会在这儿呢？"

　　她抬起头用充满希望的目光注视着我，说："我以为你会将这一切都告诉我呢。你问的这些问题也正是我很想知道的。真的，我是谁？我从哪儿来？要到哪儿去？这难道不是我的家吗？你难道不是我的亲人吗？这个小不点儿难道不是我最亲爱的猫咪吗？对了，我好像有过一只这样的猫咪，再让我想想……"

　　她又发起呆来，目光呆滞，死死地盯着一个地方，脸庞由于思索的痛苦而变得苍白。

突然，她疯狂地摇着头喊道：

"不！不！！不！！！别让我想这些可怕的问题，我受不了。我觉得有一颗子弹正从我的心脏里穿过去。我看见了它，它金光灿烂，钻过心脏的隧道，我就要死了⋯⋯"

她伏在桌子上，把头埋在双臂中，瘦削的肩膀在剧烈地战栗着。她这种歇斯底里的模样真令人担心害怕。

我不敢再和她继续谈下去了。我相信一定是有一件十分可怕的事情曾深深刺激了面前的这位女孩，才会使得她的心往外淌血。

我恍然有些明白了，这女孩会不会是一位"神经性记忆障碍"患者？我想起了刚才那个日本电视连续剧。难道这种在许多电影、小说里所描写的戏剧情节真的出现在我的生活里了，她就是那种失去记忆的人？

7.

小叶橘的第一封信——

老阮：

　　这些日子每一天都像一百年一样漫长，我很想哭却一次也没有哭出来过。

　　这些是不能不走的日子，再不走我就要疯了。这些天我整个内心的无望在无休无止地蔓延，这个世界什么都不再需要。它只是一个陷阱，我被无情地推到这个陷阱里，那是一个黑暗的深渊。

　　这是一些不知道明天的日子，这是一些疲惫至极的日子，突然被粉碎了一切的疲惫。

　　打垮一个人就是粉碎他所热爱的一切。

　　这些日子唯一的安慰就是那天你打来的长途电话。它流进了我那就要崩溃的心灵，给了我走回去的勇气，我不知那些日子你在哪里，你真的去草原了吗？我喜欢草原，草原就是能看见地平线的地方。

有一次，我去了草原，看到了我想象中的地平线。那是一个初冬的日子。后来下了一场雪，我看到草原关闭了它那吟唱了一个秋天的歌喉。你不会把地平线带回来，是吗？

你会给我带来什么呢？对了，你也许会给我带来一只小羊羔，我牵着羊羔去散步，然后把它带到我的花园里，让它把我的梦吃光。我喜欢梦又害怕我的梦，我的羊羔把它吃光了我就不要梦了。

噢，我的星座是牧羊座，又叫白羊座。

你呢？

我出生在春天，可我不喜欢春天！

你呢？

8

当我们面对面坐在一起默默地喝茶的时候，我忽然明白了我为什么要将她留下来——我在那一瞬间找回了那种曾经失落了的感觉。

是的，不知道什么时候开始，也许是情窦初开的时候，在我朦朦胧胧的意识中，一直在期待或梦想着这个时刻。实际上渴望某种传奇性的艳遇恐怕是每个男人心底都隐藏的秘密。猎艳的迷梦也许在我的身上表现得尤为强烈。

多少个孤独寂寞的夜晚，当我躺在床上难以入眠时，甚至当我和妻子度过那些甜腻腻的岁月时，那个玫瑰色的梦总会突然跳出来纠缠我。如果我敢于承认心灵的真实，那么，在我的心里早已无数次地描绘过那个女孩子的形象：她秀美而纯真，恬静中带着一种淡淡的忧伤；她像一个梦一样悄悄地却又很突然地浮现出来。她嵌进了我的生活里，使我平淡乏味的生活从此有了浪漫的玫瑰色彩……

因此，当我承认了今晚这个事是真实的而不是虚幻的之后，我相信我心底曾悄悄迷恋的那个梦已经开始了。

既然那女孩记不起自己的名字和身世，我也就不再做任何徒劳的努力了。

我默默地盯着她，她的那种忧伤、娴静的气质深深地打动了我。我发现她也正在用冷静的目光看着我，她用纤细的小手轻轻地抚着茶杯，然后缓缓地将它举起来放到唇边，并不喝，只是撮起嘴来轻轻地吹一口气，垂下眼帘，默默地出神。仅仅是这个细微的神态就使我一下子有理由喜欢上了她。因为在她之前我还从未在任何一个女孩身上得到过这种奇妙的感受。我更加相信她是一个受过良好教育的女孩。

她忽然抬起头望着我说："我肯定在哪儿见到过你，我们难道不是最要好的朋友吗？"

我苦笑了一下，但又点点头，说："是啊，我们是见过面，也许是在彼此的梦中吧！"

她又一次莫名其妙地慌乱不安起来，接着说："如果我在这儿给你添了麻烦的话，那，我立刻就走。"

"你难道还有什么要去的地方吗？"

她再次出现那副极度茫然的神色，悲哀地摇摇头说："不，我不知道该往哪里去，真的，我什么都不知道。我只想找到我的家……我想回家去见妈妈，我以为我已经回到家里了。可是，我又失望了！你瞧，我总是一次又一次的失望。"停顿了片刻，她又抬起头来，望着我说："我的家好像不在这座城市里，我应该是个学生，但我不知道我究竟是大学生还是中学生，等一等，我好像想起一点了。"

她激动地喊了起来：

"对，那是一个很美丽的地方。噢，是一座美极了的花园，里面有好多漂亮的花，好迷人的花呀……好像有一扇大铁门把那花园隔开了，我们只能从铁栏杆的缝隙间看到那些花……是的，门口有个哨兵，那个小兵起初挺凶，可是后来……"

她的叙述语无伦次，她的神态像是在一个梦境中飘忽不定。说到后来她戛然而止，面孔煞白，嘴唇在微微颤抖。这时候，我从她的眼神中窥到了真正的恐怖，我知道如果再说下去，她肯定会再次歇斯底里地发作起来。

我及时改变了话题，将她召唤到现实世界中来。

"你喜欢猫咪吗？"

我把小不点儿抱在怀里。瘦弱的小不点儿温顺地依偎着我，用它那长满肉刺的小舌头讨好地舔着我的手指手背。

她点点头，渐渐缓过神来，从那种烦乱的情绪中解脱出来。

"我喜欢。猫咪能使人安静，给人一种稳定的安全感。它还能使人感觉到大自然许多美好的东西。我好像还没有告诉你，正是小不点儿把我引到这所房子里来的。我在楼下独自一人四处闲逛的时候一下子看到了它，它友好地冲着我叫个不停。我听懂了，它是在和我说话，它说它能把我引回家。我就跟着它爬了许多层楼梯，一直来到这间屋子里。我想这里如果不是我的家，那它的主人也一定是个极其善良友好的人，因为他肯定有一颗爱心才能喜欢与小猫咪相伴度日。它简直是一个小精灵，对吗？"

我表示赞同地点点头：

"它的确是一个很聪明的小家伙，也很勇敢顽强。我第一次见到它的时候，它只有三个月，那情景是很有戏剧性的。那天，我下班回来，看到楼下围着许多人，仰着头朝上望着什么，还有一阵阵的惊叹声。我就随着大家仰起头望着我们这座楼。原来是几个小男孩在搞恶作剧，他们把一只来历不明的小猫崽从七楼的窗子扔了下来，然而那小东西在坠落到第六层时灵巧地抓住了趴在楼墙上的藤蔓。这种藤蔓有极强的生命力，能爬到极高的地方，顺着光滑的楼墙它一直攀缘长到了我的阳台上。

"我记得那是个秋天，藤叶全变成火红的颜色，甚至比香山枫叶还美丽，看见它能使人产生一种力量，一种热情。那只猫崽便在那些火红的叶子中拼命地往上爬着，它的小爪子紧紧抓住那些坚韧的藤条，在人们的惊叹声中它犹如一个精彩的杂技演员越爬越高，显然是我们这群人的喝彩声使它感到惊骇。有时它爬着爬着一个闪失就坠落下一两米，但它总是能及时而准确地再次抓到藤条，以极快的速度再向上爬去。这紧张的情景使我的心一次次提起来又坠下去。

"突然间我被那顽强的小东西彻底感动了，它的这种不屈服于命运、敢于抗争的可贵精神难道不正是我们人类所缺少的吗？我一口气冲进楼里乘坐电梯升到最高层。我跑到我的阳台上向下注视着——那只猫崽已经爬到了第十层，它寻找着可以安全落脚的地方。但是它找不到，它只得继续往上爬。它经过了几扇窗子，但家家的窗子都紧闭着，没有谁放它进去。我喊道：'上这儿来，小勇士！'

"它听到了我的声音，并且昂起头看见了我。它的目光那么明亮，惊惧中蕴含着一股顽强的意念。从我们目光相遇的一刹那我就知道，从今以后我们的命运将被紧紧地联系在一起。我觉得我的生存状况其实正和眼下这只小猫的处境一样，只能艰难地往上爬，而且孤立无援，只能靠自己，竭尽全力，高度紧张，毫不放松，稍有不慎就会掉下去摔得粉身碎骨。

"它在我的鼓励声中获得了足够的力量。它爬过了十一层，又爬过了十二层，我看见楼下的人越聚越多，乱哄哄一片惊叹声、叫好声。人总是这样，喜欢看别人在绝境中冒险挣扎，从中获得一种残忍的乐趣，却没有人肯伸出手去帮助一下陷落在困境中的不幸者。

"它靠一种神奇的力量爬了上来，距我阳台左侧大约还有两尺远。我伸出双手像拥抱一位久别的朋友那样去迎接它。这时候它来了一个漂亮的腾跃，令所有的围观者目瞪口呆，它从两尺远的藤条上飞身跳入我的怀抱中。就这样，它成了这个房间的另一个小主人。你大概已经猜到了，它就是小不点儿。"

我惊诧自己居然一口气讲了这么多，而且讲得绘声绘色充满了感情色彩，这对我来说还是第一次。在这个娴静的女孩面前，我发现自己居然也有很好的口才。

我注意到她一直默默地盯着我，饶有兴趣地听着我的叙述，脸上的表情随着我的叙述而变化着。当我结束这个故事的时候，她已经把小不点儿抱了起来，将面颊紧贴在小不点儿身上，露出甜美的微笑。她笑时有一颗小虎牙自然地显露出来，使得她又有几分孩子气。小不点儿友好地用舌头舔着她的脸，似乎在表示它非常希望她能留下来与它一起生活。

它与她之间已达成了某种默契。

她的确很像周璇。

"如果你不反对，以后我就叫你璇子，好吗？"我说。

她的眉毛喜悦地一跳，微笑着说："是呵，我的确听过有人这样叫我，我很喜欢这个名字。"

早晨我出门的时候，回过头对她说："我将把你锁在房间里。你呢，无论谁来都不要开门。如果你觉得寂寞就打开电视机。"

她微笑了一下，表示领会了我的意思。

我在临关门的那一刻又补充了一句："别让小不点儿跑出去，街上正流行鼠疫。"

下楼的时候我在想，这一切如果不是太滑稽，就是太神秘了。在我平平淡淡、枯燥无味的生活中，突然出现了这样带有浓重传奇色彩的事情。也许是上帝的恩赐，也许是人为的圈套，也许是早已为我规定好的必然的宿命。

9.

主编说鼠疫真的要蔓延，若不及时控制，这座城市的灾难在所难免。为了保住我们具有悠久历史文明和光荣传统的城市，我们每个人必须行动起来，首先要从思想上认清鼠疫发生的现实条件和历史之必然云云，然后让我们交上昨天布置的三根老鼠尾巴。我看见大家纷纷从装稿件的公文包里掏出漂亮的老鼠尾巴放在主编的写字台上，一个个宛如高明的魔术师一般，令我惊诧不已。我真不知道他们在一夜之间从哪儿弄来了那么多老鼠尾巴。此刻在我眼中他们个个都像神探亨特。

"你的？"

主编的目光透过会变色的眼镜片，死死地盯着我。

"我的……"

我惶惶然嗫嚅着。

主编没再说话，目光却更凶了。

"我……没有尾巴……"

众人哄堂大笑，以为我的幽默玩得潇洒漂亮。

10.

老蛙打了一辆"面的"，大张旗鼓地来到编辑部，在众目睽睽之下，接我去完成她的"大餐计划"。

当着众人的面儿，我真感到有些难为情，便顺手牵羊，拉了小边一道去。三人行可掩人耳目。而且当老蛙与我谈起稿子时我也不至于太尴尬。小边是个见缝插针的家伙，有人请客自然乐得屁颠儿屁颠儿的。他是个见面熟，坐到"面的"里没两分钟就与素昧平生的老蛙谈得热火朝天了，倒把我冷落在一边。

我有些酸溜溜地望着他俩，忽然想：这俩人倒是天造地设的一对儿！

老蛙的妆总是化得十分浓艳。老蛙说，只有浓妆艳抹的女人才是够味儿的女人。老蛙进餐厅时和穿红衣服的女招待热情地打招呼，看得出她是这里的常客，与她们都很熟。

老蛙等我们坐好后，喊了一声"维特儿"，于是快步走来一个穿戴讲究的服务员，那是一位很秀气的小伙子。老蛙要了三份西餐外加一瓶洋酒。老蛙那时的热情很令我感动。

在这种场合下，小边比我老练多了。他能够左右逢源、气度不凡地喷着烟圈侃侃而谈。从劳伦斯谈到玛格·杜拉，从萨特谈到黑塞，然后他谈起了一伙狗屁作家写的同题小说《爱情故事》。接着，他挨个儿将那些作家骂个狗血喷头，从洪峰骂到余华，从路远骂到王刚。骂累了，他喝了一口洋酒，说："太糟糕了！骂都懒得骂了。"

趁此间隙，我将老蛙的稿子取出来，惶惶然如小学生一样递给老蛙，大概还说了一些不要气馁、继续努力、大有希望之类的鼓励之辞。小边在一旁用幸灾乐祸的目光盯着我窃笑。幸亏老蛙早有思想准备，对此并不介意，接过退稿后一分钟也没有耽搁，就非常豪爽地把她那部七万字的中篇扔给了我。我注意到小说的标题是触目惊心的两个大字：《情鬼》。

似乎喝了很多酒。其实，法国大餐也不过尔尔，西餐远不如中餐那样实惠，只是这里环境优雅，食客不多，很适于朋友或者情人聚会，亲亲昵昵喁喁私语。此情此景突然使我很不舒服，只想尽快离开，赶回家去。

老蛙突然问我："喂，想什么呢？"

这时，我发觉她的目光妩媚而勾魂。与此同时，她的手从餐桌下悄悄伸过来捏住了我的手。

"没……没想什么。噢，你见过失去记忆的人吗？"

"失去记忆的人？"她惊讶地看着我，"你信？那都是小说和电影里搞的鬼名堂。我才不信世界上会有什么失去记忆的人呢！不过是某些人活得腻了，装疯卖傻罢了。"

"然而，从医学角度上讲，"小边插话道，"的确有记忆障碍的病例。我父亲是神经科医生，他曾遇过几个这类的病人。他们大都是由于受了某种强烈的刺激，把从前的一切全忘记了。能忘掉自己的历史，这倒是一件很有趣的事。"

"我的大学者们，怎么讨论起医学问题了？我给你讲啊，不久我可能要出国一趟……"老蛙滔滔不绝地讲起了她的宏伟计划。然而，我猜她的那些计划怕是没有一件可以付诸实施。老蛙身上有一种艺术家的爱幻想的气质和不安分的天性，然而，她却用一种最浅薄、最俗气的方式将它们表现出来，这正是我有时喜欢有时讨厌她的原因。

小边很乖巧，朝我挤挤眼睛说去方便一下，便独自走开了。这时，老蛙不失时机地用极温柔的目光来捕捉我，她大概相信任何男人都会在她这种目光下成为俘虏。

她细声柔语地说：

"今晚，我去你那儿喝茶好吗？你那个狗窝似的家有时还挺让我迷恋的。"

我差点儿跳起来，脸上肯定掠过一丝惊慌道：

"不，不，今天不行，有位作者要去谈稿子。"

"那明天呢？"

"明天……"我搪塞道，"明天恐怕也不行。这几天全楼卫生大检查，老太太们排着队拿着手电筒推门就进，床上床下乱照，每晚都要折腾几次。你如果不怕……"

"算了吧！"老蛙扫兴地弹了下烟灰，"过了今天，我也就没那个兴致了。我看你呀，是找借口搪塞我呢。是不是最近又有了相好的了？"

"哪里，我这个人你还不知道……"

"我当然知道了。男人嘛，都像贪心的猫一样，哪有一个好东西！"

幸亏，小边"方便"完回来了，使我从尴尬的境地中解脱出来。老蛙看着手表，抬起头用征求的目光看着我和小边说：

"怎么样，哥儿们？酒足饭饱玩尽兴了吗？我还有件事情要办，有笔大买卖要在今晚洽谈，是外商。若谈成了咱们的酒钱就不成问题了。怎么样？若是满意了咱们就撤。"

说着老蛙已站起身拎起小包，又扔给我和小边每人一包进口香烟，便径直向餐厅外走去。

痛快利索，忙忙碌碌，豪爽大方，这是老蛙的一贯风格。

出门时，小边咂摸着，感叹了一句："这娘儿们！"

11.

我带着几分醉意在光线昏暗的大街上徐徐走着。空气中弥漫着城市傍晚特有的浑浊气味，那是曾在太阳下飘浮的汗腥味、废气味、蔬菜水果味和女人身上的香脂味凝合之后的沉淀。

忽然，我嗅到一缕有别于其他一切气味的幽香。

是夹竹桃开花了吗？

我推开门时，璇子正独自一人坐在椅子上闷闷不乐地发呆，小不点儿蜷缩在她的膝盖上打着呼噜。看得出它与她已经成为患难之交。我尽量装出一副十分快乐的样子高声说道：

"我回来了！让你等急了吧？真抱歉。"

她幽幽地望着我说：

"饭菜都凉了，我都热过三遍了。"

这时候，我既歉疚又很狼狈地说：

"哦，忘了告诉你了，我已经吃过晚饭了。一个朋友请客……噢，你一定饿坏了吧？你快吃吧。"

吃饭的时候，她突然抬起头来，怔怔地看着我，说：

"我想明天离开这里。"

我感到有些意外地望着她。

灯光下，她的脸显得十分苍白，苍白到一种虚幻而不真实的程度。她究竟是谁？她为什么突然闯到我的生活中？我心底再次固执地涌起了那团甩不掉的疑问。

"我得离开这里。"她再次重复道，"我要找回我的家，找到爸爸妈妈。我要找回我的过去。"

"这是当然的。"我说，"但是，你知道你的家在哪儿吗？你今天想起了一些什么吗？哪怕有一丝线索，我都会尽力帮助你的。"

她痛苦地摇了摇头，眼睛里又闪烁出那种令我害怕的光泽。

"没有，我今天又苦苦地想了一天，脑子里依然是一片空白。"

我坐在她的对面，尽量使语气和神色都显得温和而慈祥，连我自己都没想到，我居然会用这么温柔的语气去对待别人。也许我还没有完全变成那种浪荡不羁、悲观散淡的人吧。

"听着，璇子，明天我带你去医院检查一下，也许现代医学会唤回你的记忆力。"

"医院？"她盯住我。

"对，医院。"我点头肯定道。

"医院里有许多穿白衣服的人……"

"对。"

"有药瓶、注射器、绷带，还有血……"

"对。"

我注意到她的面孔在发生着急剧的变化。

"许多许多的血，流成一条条小溪，一条条河流，河面上漂浮着许多小船……噢，我看见了，那些小船正往我身边慢慢地漂过来……"

她的瞳孔里透射出无比惊骇的光，她的脸部由于害怕而扭曲。她用双手紧紧抓住自己的胸口，无法控制住那股激动的、狂乱的、惊恐的情绪。她的歇斯底里又发作了。

"不，我不去医院，不去！那是一块可怕的坟地。不去，不去！"

我费了很大的力气才使她安静下来。我不敢再提医院、大夫、鲜血这类字眼。我愈加相信是一桩可怕的事件深深刺激了她，使得她那颗稚嫩的心无法承受恐惧的重压，才在那一刻神秘地丧失了记忆。

然而，使我困惑的是，这么温柔善良的姑娘会遇上什么事情或者是什么人伤害了她呢？

我只得寻找一些轻松的话题与她交谈。

"我小时候喜欢下雪天，到雪地上去打滚，还喜欢在雪地上画一些图画。总之，下雪天是我们最快乐的日子。一到冬天，我们就盼望着下一场鹅毛大雪，然后好去雪原上套鸟套兔子。

"有一次，我在雪地上下了鸟套子，在上面撒了小米，可等了三天也没套住一只小鸟。但我相信我总能套住一点儿什么的。

"第四天早晨，我又跑到下鸟套的地方，果然看见一只大鸟在地上扑腾，把我的鸟套都拽了起来。我高兴坏了，一下子扑上去逮住了那只大鸟。仔细一看，差点儿把我气昏了，你猜怎么回事？"

她歪着头望着我。

"原来我套住的那只大鸟是我饲养了三年的一只母鸽子，是我最喜欢的那只'凤头儿'。它见了我，如见到救星一般，朝我'咕咕咕'叫个不停，好像受了天大的委屈。"

璇子笑了，笑得好忧伤。

"我这个人呐，从小就喜欢动物。猫呵狗呵鸽子呵兔子呵，几乎让我养全了。"

璇子望着我，突然说了一句：

"我也喜欢雪，如果下雪，我就出去堆雪人。"

她的这句话提醒了我：她是一个北方姑娘。这一点微小的发现使我信心大增，也许，在我的循循诱导下，能唤回她从前的某些记忆。

我说：

"我给你讲个堆雪人的故事。那还是我很小的时候，我和姐姐堆了一个漂亮的雪人，我们用黑枣做它的眼睛，用红枣做它的鼻子。

"后来姐姐走了，她让我看好雪人。天太冷，我想雪人大概冻坏了吧？我就用我的小车把雪人拉上一直回到家。我说：'雪人雪人你烤烤火，等我回来再跟你玩。'可是，等我在外边玩够了，回家一看，雪人不见了。我又奇怪又害怕，到处找也找不到，你说我的雪人到底跑到哪儿去了呢？"

璇子开心地笑着说：

"你可真是个小傻瓜，屋子里那么热，雪人还不融化了吗？"

"看来你比我聪明多了。你堆过雪人吗？打过雪仗吗？在那白白的雪地上，你和小伙伴们互相扔着雪团，哈哈笑着，雪团落进脖子里冰冰凉的，开心极了！"

"对呀对呀。"她有些激动起来。

"好好想想，那些小伙伴都是谁？你的哥哥弟弟？他们长得漂亮吗？他们叫什么名字？"

璇子努力认真地思索着，脸上又浮现出那种痛苦而惘然的神情。她摇着头，绝望地说：

"噢，只是一片空白，一片雪原。其他什么都没有，没有……"

我的努力又白费了！

别动那颗小红果

睡觉前，我说：

"璇子，你还是住在里间，如果害怕就开灯喊我。我呢，还睡在这个破沙发上当你的保护神。你尽管放心睡觉，任何鬼怪都不会进来伤害你。"

璇子转过身来望着我，竟怯生生地笑了一笑，说：

"你是个好人，从一开始我就知道你是个好人。"

好人？我苦笑了一下。也许是吧，如果说我还算个好人的话，那就是因为这世界上恶人太多了！

12.

小叶橘的第二封信——

老阮：

有点想你了。真的想你了。当我们在一起时，我绝没有想到有一天我居然会想你。你不是我理想中所爱慕的那种男人，你与我一样，都是被生活弄得很累的人。生活玩我们，我们就玩生活，就是这样。

可是，我们毕竟还有一种真诚。

然而，在今天，那一丝微弱的真诚对于这世界来说，又有什么用呢？从我离开那座城市的时候，我就意识到了这一点。我的希望破灭了，现在唯一有兴趣做的事情就是给你写信。

你不是一个十分优秀的男人，你也不会对任何女人负责。这是我最初与你相识时所下的判断，所以我没有把一切都交出去。

你也不是一个很糟糕的男人，你曾给予我许多幻想，并且激起了我的艺术冲动。我曾经那么渴望在那座城市里办一个画展。可是一切都消失了，从我离开那座城市的时候，一切幻想和冲动就全消失了。我想目前你大概也是这种心境吧？

已经记不清最后一次见你是在什么时候了，是在你那个寒酸的家里你请我喝苦咖啡吗？本来我们还想多待一会儿，可就在那时，那个开电梯的老太太走进来，用那种不怀好意的目光盯着我说：

"嗨，都十一点了！你若不走，我可要关电梯下班了。"

在热心老大妈的"押解"下，我不得不离开了你。我那时真后悔不该乘电梯上来，应该爬十三层楼梯……

不，那好像还不是最后一次见面。最后一次似乎是在你们编辑部的食堂里，你在熙熙攘攘的人群中看到了我，没有说话只是微微一笑，我那时才注意到你的微笑里具有一种不可抗拒的魅力。从那时起我就喜欢上你的微笑，但我再也无法见到那种令我心动的微笑，因为第二天你就走了，你说你去了草原。

实际上，我记得最清楚的是我们相识的日子，那是一个我们都会记住的日子。就是在那个节日里我们在千百万的人流中相遇了，仿佛我们早就认识似的。

你看着我笑，我觉得很开心。

你说今天是个好日子。

我说的确是个好日子。

你说我见过你。

我问你见过我的画儿吗？你说没有，但是想见一见。我说等哪天我带你去看我的画。于是，我们一同骑着自行车随着许多人往回走，离开了那条日夜都不肯安静的大街。

你走后，那条大街就萧条了，落寞了。那条柏油路上刻下了抹不去的悲凉与伤痛，经过修缮它已经成为历史。

我们就那样相识了，但相识并不意味着能够相爱。

记得那个溢满春天气息的下午吗？你约我一同去郊游，我们骑着自行车漫无目的地走着，有一种说不出的愉快伴随着我们。你总是和我谈艺术，谈绘画。你说你喜欢达·芬奇，不喜欢凡·高。你还说你喜欢古典主义，不喜欢现代派。实际上你对绘画的认识非常浅薄，你的那点儿小小的卖弄分明是想讨得女孩子的欢心。我早看出来了，但我不愿意破坏那种友好而热烈的气氛，何况，我那时喜欢你的炫耀，希望你能讨我欢心。

后来，我们来到一片麦田里，田埂上有一个很大的苇垛，我们就倚着苇垛坐下了。

那天下午的阳光的确好，绿绿的麦田在阳光下显得郁郁葱葱，充满了生命的活力，散发着浓郁的春天的气息。你看，那个宁静温馨的春天的下午到现在还异常清晰地活跃在我的脑海里，唤起我一种异常亲切的回忆。也许，这种回忆将伴随我走完整个人生的旅程。

后来，你突然大胆地拥抱了我。

你似乎有些冲动，这不怪你，是我和你坐得太近了。那天，我穿了一条很薄的裙子，我想，在那样宁静温暖的春日里，任何一个男人都有他冲动的理由。我温柔但却很坚决地拒绝了你。我记得我是这样对你说的：我是一个不会爱人也不会被人爱的女孩。我喜欢和你在一起，是因为我觉得你像一位大哥哥一样能给我以某种保护，或者说得自私一些，当我感到寂寞和空虚的时候，希望能有个不太糟糕的男人在我身边。

老阮，我没有对你说真话。有时候我的话很伤人。实际上我喜欢和你在一起是不需要任何理由的。

我那时是听从了我的感觉才与你走到一起的，我渴望爱情，但我又总是在逃避爱情。

说真的，老阮，你不要伤心，那时候我对你还有几分不信任。我把你当成喜欢放纵自己不把一切当真的那种文人了。那种文人在你们那个城市里有很多很多。我没有想到在你那风流不羁的言谈里竟有一种罕见的真诚。

写得有些累了，对你絮絮叨叨的倾诉能使我的心情快活起来。

孤独有时会把一个人彻底打垮。

我真的很喜欢你的微笑，它给人一种温暖，一种自信，一种诚实和信任，给人生活下去的勇气。

不信吗？你到镜子面前去微笑一下。

把那个微笑寄给我，好吗？

13.

我对着镜子认真地微笑了一下——糟透了，这个微笑没有一丝男性的魅力。在那个皮肉折叠紧缩控制之后出现的微笑里，我看到了消沉、厌倦和未老先衰的丑陋。这个微笑不是我的，是外力强行在我脸上雕塑的结果，是我无法躲避的那个被称为命运的家伙在我脸上涂抹下的小丑的油彩。

小叶橘，这个微笑还是不要送给你了，把它送给魔鬼吧。

14.

我骑着自行车满街乱窜，尽管街上十分萧条，偶尔有几个行人也是一副惶惶然如丧家犬的样子。可我对这一切都不在意，依然骑着车子横冲直撞。

人们的神色都很紧张，到处都是敌意和防范的目光，仿佛我带来的灾难随时会波及他们身上。

几个戴红袖箍的老头儿老太太在大街小巷的角角落落里寻觅着什么。一位眉须皆白、神情严肃的老头拦住了我，说：

"同志，请允许我检查一下你的挎包。"

"没什么，只有一台照相机。"

我顺从地接受了检查。

"身上还有别的东西吗？"老头用严厉的目光逼视着我，仿佛对我罪恶的言行他早已了如指掌。

"你们究竟要找什么？"

"你身上带着猫吗？"

"毛？有倒是有，可就是没几根根哩。"我想起了一个下流的笑话，想逗逗老头。

"掏出来！"

"公共场所……掏出来不雅呀！"

"让你掏你就掏，少废话！"老头瞪眼睛了。

我装出很驯服的样子去解裤带。

"哈哈，够狡猾的！敢情还藏在裤裆里。同志，全城正在闹鼠疫你知不知道？猫也能传播鼠疫你懂不懂？不主动向组织坦白交代，反而要偷偷地把猫隐藏起来，企图蒙混过关，妄图躲过群众雪亮的眼睛，这可不是一般的思想认识问题……哎，猫在哪儿呢？"

我说："你不是要看毛吗？"

老头勃然大怒道："这是严肃的斗争，你怎么能胡乱开玩笑呢？同志！我要把你的问题反映到你们单位领导那儿去。必须要对你加强思想教育！"

我系住了裤带。

老头喋喋不休地对我说："同志，年轻轻的不要到处闲逛了，参加到我们打猫灭鼠的队伍中来吧。抓住一只猫能得十块钱奖金呢。揭发检举谁家窝藏了猫可得奖金五元。你呀，应该戴罪立功啦……"

这时候，附近突然传来一阵嘈杂声。原来是几个人正在围追堵截一只虎皮纹状的大花猫。那只猫挺机灵，左奔右逃，一次又一次躲过了人们投向它的网。

正在给我上教育课的老头见状急忙奔跑过去，加入了捕花猫的队伍。

那只花猫被追到死角无处藏身，便倏地蹿到路侧的一根水泥管道里。这下它可成了瓮中之鳖，人们把水泥管两头严严堵死，几根长竹竿从两侧分别伸进管道里一阵乱捅。我听见了花猫一声声尖厉刺耳的惨叫，那叫声残忍至极让我浑身感到一阵发冷，我似乎看到了那只花猫在纷乱的竹竿下已经变得皮开肉绽、血肉横飞。

过了片刻，惨叫声中断了。老头们直起腰来，松了口气，互相说：

"顽抗到底，死路一条。"

"不投降，就叫它灭亡。"

"可这十元奖金咋分呢？"

"平分吧？"

"喝酒……"

老头们的声音完全消失了，我还站在原地一动不动。由于鼠疫的恐慌，这座城市竟真的掀起了一场打猫运动。我的心尖突然一颤，因为在一刹那间，我想起了小不点儿。

15.

凡是有大铁门的，或者是在大门旁站有哨兵的，或者是从某个透过铁栏杆能够看到花园的地方，我都要停下车子取出照相机，对着那个地方摁一下快门。

这个城市有许多这样的地方，我根本无法弄清那都是些什么单位，或者是住着什么要人。

我按着我的想法进行着我的拍摄工作。用了几天的时间，跑了大约有上百条街道，用了几十个彩卷。我想大概将这些照片洗出来得花去我两个月的工资。但是，如果这样就能够为璇子恢复记忆而找到一点儿线索的话，这点代价又算得了什么呢？

在拍摄一处紧闭着的铁栅栏大门时我遇到了麻烦。一个身穿普通蓝色中山装的男人突然出现在我面前。他的眼睛很有神，面孔严肃，一看便知是个精明能干的人。

"喂！你在干什么？"

"我在拍照。"

"为什么跑到这里来拍照？你知道这是什么地方吗？"

我茫然地摇摇头说：

"不，不知道啊。"

"你知道这里住着的是什么人吗？"

"不，不知道。住什么人和我有什么关系？我只是想隔着铁栏拍摄一张花园的照片。这儿的花挺美，不是吗？"

那人不依不饶地盯着我，他的目光中有种让我害怕的东西。

"你是干什么的？"

"记者。"

"有证件吗？"

我把记者证掏出来给他看。他认真验过了照片上的钢印之后，将记者证还给我，口气也变得客气了些。

"你们这些记者老爷呀！总是到处给人添乱子。好了，赶快走吧，这地方是不许拍照的，懂吗？"

"为什么？"

"这是秘密！记者也无权知道。"

我不甘心，又压低声音表示亲昵地问了一句：

"喂，师傅，这里边住的究竟是什么人物？"

那人瞪了我一眼，说："对不起，无可奉告！"

我悻悻然收起了照相机，反正我已经拍下了大门和花园里的镜头，目的已达到。我骑上自行车悠然离去。我注意到大门里站着一个小哨兵。

16.

散发着油墨气味的校样送来了，我漫不经心地瞟了一眼，大吃一惊，头条小说竟是老蛙的《走入红尘》，是被我退掉的那篇稿子！

真见鬼，若不是我看花了眼，就是谁使了魔法！

我看到落款的责任编辑竟是小边。我拿着那篇稿子的校样，走到离我仅有几步之遥的小边面前，说：

"喂，你老兄可真会做好人哪！"

小边抬起头笑道："哪里，救死扶伤，实行革命的人道主义嘛！"

"太妙了！看来是我有眼无珠了。"

小边依然是那种觍着笑脸的模样，说："何必那么认真呢？这年头大家活得都不容易。再说，主编很喜欢这篇稿子。"

我竟一时无话可说了。

"对了，刚才老蛙来电话说这几天有笔大生意谈成了，赚了一大笔，要请我们去御膳酒楼。她还问她的《情鬼》咋样，你看完了没有，是否有获诺贝尔奖的可能。"

"你自己去培养那位诺贝尔文学奖的获得者吧。"

"哎，主编也一道去呢。"

17.

上电梯的时候，我遇到了居委会负责人小罗大妈，她将一份表格递给我说："你家的门总锁着，整天找不到你。把这张表填了。要老老实实地填写，不能有任何隐瞒啊。"

我低头一看，是一张猫鼠登记表。上面有很多栏目，诸如你家有几只猫？是公还是母？叫过春没有？肚里是否有崽儿？预产期在几月几号？在鼠类登记栏里也有一些极烦琐的项目。

我抬起头来望着小罗大妈毕恭毕敬地说：

"大妈放心，我一定认真填写，但我先要摸清情况，像猫那样去调查老鼠，像老鼠那样去了解猫。"

小罗大妈咧开嘴笑了。她笑的时候，脸上的肌肉横向抽动，眼睛里闪现出一股真正的鼠目之光。我从本能上反感这位过于敏感热心的老太太，大概正是与她这双眼睛有关吧。

实际上小罗大妈是全楼公认的生活严谨、作风正派、工作勤恳、言行无可挑剔的好同志。

"好，小阮同志，你们这些知识分子办事就是认真细致，说话都带形象性呢。"

电梯徐徐上升时，我诡秘地对小罗大妈低声说：

"大妈，有个要紧的情况，我觉得应该向您汇报一下。"

"啥事？"小罗大妈上当了，果然将耳朵贴过来，好像在听取重要的敌情汇报。

"昨天夜里，我的卧室里突然窜出一只小老鼠。它爬上我的写字台，望着窗外满天的星斗，一阵儿出神幻想，突然转过身来对我说——我的理想是，长大了，当一只猫！"

小罗大妈听出我是在逗她，忍不住乐了一下。随后又正色道："变成猫也逃脱不了灭亡的下场！现在我们的主要精神是猫鼠一起打，见猫打猫、见鼠打鼠，绝不偏袒任何一方。"

小罗大妈突然死死地盯着我，眼睛里闪出两道寒光，说："对了，我记得你家好像有一只猫？"

"好像……是有过一只，可去年就送人了。"

"送了谁？姓名、单位、住址，一定要在登记表上写清楚。"小罗大妈用怀疑的目光盯住我。

我的谎话没编好，我知道事情麻烦了。

"随便送了一个路上的陌生人，我哪能记得他是谁呀。"真后悔刚才怎么没说那猫早就死了呢！

"必须得找出证人，证明他确实看见你当初把猫送给别人了。不然的话，居委会要找你进行严肃谈话的。"

小罗大妈把最沉重、最有威胁性的一句话丢给了我，就潇洒地下了楼。

18.

一进屋就立刻反锁上门。小不点儿在破沙发上撒欢，全然不知外面已有许多人在算计它。

我对璇子说："千万要把小不点儿藏好，绝不能让它跑到外面去。这几天外面正在打猫。"

璇子认真地点点头说："我和它寸步不离。"

我将沉重的皮箱放在桌子上。漩子惊讶地望着它，问：

"你带回了什么？"

"一架小幻灯机，从朋友那儿借来的。"

"干吗用？要请我看幻灯？"

我点点头，然后将窗帘严严实实地拉住，再把一块小银幕挂在墙上，将小幻灯机取出接通电源，调好焦距。我几天前拍摄的那些照片，已由一位搞美术的朋友翻转成幻灯片，图像打在银幕上，效果十分理想。

"璇子，我要帮你找回失去的记忆，但你得配合我。"

她像个十分听话的小女孩似的点点头。

我将灯关掉，屋内一片漆黑。

"我有点儿害怕……"璇子不安地悄声说。

"先稳定住情绪，什么都不要想。好，就这样坐着，别动！"我开始将各种颜色的图片装进幻灯机里。

"睁开眼睛。璇子，这是什么颜色？"

"蓝色。"

"它使你想到了什么？"

"大海、天空和一幢好高好高的楼房。"

"为什么想到楼房？"

"不知道！我总是把楼房与蓝色结合在一起。"

"记得那幢楼房的形状吗？"

"很模糊……"

"这是什么颜色？"

"黄色。"

"想到了什么？"

"黄土地，黄河，黄裙子……呵，黄玫瑰，好大好美的一朵黄玫瑰！"

"是在哪儿见到的？"

"我想想……嗯……大概是……花园？哦，像是从动物园似的铁栏杆里递出来的……"

"是个大铁门？"

"对！是大铁门。"

"是谁递的？"

"不记得了，好像那黄玫瑰不是递给我的，它不属于我。"

她伤心失望地摇摇头，不再说话。

"再看这色彩。"

"白的。我想到了白雪、鸽子和白纱巾，还有绷带……"

"这个？"

"绿色。森林、草地、嫩叶，还有……"她突然打了个冷战。

"还有什么？"

惊恐的神色再次从她的眼睛中闪现出，她喊道："不……我不敢想，让它快过去！"

"等等，再想想，是一辆汽车吗？"

"好像是几辆汽车，正冲过来……"

她将头埋在双臂中，肩膀在微微颤抖。

"抬起头，璇子，再看这幅……"

她抬起头，触电似的呆住了。

"这是什么颜色？"屋里荡着一片红光。

她恐惧地将手捂到脸上。

"你害怕这种颜色？为什么？"

"关掉！快关掉！我的头快炸开了，我要疯了……"她再次发作起来。

我扳住她的肩膀，狠狠地摇晃着她，迫使她抬起头来注视着我的眼睛：

"璇子，勇敢些！勇敢些！为了让你恢复记忆力，请告诉我，你想到了什么？"

泪水从她的眼里淌出，在颊上慢慢流着。她说："我害怕，真的，十分害怕……"

"你怕什么？再想想！"

"小姗……"

"小姗是谁？"

"我的同学……我想起来了，她一直和我在一起。我们一直很要好，我们手挽着手走着，突然……"

"发生了什么事情？"

"不，不知道……"

"是车祸吗？突然发生了车祸，小姗被压死了？于是你就受刺激失去了记忆？"

"也许是……哦，那时，天空飞满了野鸽子，夜色是绛紫色的，小姗就是在那时死的，死在车轮下。我跑过去抱住了她，血染遍了我全身……是这样的……"璇子的目光里流露出一种绝望和疯狂。

"还能想起什么？"

"没有了……"她精疲力竭地摇着头。

"那么好吧，璇子，现在你回忆一下那座被大铁门隔开的花园，能记住它的模样吗？"

"我试试看。"

我开始放映我拍下来的这座城市的一些有关大铁门的幻灯片。璇子认认真真地看着，紧蹙双眉思索着。当她集中精力凝视画面时，她的面部十分生动，有一种宁静、纯真与忧伤结合在一起的东西浮现出来，形成了一种令我着迷的表情。多少年来，我渴望的梦想的不就是这种无以言传的表情吗？但当一个纯真的女孩带着这种表情真的走进我的生活时，我反而不敢接近了。我的理智，不，不仅是理智，而是一种比理智更为深刻的东西主宰着我，使我压抑住一次又一次涌上心头的感情。

四十多张照片播放过了，璇子仍然用原来那种姿势端坐着，脸上依然是一种神情，没有任何变化。

我快要失去信心了。

"等等……"

突然，在我将要撤换另一幅照片时，她喊了一声。

我们一同把目光集中在这个画面上——那个大门——我曾在门口遇到中年人的盘问又被他送了一句"无可奉告"的那个大铁门。透过铁栅栏，可以看到里面的花园里盛开着各种色彩的花朵，姹紫嫣红，美不胜收。

"是这里吗？"

"正是这儿！我们去采花。警卫不让进，我们就悄悄从旁边的小门溜了进去。我们刚接近花园看到了那么多那么美的玫瑰花，突然被警卫发现了。"

"后来呢？"

"他要赶我们出来，我们和他争吵起来。我们说我们不过是想要一朵玫瑰花罢了。可他却说不行，这里是首长住的地方。"

"再后来呢？"

"让我想想……后来……后来，那警卫好像不那么凶了。对，我们很友好地交谈起来，他还认真地看了看我们的校徽……"

"校徽？你是说，他看清了你们佩带的校徽？"

"我想他看清了。"

"那他一定知道你是哪所学校的学生了？"

"也许吧！当我们失望地离开时，他却喊住了我们。他非常机灵，几步跳到花园那儿，摘了一朵黄玫瑰，隔着铁门的栏杆递了出来……那朵黄玫瑰好大好美，可是我没得到。"

"被你的同伴拿去了？"

"是的。"

"她是谁？是小姗吗？"

"是小姗！我们总是形影不离。"

总算理出了一条线索，现在可以顺藤摸瓜了！

19.

给老蛙送《情鬼》走了一段很漫长的路。

老蛙是个简单又复杂的女人，简单到仅仅通过她的一个眼神或一个手势你就能洞悉她心里在想什么；复杂到她的人格不仅是二元对立的，而且简直是个多棱体的奇妙组合。她可以对一个不幸者进行慷慨的施舍，在施予怜悯的时候甚至能流下真挚的泪水，可当不幸者转身离去时，她便嗤之以鼻，大加讥笑。她可以对某个男人在上午表示强烈反感仇视到不共戴天的程度，而在下午她就可以不用任何理由去请这个男人吃饭，甚至可以在饭后与他躺在一张床上爱得要死要活。

然而老蛙毕竟是个"人物"！

我走进老蛙住的那幢楼里时，天色已经黯淡。独身的老蛙有一间蛮像样的宿舍，据她说那是她用了许多手腕打通了许多关节才弄到的一间公寓式宿舍。我来过这宿舍几次，老蛙说为了进出方便让我配一把钥匙。我真的去配了一把，但一直没用过，因为我每次到这儿来都是事先和她约好的。

今天是个例外。也许是老蛙的《情鬼》总在我的皮包里作祟，搅得我心神不安，使我拎着它走在回家的路上时突然改变了主意。不知为什么我不愿意让璇子看到这份狰狞可怖的《情鬼》。我只想尽快将《情鬼》退还给老蛙，我知道这个稿子即使小边和总编联合起来参与修改，恐怕也难以达到发表水平。

站在老蛙的门外时，我有些犹豫，心也莫名其妙地跳了几下。我举手敲了敲门，里边并无动静。老蛙还没回来？我突然冒出一个念头，将《情鬼》放在她的屋子里，再留上一张纸条，这样便可免去我们面对面"退稿谈判"的尴尬。

钥匙在我的皮包里。

我用那把钥匙打开了门，走了进去。

我听见有一声压得很低的女人失态的尖叫，我刚想说"对不起，Darling"时，发现躺在床上的并非老蛙一个人，与她肩并肩还躺着一个男人。

是小边！

他们的狼狈相很令我开心，我在转身走出门之前十分客气地说了一句："打扰了，真对不起！"

我把《情鬼》留在了门口。我离开时没有忘记将门按原样锁好。我知道老蛙和小边会因此而感激我的。

在回家的途中，我激动得总想唱那支歌。其实它也不像是一支歌，只是两句反反复复、抑扬顿挫、节奏分明的俏皮话：

> 不是我不明白
> 这世界变化快
> 不是我不明白
> 这世界变化快
> ……

20.

小叶橘的第三封信——

老阮：

为什么一直没来信？

不，不要告诉我原因，我已经猜出来了——你身边又有了一个女孩！

她漂亮吗？

我常常因为自己不漂亮而自卑。由于怀疑自己太丑了，因此每逢有男人求爱，我都疑心是人家在嘲弄我。我一直认为自己只能配个丑男人，所以许多年来我一直一个人，形单影只，醒来与睡去没有什么差别。

这里的一切都是凝固的、不变的，几个朋友，几个熟人，几个去处，几个季节，没有什么奇迹，你不会遇上什么，没有邂逅，没有浪漫，没有……只想赶紧甩掉过去的一切记忆。

也许我老了？我常常怀疑自己只有二十七岁这个事实。

如果我的猜测是正确的，那么老阮，请珍惜那一切吧！生活中有了爱当然是件大事，我们都不是那种不屑于情感的人，也用不着装出一副不屑的样子，那是很不真实的。毕竟爱在我们的生命中是一件不轻松的事情，也不容易找到。我想我们这种人，爱不是太多了，而是太少了，有爱的时候就应该尽情享受。

看来你是很幸运的，我妒忌你的好运气！

老阮，有件事情我一直没告诉你。现在我觉得有必要告诉你，是因为我已无法容忍自己再对你隐瞒，同时也相信你此刻能承受得住这件事带给你心灵上的冲击。

我在你面前剖解自己——我一直想弄明白我究竟是个什么样的女人。

在你去草原之后的那段日子里，当我一个人滞留在那座孤岛上的时候，你能想象得到那时的我是多么绝望，多么孤独，多么恐惧。正当我绝望得要发疯时，我认识了那个人……

向你描绘如何戏剧性地与他相识在今天已经没有多大的意义。我只想告诉你，在与他相处的五天里，我把自己交给了一种感觉——在我临走的前一天夜里，我与他同居了，只那一次。

人就是这样复杂。我并不爱他，丝毫谈不上有什么感情，也绝不是因为他借给了我买机票的钱我就用这种方式来回报他。不，老阮，你知道我不是那种卑微的女人，你曾给了我那么大的帮助，可我没让你碰我一下，仅仅有过一次短暂的接吻而已。

那么我为什么会那样去做呢？是出于心灵的饥渴，还是为了摆脱可怕的孤独？我一时无法说清，真的。这绝不是为自己开脱，我丝毫也没有向你认错或忏悔的意思，我为自己的行为有过一瞬间的后悔，但我并不是在请求你的原谅。我不喜欢站在被告席上，因为我尊重我自己。

但当一个人空守着孤独与绝望时，尊重自己也不是件容易的事。

我承认我是脆弱的！当所有的信念在那些日子里全部垮掉之后，当她时时刻刻面临着困境、心灵忧伤和自我嘲弄的时候，当她被这些东西弄得疲惫不堪、近乎窒息的时候，她很容易把自己交给一种感觉，或者是某种氛围，这时她很容易做出一种超出情感的但却是她自己感到好奇的事情。

人常常有一种背叛的欲望——背叛她的生活准则、习惯和爱她的人们。

很多事情不是在做之前就能明白的。当太阳升起来的时候，内心的失落和恍惚使人感到今天比昨天更坏，自我嘲弄比昨天来得更不留情。于是，我意识到我必须承担自己行为带来的一切后果，还得去爱惜自己想爱惜的东西。

哦，我的小男孩，告诉了你这件事，你一定会生气伤心是吗？

我知道你会的，因为你喜欢我。你难过，你伤心，也会令我心碎的，明白吗？

你是我需要珍惜和爱护的朋友，你得到了我能给人、给艺术的那种真诚、情感和热情。我从没想到要伤害你，我常常体会着你的诚实、善良。但我会常常无意中伤害了爱我的人，包括我的父母姐妹。

现在我把自己放在你面前，你可以选择。

我不回避那件已经发生了的事情。我深刻地意识到一个人得为自己的行为负责。

这话当然只能对我自己说，因为我无论做什么，可能都抹不去那块蒙在你心灵上的阴影。你如果为此而恨我，轻视我，斥责我，我都会默默接受的。

你应该尊重你的想法，也应该尊重你的自尊。

人的自尊常常是一会儿理解一会儿不理解，挺难懂！

但无论发生了什么，你都应该明白：我们之间的交往是值得的！我不承认这是一场游戏，但如果这是一场游戏，那么我的一生都是一场游戏。

人在有些时候，精神和肉体是分离的，我想任何一个有过爱的人都会明白这一点——精神和躯体不是时时刻刻都结合在一起的！

从现在起，我等你来信。如果你不再理我，我会感到很难过的。

虽然已将一切都告诉了你，可我还是有一种犯罪感，毕竟我的行为伤害了一个我最不想伤害的人。

还记得那天我们去麦田的情景吗？我们偷回了一大把绿得格外可爱的

麦穗。后来我将麦穗插到一个瓶子里，画了一幅静物油画。

现在我把那幅画寄给你，希望你能将它挂到你的写字台上。当你累了或厌倦时，抬起头看它一眼，也许它会使你想到那个美好的春日的下午。

你说过，你喜欢一切有生命力的东西。

草原上的一切都具有旺盛的生命力，包括你，是吗？

我只后悔当初没去草原上找你……

21.

璇子出门前经过了一番仔细的化妆，穿了我的一件最小的外衣，再戴上一顶长帽檐的绒线小帽，一下子变成了一个挺秀气的男孩。

即使这样，我们也没敢贸然坐电梯，而是从楼梯口悄悄出去的。

先坐电车，再倒地铁，再倒公共汽车，几经周折，才来到那个神秘的大铁门外。

透过铁门的栅栏，我们看见了那个花园。那是个很优雅的花园，有假山、喷泉，还有个古典式的小凉亭。

"是这里吗？"

璇子肯定地点了点头。不知为什么，她有点心不在焉的样子。

"是这个警卫吗？"

她认真地注视了一会儿，摇摇头说：

"不是他。那个比这个要瘦弱些，样子挺憨，眉眼有几分英气。"

她呆呆地注视着花园，眉心一动，似有所悟。

"又想起了什么吗？"

"是呵，我想起来了，这里面住着一位首长，我见过他的，非常和蔼可亲的一位老人！有一次，我和小姗又进去摘花——是那警卫放我们进去的，他和我们已经很熟了，这时首长慢慢从那假山后走了出来。我记得当时警卫吓得脸都白了。但首长真好，只亲切地对我们笑了笑，好像还说摘吧摘吧，爱美之心，人皆有之。这是大自然对我们的恩赐，美是属于大家的，我可不敢据为己有哟……后来，首长和我们聊了很多……可我们一直不知道首长叫什么名字。"

"还想不起那位警卫的名字吗？"

她懊丧地摇摇头。

"不要紧，会弄清楚的，只要他一出现，你肯定能认出他来，是吗？"

"试试看吧！"

"那我们就等。"

时间突然变得漫长起来。在枯燥无味的等待中，我与璇子在大门附近来回踱步，与她漫无目的地闲聊着。璇子与我挨得很近，轻轻揽着我的胳膊。过往的行人一定认为我们是一对幸福的恋人。

"呵，空气多纯净！天真蓝！这是这个春天我见到的第一个有太阳的好天气！"璇子贪婪地吸着气，仰头望着天空。

这时有几只鸽子正从我们头顶上飞过去，鸽哨声悠扬飘荡，点缀着明净的天空。

"你简直像个刚刚走出监狱的女囚！"我开玩笑道。

"那你就是好心肠的看守！"她亦笑道。

中午时，大门口换了一个警卫，但璇子说还不是他，我们继续踱着步。我提议到附近的小饭馆吃点东西。走了一段路，璇子发现了一个卖烤白薯的摊点，高兴地奔了过去。

"喂，老阮，请客吧！"

"你爱吃烤白薯？"

"当然，从小就喜欢吃！"

"你还记得小时候的事情？"我惊奇地注视着她。

她呆呆地望着我，许久才说："有时候，过去的某个片段会像电影镜头一样清晰地跳进我的脑子里，然后就又消失了。"

"如果是这样，那你的记忆很快就会完全恢复的！只要能找到你的家，见到你的亲人，一切都会想起来的，是吧？"

她依然怔怔地望着我，竟默默而又忧伤地摇摇头说：

"不，我现在真不想恢复记忆。"

"为什么？"

"我很喜欢现在的生活，我怕会失去这一切，和你……"她的目光里多了一种极为丰富的内容。

"怎么会呢？我们依然是好朋友，患难之交嘛，小兄弟！"我拍着她的肩膀笑道。

她也笑了，但笑得勉强，似乎在掩饰什么。

"不仅是朋友兄弟，而且是——同谋犯！"

吃过烤白薯，继续散步。

"我真想妈妈。"她说。

"记得她的模样吗？"

"记得，每次我回去，她都要默默流泪，而当我离开家的时候，她反而不哭了，只是躲着不肯见我。"

"如果帮你找到家，可别忘了请我去做客哟！"

"我请你到我家乡去，把你介绍给我所有的朋友。"

"你究竟是学什么专业的？"

"我想应该是文科吧？我讨厌物理呀化学呀那些硬邦邦的公式。我喜欢看小说。"

"是哪所大学的中文系呢？"

"如果我能回答这个问题，我们还用到这里来吗？"她望着我苦笑了一下。

天渐渐暗下来。当暮色降临时，这个城市显得安谧而恬静。那群鸽子没有再出现，大概飞回了窠巢。暮色在这时变化多端，格外丰富。

铁大门那儿又换了一个警卫，但仍不是璇子认识的，看来只能明天再来了。

"哪怕你能记得他的一点儿相貌特征，也好打听了！"我遗憾地说。

"特征？好像在脸上的什么地方……"

璇子苦苦思索着，突然高兴地说："对了，左眉梢上有颗黑痣，有豆粒那么大！"

真使我喜出望外。我快步走到值勤的警卫面前，将所要找的人的容貌描绘了一下。他淡淡地看着我和璇子，只是摇头，不知是表示不认识这个人，还是没有这个人。

我出示记者证并一再向他解释我们要找那个人完全是由于一件毫不重要的私事——我与那人是老乡等。

我软磨硬泡了半天，警卫显然不耐烦了，摆摆手说：

"不知道不知道，同志，我是新来的！"

"那从前的门卫呢？"

"调走了……请您不要妨碍我执行任务好不好？"

只得鸣金收兵。在回去的路上，璇子突然扯住我的胳膊说：

"明天我们不要再来了！"

"为什么？"我惊讶地看着她。

"我不想恢复记忆，真的，现在一点儿也不想了。"她心事重重地看着我。

"那又是为什么？"

"我只想跟你在一起……如果恢复了记忆，我就得离开这里，那正是我害怕的……"

22.

实际上春天早已过去了。有人告诉我说，连秋天都快结束了，冬天马上就要来了。可是，我阳台上的那盆夹竹桃却在一夜之间开了满树小白花……

难道，连它也忘记季节了吗？

这真是个令我伤脑筋的问题！

熄灯许久，我仍然辗转反侧，难以入眠。自从璇子住到这儿来，我第一次有了这种难以言传的感觉。

我从破沙发上爬了起来，几次轻手轻脚地走到卧室门前，几次又犹犹豫豫地停住了脚步，脸热心跳，像个贼一般惶惶然不知所措。我是在犯罪吗，还是无可指责的本能的冲动？

毫无疑问，我爱上璇子了！

与我过去同所有女人经历的爱都不一样，它悄然到来，悄然萌生。当我发现它时，它已顽固地渗透在我的血液里不可驱散，占据我的整个身心并不容抗拒地主宰了我。与她在一起我觉得我正在逐渐被净化，完全变成了另一个人，也许那才是最真实的自我。唯有与璇子在一起我才能发现自己是个什么样的男人。完整的男人必须由一个好女人来塑造，我不正是被璇子重新塑造了吗？

心灵的真实是不容回避的。

当然起决定作用的，还是傍晚归来时璇子对我说的那句话。那句话把我本来已经牢牢控制的心门给打开了，洪水滔滔，奔涌而出。我的一切努力全白费了！

真正的爱情偏偏在我已经不相信它的存在时显露在我的面前。我必须做出选择，或者是逃避，或者是接受。

当我又一次来到卧室门口时，我听见璇子低柔清晰的声音：

"老阮，进来吧，我一个人……害怕……"

我看见璇子倚在床头，泪凝结在面颊上。

"你怎么了，璇子？"

"这是黑夜对我的惩罚，我害怕一个人待在黑暗里……"

"原来你每天夜里都……"

"是的，我每天夜里都这样！"

我在璇子身边坐下，不知道该怎样安慰她才好。我轻轻地抚了抚她的头发。她的秀发在我的指缝间流动着，如润滑的水波，如冰凉的玉脂。

"我多想让你进来陪陪我，和我说几句话，可是……"

"我没想到……我以为……"我于慌乱中不知说些什么才好。

"老阮，我又想起了一些事情。现在让我来告诉你，我是怎样失去记忆的，那次车祸……"

"不用说了，我其实已经明白了！"

"是吗？你推测的结果？"她惊奇地望着我。

"不，是心灵感应！"我握住了她的手，那小手很热。

"哦，老阮，抱抱我……"

"璇子，我不配……我和别的女人曾有过……"

"不要和我说那些，我现在什么都不想听。我只想……吻我一下，好吗？"

我搂着璇子的肩，在她额头上轻轻地吻了一下。我感到浑身发热，澎湃的激情正如大海涨潮般汹涌而来。我知道再不离开的话，我肯定会在一刹那间被那狂涛淹没，使我无法控制自己而彻底听任海潮席卷。我在尚有一丝理智的时候站起身来，望着她。

她也望着我。

我知道我们的心灵又在感应。

唉，璇子，我绝不是个正人君子，也不是品行端正、无可挑剔的男人。我的情欲也许比一般男人都要强烈，我从来不禁锢自己的冲动。可是，对你，我不能，起码现在不行！如果我们那样做了我并不认为有什么过错，我们彼此都需要，我们都是人！可是有一种东西在冥冥中指示我、命令我，让我不能再往前迈一步！因为我知道了你丧失记忆的原因。我不敢触动你身上的苦难，那苦难也是我曾经历的，而且许多人也都曾经历过。

那是一种神圣的苦难！

"老阮！"她依然那样望着我。

"璇子——不要让那禁果成熟！"我轻轻地念了一句维克多·雨果的诗。

"我明白——它会使夏娃受到诱惑！"她接道。

她的神情显得愈加哀怨。

"但是当我失去一切的时候，也许只有人间的温暖才能给我生活下去的勇气！你难道不愿意给我那温暖吗？"

"我愿意，只是得等你完全恢复记忆的时候，等你完全了解我这个人的时候……"

"可是我有预感，当你帮我找回记忆的时候，我便会失去你……"

"为什么？"

"你会明白的……"

我失去了一次机会，一次得到真正爱情的机会！从我在心中第一次默念"不要让那禁果成熟"那句诗时，我就意识到了这一点。我不敢往前走一步，不是因为怯懦，也不是因为崇高，而仅仅是因为我真正地爱上璇子了！

我相信任何真正的爱情都是只可企及，不能实现的。实际上，爱情是永远不可言说的神秘。

越是不可言说的神秘，人们越是想去破译；明知道徒劳，却偏要努力！

这大概正是爱情永远不朽、永远新鲜的原因。

23.

忽略了老蛙的存在是我所犯的致命错误。

那天，我用那把钥匙打开了她房间的门时，竟忘了她同样有一把我的家门钥匙。

她也是在最关键的时刻使用了那把钥匙。

我不屈不挠，又往大铁门那儿跑了几次。我是瞒着璇子独自一人去调查的。我终于从一个警卫嘴里打听到那个左眉梢上有黑痣的警卫。他叫山牛，几个月前回乡了。最使我高兴的是，我搞到了山牛家乡的确切地址。

这样一来，我可以找到山牛，查清璇子的身份了。

我在做着动身远行的准备。

编辑部这几天格外忙碌，打猫灭鼠的报告文学一篇接一篇地送来了。主编一忙火气就格外大，见了我更没好脸子。我报病假不来上班使主编大为恼火。

"什么病？"主编问。

"大概，是染上了鼠疫吧？"我信口雌黄。

主编果然警惕地往后退了一步，用怀疑的目光紧逼着我：

"鼠疫已经得到了控制，你身体又这么好……"

"您老人家若不信，可否让我吻你一下？"我觍着脸皮笑道。

主编又退后一步，说：

"去防疫站检查，开个证明回来！"

"老阮的确病倒了，我陪他去的医院。"小边关键时刻及时拔刀相助，不知是不是出于感激的回报。

主编说："你们楼的居委会来函，调查你的问题。"

"我难道会有问题吗？"我浑身哆嗦。

"你有只猫，下落不明……"

又是该死的猫！

24.

按照约定的暗号敲门，璇子从里面用钥匙打开了暗锁。自从我把钥匙交给她之后，便约定好了三长三短的暗号，暗号不对绝不能开门。

璇子见到我之后，脸上的神色有些紧张。

"今天出了件事儿……"

我的心"咯噔"一下。

"是小不点儿？"

"不是。来了一个女人。"

"谁？她怎么能进来呢？你给她开了门？"我觉察出事情有些不妙。

"我正要问你呢！"璇子急急地问。她的目光里有种责难的怀疑。

"她自己有钥匙，从外面打开便闯了进来。"

我的头"轰"了一下——是老蛙！天，我怎么忘记了老蛙！

"她说是来找你还钥匙的。看得出，她与你的关系不一般呢！"

璇子竟也会用这种嫉妒的腔调说话。

"她还说什么？"

"她很美，可我不喜欢她的眼睛！她的眼睛太媚了，媚得俗气、浅薄。她就是用那双眼睛盯着我，好像我是她的情敌。"

"你们交谈了？"

"没有。她只说了句'原来是金屋藏娇呵！'就走了。走的时候留下了这把钥匙。"

璇子把钥匙放在桌子上，就默默地进卧室了。她的背影展示了一种孤独，一种凄凉。

本以为彻底割断了的过去却远没有结束，依然和我发生着千丝万缕的联系。过去了的不会再重复，但也没有无声无息地消失。

"璇子，我得另外给你找个藏身的地方。"我走进卧室时这样对她说。

"我知道了。你要赶我走……"她呆呆地坐在床上，黯然神伤。

25.

我拨了个电话，约老蛙在街头见面。她在电话里扭捏作态，端着一副贵夫人的架子不肯赴约，还用酸溜溜的口气说："你不是金屋藏娇了吗？何苦还来逗我这半老徐娘？"

可是老蛙毕竟是热心肠，听说我有难需要帮助，在狠狠挖苦了我一顿之后，还是浓妆艳抹地前来赴约。

路灯昏暗，街上行人稀少。我与老蛙在空寂的街道上慢慢走着。

"今天，你发现了我的一个秘密。"我用平静的语调说。

"沉不住气啦？"老蛙得意地笑了，大度地说，"甭慌，其实那有什么，人之常情嘛，何况那女孩的小样儿也还秀气。"

"我希望你能为我严守秘密！"我严肃地望着她。

"干吗这么认真？这些风流事不正是你们男人喜欢炫耀的吗？"老蛙涂了厚厚唇膏的双唇性感地蠕动着。

"不是你想的那种事！她是一个不幸的女孩，由于意外的刺激丧失了记忆……"

"甭对我解释，我不感兴趣。"老蛙摆出一副不屑一顾的神情。

"不，你必须得听我解释！如果你还没忘记我们共同经历过的那些日子，如果你那时的表现是真实而不是虚伪的话，你就不应该伤害这个女孩。"

我激动地扳住老蛙的肩膀。我很冲动，我的声音有些粗暴，还有些凛然正气。她被震慑了一下，默默地望着我。

"你说吧！"

于是，我详细地告诉她关于璇子的一切。我讲得很动情。我看见老蛙的神色渐渐庄严、沉重起来，好像要哭的样子。这使我想起了在那些日子里她的那种激昂飞扬的神情，她的那种英勇和无所畏惧。那时的她完全是另一个人。正是由于受了她的感染，我才喜欢与她在一起，并对她给予了公正的评价。

"我真不知道，原来是这样！"

"我想你会帮助我的……从本质上来说，你还不是个糟糕的女人！"

老蛙怔怔地望着我，忽然扭过头去。当她再转过脸来时，我从她的脸颊上发现了亮晶晶的泪珠。

"老阮，谢谢你的理解！我以为，你早把我看成个轻贱放荡、不可救药的女人了。知道吗，我活得太累，所以才用这种方式轻松一下，尤其在今天，你说我还能做些什么呢？我爱文学，可我知道我不是当作家的材料。我喜欢交际，可我又讨厌那些市侩商人，周旋在他们之间我就会发现我活得比他们高贵、充实，我就会获得一种满足感。我不想堕落，但我有我的生活方式。尤其是经过了那段属于我们的日子之后，我就觉得一切都完了。活着若不及时行乐寻找刺激，还有什么活头？我的目的只有一个，挣一笔钱，然后奔出去，离开这个城市。"

在昏暗的路灯下看，老蛙的真情溢于双目，只是脸上过厚的脂粉掩住了面部的真实。若无那层脂粉，老蛙此刻一定楚楚动人，自有一种坦诚的美。

"昨天，我救了一只小猫咪。一个老头子逮住了那只可怜的小东西，正要往死里打。我给了他十块钱买下了那只猫，我说我想弄一张猫皮做衣领。我抱着它走到路侧的树林子里，我对它说，赶快回家吧，小东西，不要再出来……我以为自己做了一件了不起的事情，其实和你比起来，我几乎什么都没做！"

"实际上我也同样没有做什么。其实，逆来顺受的沉默与花天酒地的刺激都是一回事。这也就是我们这些人除了等待之外再无任何选择的原因！可悲的原因！"我叹道。

"你打算怎么办？"

"明天，我将离开一些日子，到一个遥远的山乡去寻找那个叫山牛的小伙子，他如果能认出璇子的照片，那么我便可以查出璇子的真实姓名、身份，也许就能帮她找到家。当我不在家的时候，你能去照看她一下吗？"

"当然没问题！"老蛙豪爽地挥了挥手。

突然，老蛙愣了神儿，失声道："糟了，今天我把这件事告诉小边啦……"

"他也许不至于出卖我。"其实我的心里也没底儿。

"可是，当时在场的还有主编！"老蛙懊悔道。

我顿时感到浑身发冷，说："主编可是不会放过我的，他正找我的茬儿呢！快，我要立刻赶回去，也许还来得及……"

26.

我回去的正是时候。

电梯不开，我急匆匆爬了十三层。当终于气喘吁吁地到达最顶层时，我听到一阵异常猛烈的砸门声。

我看见在我的门外聚集了许多人，有主编、小罗大妈、小边，还有几个戴红袖箍的老头老太太……他们都虎视眈眈地盯着木门，仿佛那是通往虎穴的洞口。

"他的门总是紧锁着，我早就怀疑有问题……"小罗大妈一副洞若观火的样子。

"一切马上就会水落石出的！"主编依然是那副沉稳的模样。

我还是晚了一步！

当我在他们背后愤懑地吼叫一声时，那扇门也恰好被撬开了。

我过去一直以为我的那扇门十分坚固，只要它关闭着就可以使我与世隔绝，挡住一切外来的干扰；我以为除了技术高超的小偷外几乎无人能撬开那扇门。然而，那扇门是那么脆弱，那么不堪一击……

他们回过头来望着我，显得有些尴尬。

"小阮，叫了半天门也不开，我们还以为你……煤气中毒了呢！"小罗大妈讪讪地笑道。

"里面好像有响动，快进去看看会不会是小偷？"主编关心的是屋里的情况。

我被他们簇拥着进了屋。这时我反而坦然了。

窗子开着，璇子站在窗前，看样子随时准备从窗户跳到楼外。她用惊恐的目光盯着我们这伙破门而入的不速之客，浑身由于恐惧而战栗。她的脸涨得通红，仿佛被众人惊奇的目光所羞辱。她像一只走投无路的困兽，目光绝望，充满哀伤。

她的歇斯底里又要发作了！

"璇子。"我用极温柔的声音呼唤着她，朝她慢慢走去。我的心高悬着，身上冒出冷汗。我担心她会在某个瞬间跳下楼去。

"小阮，这就是你的不是了，家里住了客人必须向居委会递申请报告呀！"小罗大妈在我背后用公事公办的口气说。

"这件事情你得说清楚！"主编愤愤地说，"难怪这些天你总是报病假不上班，原来你……哼，如果这女孩儿是你拐骗来的，那你还是到公安局里去说清楚吧！"

"等等，我怎么看这女孩有点儿面熟？"小罗大妈似乎有了什么重大发现，激动地叫道，"我好像在什么地方见过她的照片！"

"前几天有三个女强盗抢了一家银行，不会是她吧？"小边打趣道，话里带刺，"报纸上印着通缉令呢，她们抢走了三十万元巨款。据说，抓住一个悬赏一千元呢！老太太，看仔细了，可甭错过了好机会。"

我默默地看着璇子，没说一句话。

璇子也默默地望着我。

我们倾听着窗外如大海般喧嚣的夜风。门口响起一阵轻松愉快的笑声和高跟鞋踩在水泥地板上的清脆的响声。我听见了老蛙的声音。

"哟，都在这儿呢，老阮这儿总有许多客人。"

我惊奇地转过身来，看见老蛙笑吟吟地朝我们走来，极其轻松自然地挽起璇子的胳膊，朝目瞪口呆的众人说：

"我给你们介绍一下——这位是我的表妹，璇子。老阮明天要出门，他让我和表妹来给他看家。你们瞧，我们姊妹俩长得像吗？"

"像！真有几分像呢！"小边笑道。这坏小子笑得味道不正。

"我看不那么像！"小罗大妈严肃地说。

厨房里突然传出什么器皿被打碎的声音，十分清晰响亮，大家都一愣。一定是该死的小不点儿把盘子弄到地上摔碎了！它总是碰碎一些东西。

"噢，没事，没事……厨房里有个大耗子，也不知躲在什么地方，总也逮不着……"我急忙解释道。

小罗大妈的目光充满了狐疑，问：

"为什么不叫灭鼠队来呢？"

"我想亲手抓住它——它太可恶了！"

"可得快点儿，没准儿它身上有鼠疫呢！"小罗大妈的目光似乎看到了我的骨髓里。我的心一阵发冷。

当闹哄哄的人们离去后，我对老蛙说：

"谢谢你，老蛙，你表演得十分精彩。"

老蛙苦笑了一下，说：

"成也萧何，败也萧何！"

璇子躲进了卧室，再没露面。

27.

当我们再次单独面对面坐在一起时，她依然不说话，低垂眼帘，静静地盯着手中的茶杯。过了一会儿，她轻轻吹口气，把茶杯放在唇边，并不喝，只是那样静静地出神。

这是我最喜欢的一种神态。

"你真的一定要去？"她还是没有看我。

"一定，明天就走。"

"你还是不肯放弃你的计划？即使为了我的祈求……"

"璇子，我不能放弃，一个没有记忆的女孩会终身痛苦的！"

"也许恰恰相反。"她抬起眼帘望着我说。我看见她那明亮的目光里有一丝悲怆。她接着说："没有记忆，可能会活得轻松些，而找回记忆……"

"但是，你得找到自己的家呵！璇子，那时我们仍然可以在一起……"

"我不想、不想……"她固执得像个孩子。

"为什么？璇子，我们好不容易找到了线索，你为什么改变了主意？"

她沉默了片刻，轻轻叹了口气，悲凉地说：

"那你就去吧！是命运把我引到你这儿来的，可命运却又不允许我长久地栖息在这里。"

"璇子，也许我会请求你永远留在这儿的！"

她摇摇头，又把目光移向了窗外。

"你不会的！"

"我会！"

"当你知道了我的真实身份之后，你也会像躲避瘟疫一样躲避我的。我是谁？一个女学生？工厂女工？女诗人？不，也许完全不是那么回事，我恰恰是一个女骗子，一个女凶手，一个女流氓，或者一个女逃犯……"

"你绝不会是那种人，璇子！"我冲动地高声说道，"你的纯真善良是写在脸上的，我从来没有把你和丑恶、罪行联系起来。这不可能！"

"我害怕你知道……关于我的过去……"

突然，她不往下说了，静静地望了我一会儿，仿佛经过了深思熟虑般做出了决定："好吧，你去吧。"

"璇子！"我喜出望外地喊了一声，"我最多五六天就会返回来，你可要等我啊！"我又补充了一句，"我叫老蛙来陪你。"

"不！我不需要别人，我喜欢一个人静守着孤独，等你回来。"

28.

我离开这座城市的那天，天空竟落起了雪花。薄薄的透明的雪花轻缓悠然地飘扬着，为这个不久前还在流行鼠疫的城市披上了一层素洁的白纱。晶莹剔透的雪花是在为我送行吗？

好像完全没到落雪的季节啊？

我阳台上的那盆夹竹桃的花还没落呢……

我凄楚地叹了口气，因为我永远搞不清季节的变化。

沉默的城市在白雪的覆盖下悄然昏睡。

29.

小叶橘的第四封信——

老阮：

依然没有收到你的回信，每天心中忐忑不安，经常做噩梦。听说那座城市的鼠疫仍在流行，你不会有什么危险吧？

我最担心的就是你会被染上可怕的鼠疫！因此，我希望你不来信是由于恨我或者是由于你身边的那个女孩，而不是由于鼠疫。

从今天起我不再盼你的来信了！

徒劳的企盼是一种最残酷的折磨，我无法向你倾诉我被这种酷刑的惩罚所带来的痛苦。

这是给你的最后一封信。明天我会怎么样连我自己也不知道！也许我会死掉，也许我会出走，也许我会嫁给一个陌生的男人，也许我会发疯进疯人院，一切都有可能。但最大的可能是我从此放弃了对于爱情的梦想，放弃了对缪斯的迷恋，甚至放弃一切真诚和快乐，从此一蹶不振，麻木，麻木！

我知道真正的苦难来自于我们的心灵。当我们的心灵被套上一副沉重的枷锁时，我们便失去了一切。

我出生在春天。

我不喜欢春天。

你呢？

30.

几天后当我返回那座城市时，那层素白的雪花已不复存在。或许它们融化后渗入了那块阴冷的土地，经过土壤严格的过滤后成为极深的岩层下淙淙流动的暗泉，在沉默的流动中等待有一天喷涌出地面，再次显示它的存在；或许它们已在阳光下雾化成水蒸气冉冉升腾，在海拔三千米的高原凝聚成云絮，在冷空气的作用下再变成雨或雾洒向人间，如此不断地循环往复，是想将城市的污浊洗净吗？

灰色的城，用它惯有的冷漠迎接我。我几乎认不出它的模样了。我是一直生活在这座城市里的吗？如果有一天我为这座城市写一篇小说，那篇小说就叫《陌生的城市》。

黄昏总是一个令人忧伤的时刻。

我在黄昏时带着一身疲倦走回家，我的不幸开始了或继续着。灰暗的街道上有几个行人匆匆行走，竟如影子般飘忽不定。

快要走到我所居住的那幢大楼前时，那种怪异的感觉愈加强烈了。是梦里旧地重游吗？此情此景为何使我这样神情恍惚？我像在重复曾经经历过的生活片断。

这次远行我找到了回乡的山牛，他认出了璇子的照片，他清楚地记得一年前璇子和她的同学小姗去那个大院里采花的情景。他与她们最终成为十分要好的朋友。

我弄清了我想知道的一切——璇子的真实姓名、家乡以及她所就读的大学……我信心百倍，归心似箭。然而当我就要回到家里时，反而忐忑不安起来，神智渐渐混乱模糊。这时，有一个清晰的声音告诉我：一切该发生的都已经发生了，你个人的力量无法改变那一切，那是命运的安排……

楼下围着很多人，大家都紧张地仰头向上观望。

他们望的目标是我的阳台——高楼的十三层。

起初我不知道发生了什么事情，但恍惚间觉得这是已经发生过的事了——那时小不点儿攀着藤蔓奋力往上爬着，人们则开心地乱喊乱叫……

我感到我的心正向无底的深渊里沉落。

不要以为发生过的事就不会再重复！不要以为昨天的故事今天就不会重演！当我们愚蠢又可笑地把那一切原原本本再循环一遍时，我们会觉得悲哀吗？

没有人感到悲哀，因为大家早已忘记过去的一切。时间的长河消泯了历史的苦难。

谁也说不清小不点儿是怎样从阳台上掉下去的，所有的目击者在谈到这个问题时都吞吞吐吐，欲言又止。他们感兴趣的是小不点儿的精彩表演和以后的故事，而悲剧真正的起因却无人追究。

老蛙说，她赶到时，亲眼看见有个老太太在阳台上闪了一下，之后就神秘地消失了。

这时，小不点儿正在十二楼的墙壁上奋力挣扎着——它再次成功地抓住了墙上攀附的红色藤蔓。那些藤蔓有极强的生命力，它们能爬到十楼以上，经过秋天的霜打之后，会变得通红通红，宛如火焰一般。

然而，小不点儿却无法回到阳台上。

璇子冲到阳台上时，她的长发像一道黑色的闪电刺痛了人们的眼睛。她穿着一条白裙子，被晨风拂起来犹如一朵夏日里的白云。她趴在阳台低矮的水泥围板上惊惧地喊了一声，几乎同时小不点儿也尖叫了一声。那声音太惨烈、太揪心了，我相信那时所有的人都震颤了一下，我相信那喊声将永远作为历史的见证而留存在空间。

不正是我们头顶上那颗最寒冷的星吗？！

璇子，你怎么能弯下身子用手去救小不点儿呢？阳台的水泥围板那样低矮，当你弯下腰伸手探向小不点儿时，你身体的重心已经移到围板外。你以为靠你勇敢的力量就能把它放上来吗？你错了，你不仅无力保护它，而且也无力保护自己。当你的手刚触到小不点儿的刹那间，你的身躯也离开了阳台围板……

你是一片云，正落向神秘的不可知的世界。

你是一瓣花，凋零在一个寒冷的冬天的早晨。

你是一首歌，你的音韵泼洒在生命的花圃里。

你自由地飘落，紧抱着自由之神的骄子。你的长发在空中竖立起来像黑色的火焰。你的肉体落在地上，你的灵魂升入天空……

我没能跑过去，我没能接住你……璇子，让我化成一尊石像，向着上苍张开双臂，永远永远用这个姿势迎接你！

31.

我没有流泪。

我平静地听完了老蛙悲怆无比的叙述。她说那件事发生在我走后的第三天傍晚，那时我正露宿在冰冷的山岩上数着星星，寻找那颗最寒冷的星。我说："老蛙别哭了，你已尽了责！这件事我们谁也无能为力……"

是呵，正因为无能为力，我们便沉默，便躲避。

也许我们本来并不软弱，只是我们的希望在遥远的冰山上被冻结了，所以我们谁也无法走出那个没有阳光的日子。

老蛙说璇子死了以后还紧紧抱着小不点儿的尸体，谁也无法把她与它分开，就只好一同火化了。

我呆怔地看着老蛙，希望她继续说下去。我想还应该有一件什么事情作为这个故事的结局。

果然，老蛙将一封信递给我，说：

"是在房间的桌子上发现的，她本来正准备离开……"

32.

璇子的信——

老阮：

不要责备我，我已收拾停当，就要离去。

我必须得走。我之所以改变主意又让你去找山牛，就是为了在这段时间里离开你。

没有相送，没有惜别，没有注视，没有语言，也没有太多太多的伤感，这样多好！就像我的突然出现一样，我又突然消失，我喜欢这样的结局，正如我喜欢神秘一样。

如果我的突然闯入给你带来了烦恼，那么现在，你可以甩掉那烦恼了。如果你觉得我们的友谊值得珍惜，那么现在，请你珍惜它，永久地保存它吧。如果我给你的生活增添了一丝色彩，那么现在，无论这色彩是什么颜色，它也许是变幻不定的，但它是真实的！正是由于你的善良、正直和热情，那色彩才会在你我之间搭了一座虹桥，让我们互相走进对方的心中。

你回来时一定完全知道了我的真实身份以及我目前的处境。老阮，其实我早就应该把一切都告诉你。看到你为了使我恢复记忆而苦苦奔走，那种少见的真诚令我一次次感动不已。我不愿意让你无望地奔忙，所以我故意"想起了"那个铁大门、那个花园、那个门卫……

我知道当你知道了这一切之时，也就是我们的分手之日了，所以我拼命向你隐瞒一切。你瞧，我就是在这种内心矛盾重重的情景下在你的小屋里度过了一个个日日夜夜。我从不为自己曾做过的一切而后悔，相反，我为能承担这种痛苦而自豪。现在，让我来告诉你——我根本就不是什么"神经性记忆障碍患者"，我从未失去过记忆！

　　只有歇斯底里是真实的，是那场车祸留下的后遗症。

　　我不想向你详细地叙述那场车祸的始末。你一定看过那天的晚报或者电视，你一定还记得那场车祸奇特的经过，人们曾为此而津津乐道了许久。我就是在那场车祸中逃之天天的女大学生。我要更正的是：不是我有意将小姗撞到马路中间去的，而是为了争夺那朵漂亮的黄玫瑰，我俩嬉戏打闹，没留意闯到了路中间。一切都发生得那么突然，那几辆汽车开得那样疯狂，一下子冲到了我们面前。当我们想躲开它时，已经太晚了。小姗惊叫一声摔倒了。仓皇间我回身拉了小姗一把，而恰恰是我伸手拉她的那个动作，成为我将她推倒并使她丧命的铁证。那几辆汽车上坐满了人，撞倒小姗后连停都没停就扬长而去。后来车上的人都做证说是我有意将小姗推到了车轮下……

　　我被通缉了，四处躲藏，于是假装失去记忆。我曾在报刊上见过你的文章，十分钦佩你，便打听到你的住址，趁你疏忽忘了锁门时潜入你房中，这样就发生了属于我们的故事。

　　再见吧，我的朋友。你瞧，我多么吝啬哟，没说一句道谢的话。感激早已装满我的心房，说出来反而不珍贵了。你我曾有相同的命运，唯此一点，我们彼此间就什么话都不用说了。

　　只是小不点儿，我不知拿它怎么办才好，我把它带走行吗？

　　也许再也见不到你了，老阮，还有最后一句话要告诉你：我曾渴望在你的爱河中得到净化，走进你，是为了完善我自己。

　　我也并非是一个如你所想象的那种绝对纯真的女孩，是否丧失童贞对我毫无意义。然而你回避了我。我深知你心！也许，在这特殊的日子里，

爱情的力量尽管强大，可对两颗受伤的心灵来说也是无济于事的，我只能
说我是带着深深的遗憾和无比的满足离开你这间小屋的。

不要让那禁果成熟……
它会使夏娃受到诱惑……
如果禁果成熟了，上帝真的会把我们逐出乐园吗？

谢 幕

原载《天津文学》

也许若干年后我会不断地回忆我所经历的这个春天，从模糊陈旧的灰雾中去寻找去辨认那些与我一同走出圣殿的伙伴们。我相信我的每一次回忆都会有激情或泪水相伴，大概还会有几声苍老悲凉的叹息。

然而，令我迷惑不解的却是此刻——当我独自坐在一座空楼的某一间斗室的时刻，竟会突然想到了你。二十多年前的许许多多破碎残缺的画面如一张张斑驳的旧报纸在我面前翩翩飞舞，我竟真切地看到了你那身绿军衣执着地印在每一张旧报纸上不可泯灭。

我知道这就是历史。历史存在于每个人的记忆中，每个人的大脑里都贮藏着一部极丰厚的历史画卷，它是任何外力都无法抹去的，无论那上面是污垢还是血迹。

我在这一年的春天里明白了许多道理。我不再把历史当成非常遥远的时空，其实它就在眼前，是二十年前还是一千年前，实际上都是一回事。

可是，我为什么竟会如此深切地想起你呢？

我曾经是那么仇恨你、恐惧你，你是我所憎恶的人类中的第一个，由于讨厌你，我讨厌一切讲河南方言的人，而现在我却如此清晰地听见了你的河南话……

我一直想不明白你和谢幕有什么关联？每一次谢幕你似乎都站在舞台左侧的条幕里。标准的军人式的站立法，神色十分严肃，明白无误地表示着谦虚谨慎。

有几次首长看完演出上台接见演员，你陪首长上台分别将主要演员做了介绍。我记得有一次你还特意向首长介绍了我。噢，红管家，小红管家！首长走过来伸出慈父般的手摸了摸我那颗不规则的秃头，露出赞许的微笑。

只有那一次，你笑了，笑得很骄傲，有点儿夸耀的味道。我激动得浑身发抖，死心塌地认定了你是我的大恩人。

但那不是谢幕。当时绛紫色的金丝绒大幕紧紧关闭着，条幕两侧站满了持枪荷弹的警卫战士。台下早已空无一人。

我好像与谢幕也无多大相干。我在舞剧中扮演一位跑龙套的小团丁，脸上涂抹着灰白色的底色油彩，并画上了吊吊眉三角眼。每次谢幕都是娘子军女战士站在最前排，簇拥着洪常青和吴清华。开始，反面人物诸如南霸天、老四之流也想跻身谢幕行列，小团丁和国民党兵也想上去凑个热闹，党棍、土豪、劣绅、土匪等人物亦想在最后收场时露露脸，但这样一来就分不清阶级阵营，难免鱼龙混杂，颇有敌我不分共处一堂的味道。你蹙着眉说不好不好。从那儿以后反面人物就再也不上台谢幕了，我们可以早早地卸了装换了衣服帮着收拾布景道具了。

我喜欢刀枪棍棒，管理道具尽职尽责，由此而成为一名小红管家。

那的确是一段值得怀念的日子，我们过得紧张、愉快、充实、兴奋。虽然疲乏劳累，但总能用笑声驱散疲劳，每天唱啊笑啊无忧无虑。

怀念那段日子就不能不想起你，这是事实。

可是我们和谢幕有什么关系呢？

实际上，我的大脑里只残留着这样一个画面——我孤零零一人站在空空荡荡的舞台上，仅有两束幽绿的灯光交叉着照在我的脚下。

我望着空旷的剧场：戏散人去，只有一排排暗红色的座椅沉默着。这时我发现在其中一个座位上遗弃着一顶草绿色的帽子，是一种很漂亮、很迷人的绿。我无法抗拒它的诱惑，迷恋而痴情地望着它。它被弃置在偌大的、空寂的戏院里使我感到十分悲凉，不由自主地想哭一场。

许多年后，那个令人伤感的画面依然令我惆怅不已。小时候许多有趣的事令我回味，我好动的天性曾在那片寂寞的草原上得以发展延伸，可是我一直弄不明白，我为什么过早地有了那种与年龄极不相称的伤感情绪？多少次我在梦中看见那顶迷人的绿军帽宛如一块绿色的冰块在黑色的暖水中渐渐融化……后来有一次在梦中，它终于变成了一顶鲜红的圆边小帽（就是如今女士们常戴的那种时髦的呢子小帽）。

小红帽替代了绿军帽就如最古老的箴言一样深奥难解，似乎有无穷寓意。我知道自己永远也弄不清它内在的意蕴了。

可是，在无数次夜里，我站在那两股幽幽如鬼火般的追光柱里，望着空空荡荡的剧场，寻觅着那顶被人遗弃在座位上的小红帽，然后残酷地看着它被黑暗一点儿一点儿地吞噬……

那时候的我绝不会想到二十年后我会执笔写你。

二十年的时间对当时的我来说显然是个天文数字。我曾想过明天、后天，却从未想过二十年后。萌发了写你的念头也许和这个不寻常的春天有关。如果当时我知道有一天会写你，我会好好地观察你，挖掘你。然而现在我对真正的你究竟了解多少呢？

我只知道你是个农村兵，入伍几年后在部队当上了营干事，大概是负责宣传工作的干事，排长级别。你大约在三十三岁到三十五岁之间，不苟言笑，身材魁梧，一口很浓的河南方言常惹人发笑。你随部队到我们这个边陲城市来实行全面军管，首长大概出于对你的信任把你派到文工团当军代表，大家都恭恭敬敬地称你为"邱干事"。我们都尽量把"邱"字的音发准，以免让人听成那个不雅的同音字。

实际上从一开始你就是我们的最高领导人，你的到来使那位临时军代表刘干事卷起行李卷儿滚蛋了。

我对你的了解就这些。

对刘干事我们都很反感，大体的印象都是：轻浮，有失军人的尊严。也许是因为他长得太帅了，太英俊了，使得他玩弄女人就像撒泡尿那么容易。他到文工团当军代表不到三个月，就有三位女演员脚前脚后地跑到军区告他。听说没告的还很多。有些女孩子出于羞涩只得含耻忍恨。

不论这个说法是否属实，我却在十四岁那年目睹了一件事。当时我的右眼睑里长了一个米粒大小的肉瘤子，刘干事带我去军区医院动手术。走进军区大院，他却带我先进了家属院，进了一户人家。那家里只有一个美艳的妇人。我至今记得那位妇女虽然艳丽，却是一副慵懒散淡的模样。刘干事与她打情骂俏的话我一句也听不懂，却觉得里面大有名堂。

后来，刘干事让我在外面等他。我守在门外大约过了一个小时左右，忽见一位军官带着两名警卫员大步而来破门而入。我紧张地喘不过气来，倾听着屋里的动静，果然听到女人的尖叫声和东西被撞翻的声音。之后，我听到一声枪响……

那天送我去医院的是那个警卫员，几天后我才知道当我躺在手术室里的时候，刘干事也躺在另一间手术室里。出院后，他的一条腿有些跛，什么话也没说便消失了，从此消失得无影无踪。

接着就来了邱干事——你。

你的正气是写在脸上的，我们都觉得你身上有凛然正气。你来到文工团的第一件事就是召开全团大会，发布军令似的宣布了几条纪律。我们记得最清楚的一条是不许谈情说爱。单凭这一条便奠定了你高大形象的基础。

当然，也有人背地里悄悄嘲笑你，诬蔑你，说你是河南村儿里来的，说你是土里土气的乡巴佬，说你不过是个穿军装的农民而已。我曾为你打抱不平。你已在我心目中完美无缺，你已成为我少年时代所崇尚的英雄的模式。

那时我还没有发育成熟，然而在我那孩子样儿的躯体里却包裹了一颗早熟的心。一切树荫绿地、明月清风，都能引起我的无限遐想；一切飞蝶爬虫、行云流星，都曾叫我怦然动情。我知道我完了。我不知道那是魔鬼撒旦引诱的结果。夜里，我在梦中不知为什么而哭泣，哭醒后却觉得那个梦美妙无比。有一天，我第一次在一间女宿舍里看见了一条晾在衣绳上的白色物体，我想了很久才弄明白它是干什么用的。我的心狂跳起来。从此，我知道女孩子有许多地方和我们男孩子不一样，而那不一样的地方，正是我在梦中想知道却又永远朦胧、永远渴望的……

琼姐来的那天，我正坐在文工团院内排练厅台阶上那片灿烂的阳光下缝补我的破裤子。

邱干事，你一定记得我补裤子的事迹吧？那件普通的小事经你在全团大会上演讲，竟成为一件感人的带有鲜明阶级色彩的先进事迹。其实我补裤子完全是因为裤子破了需要补，是你用朴素的阶级感情将那件事神化了。后来我"堕落"了，你才感到意外，大惑不解。

在灿烂的阳光下补破裤子的感觉非常好，身边有一只猫依偎着，懒懒地打着哈欠。

就在这个时候，我看见大门口进来了两个穿绿色军大衣的人。他们先是东张西望了好一阵，然后迟疑地向我走来。

那时院子里没有别人。秋日的中午，大家都在午休。几片落叶被苍凉的风卷了过去。

琼姐，我从来没告诉过你，那天，在你走近我之前，我就已经嗅到了一股子从未嗅过的芳香，那香味儿浸透了我的全身，使我的每个毛孔都舒张开来贪婪地吮吸那气味。你站在我面前用陌生的目光打量我时，我羞得几乎落荒而逃。我看见了……不，确切地说是我用眼角的余光感觉到了那秀美的长发，那柔和得如五月小溪般流光溢彩的眼睛，还有那包裹在绿色军大衣里的颀长健美的躯体。

从见到你的那一瞬间至今，我仍无法用语言来形容我那时的感受，我唯一的希望就是想尽快从你身边逃开。我恨你那双妩媚的眼睛，它天生就是为了诱惑而生的吗？上帝为什么要创造这样一对尤物来折磨人呢？

与你相伴的另一位是男的，书生样，白白净净的长条脸，眉清目秀，也用好奇的目光盯着我。当时，我把他当成了你的男朋友，或者是你丈夫。所以从一开始我就对他嫉妒得要命。

当然，我很快就知道你们不过是同事，都在北京的一个有名的大歌舞团工作，来这儿为了改造思想，到部队锻炼。正碰上我们排演娘子军找不到能够胜任的男女主演，邱干事便想办法把你们二人弄来了。从此，你成了我们的吴清华，他成了我们的洪常青。

再后来我们彼此混熟了，我们这些小学员都称你为琼姐，称他为洪哥。

我已不记得是怎样慌乱地把破裤子揉成一团，抱在怀里。你看着我，忽然笑了。你问我："这儿是歌舞团吗？"我点点头，并纠正道："是文工团。"你并不掩饰你的惊讶："就这几间破房子？就在这么个鬼地方还想排芭蕾舞？"洪哥一再提醒你，不让你再说下去，他说："我们是下来锻炼来了，条件越艰苦越好嘛。"

我更感到无地自容，仿佛这文工团大院的狭窄和简陋是我的过错。我讷讷地说："条件还可以嘛，排练室挺大，还住人呢。"你连连道："什么什么，排练室还住人？"我说："是呀，男的大部分都住这里，上下床，住四五十个人呢。"

我看见你俩都不再作声了，面面相觑。后来，你叹了口气说："小家伙，带我们去找邱干事好吗？"我用手一指，说："喏，邱干事正出来了。"

于是，你俩拎着背包向迈着正步迎面而来的邱干事走去。我始终不敢站起来，直至你们的身影消失在邱干事的办公室，因为我穿在身上的那条裤子的屁股上，有两块不成样子的补丁。琼姐，我怕你看见会笑话我的。

从小，我就是个自尊心极强的孩子。

现在我要和你认真地谈一谈，邱干事，用你河南农民的诚实回答我——当你看到一位漂亮出色的年轻女性，当她浑身上下散发着不可抗拒的青春活力站在你面前时，你难道一点儿激情也没有吗？一点儿冲动也没有吗？你从未意识到她是个女人而你是个男人吗？像你这样的正人君子，难道从未在心田里滋生过一丝属于男人的邪念吗？如果有，你又怎样看自己呢？是鄙视还是痛恨？或者只不过是你的掩饰比别人更巧妙罢了！

我总是琢磨不透你，尤其是你那讳莫如深的内心。

可以肯定，琼姐和洪哥的到来，使你又一次产生了高度警惕。他们身上的小资味道比我们这帮土演员都浓重得多，这两人可算得上货真价实的洋演员。起码你是这样认为的。琼姐身上卓然不俗的傲气和那种与生俱来的浪漫气质是你所不喜欢的。你是个军人，你的目的是要把文工团训练成一个过硬的连队，或者起码是个军事化的大集体。消灭个性，整齐划一，是你勤勤恳恳工作的方向。

我记得那是一个薄雾迷蒙的早晨，空气清冽，飘荡着初冬纯净的甚至略带一丝甘甜的气味儿。你站在空旷的院内吹响了哨子。在我们听来，那哨音不亚于空袭警报。

我们从各自的宿舍跑出来，分男女两队集合，动作干净利索，看得出训练有素。你满意地点点头，用锐利的目光扫视着我们，忽地，嘴角微微一抽，眉梢微微一挑。我太熟悉你这个下意识的动作了，知道又有谁该倒霉了。

你转过身去，不动声色地盯着宿舍方向。片刻，琼姐与洪哥一路小跑而来，气喘吁吁。你突然猛喝一声："立定！"琼姐与洪哥大惊，原地不动了。这时他俩正好站在我们队伍的正前方。我看见洪哥只穿一条内裤，皮帽子也没戴，而琼姐更狼狈了：头发蓬松地披在肩上，衣扣扣错了位，绿色的竖条的棉军装皱皱巴巴不成样子，脚上的鞋带松散地拖拉在雪地上。

我们忍不住哄笑起来，是一种土演员对洋演员的嘲笑。

两个人的脸上忽而青忽而紫。

你厉声喝道："笑个啥哩，都给我严肃点儿！转过身去！瞧瞧你们两个的熊样儿，还在部队里训练过三个月哩，还想演英雄人物呢，我看演国民党还差不多！"

我们忍不住又一次哄笑起来。

这次你没顾上训斥我们，洪哥和琼姐满不在乎的样子引起了你的愤怒，你走到他们身边，喝道："立正，别给我吊儿郎当的！"洪哥愣了一下，急忙立正站好。琼姐却未缓过神儿来。你走到琼姐身旁，猛踢一脚，将琼姐的双脚踢并拢。琼姐不防备，打了个趔趄，几乎摔倒。你又踢两脚，才使她的站姿成为立正的样子。我看见琼姐的眼眶里贮满了委屈的泪水。你毫不理会这些，迈着军人的步子走开些，口令严厉而高亢，惊得一群麻雀呼啦啦飞起来，消失在清澈湛蓝的天空里。

那天，我们头顶上有极美的天空。除了我之外，大概谁也没有注意到这美丽的存在。

洪哥的机敏是从那个早晨开始被我所认识到的。他来了个标准的军人立正之后，正步走到你面前，大声道："报告，我们迟到了，请军代表处罚。"

你点点头，对他的认错表示满意。可是，琼姐那副委屈且不驯服的样儿是我们每个人都看在眼里的，我真为她捏一把汗。

果然，你又一次走到琼姐面前。你先让洪哥入列，然后对琼姐下令："不打掉你身上这股小资产阶级的骄娇二气，我这军代表算是白当了！给我跑步去，绕院子跑十圈，不能停！注意，向左——转，跑步——走！"

琼姐，我觉得那天早晨你真像一头小鹿，一头倔强的小鹿。我们看着你跑完了一圈又一圈。我看见从你嘴里喷出的轻柔美妙的乳白色热气冉冉上升，在湛蓝的天空中化成一朵朵白云。当跑到第四圈时你脱去了棉衣。哦，你只穿了一件黑色的尼龙紧身衣，在白雪地上印下了你那妙不可言的身姿轮廓。你的头发披散开，在早晨的微风中起伏波动。你那健美修长的双腿宛如舞蹈般从我眼前闪过……琼姐，就连看你跑步也是一种艺术享受！

琼姐跑到第八圈时，身子开始摇摇晃晃，面孔十分苍白。

这时，与琼姐同住的林大姐出列，向你邱干事报告说："报告军代表，小琼不能再跑了，她今天有情况！"

你铁青着脸问："啥子情况？"

林大姐涨红了脸说："她今天倒霉了。"

"倒霉？"你大惑不解，恼怒道，"把话说清楚，咋回事？啥叫倒霉？"

我瞥见身边的女孩子们都低下头，有的在暗笑。林大姐无可奈何地说："是女同志们的那种事情……"

你竟丝毫不为之所动，说："不行，跑，谁让你停下来的？快跑，太慢了，快……"

琼姐不断地摔倒，又不断地爬起来，浑身上下沾满了雪屑。她的呼吸越来越急促。而你呢，邱干事，却在她背后无情地催促："快跑！这里不是养娇小姐的地方，想当娇小姐到别的地方去，哼！"

已经力尽气竭的琼姐再也无力从雪地上爬起来了。她扑倒在雪地上呻吟着，脸上不知是雪水还是泪水。突然，她扬起头，向站在她身边的你喊了一句英文："Fascist！（法西斯）"

你怔了有三秒钟，因为你无法弄清这句洋文的确切含义。

"请你说中国话！"你冷冷地说。

"Fascist！"琼姐又喊了一声。

你似乎明白了——法西斯？你转身走开了。我们都听见了从你牙缝中间挤出的那句话：

"混蛋！"

为了这句"Fascist"，你毫不客气地关了琼姐三天禁闭，并让她在大会上做了两次检查。

那时，排练已进入紧张阶段，离正式上演的日子不远了，除了琼姐，你一时无法找到第二个吴清华。对你来说，给她一个下马威，这就足够了。

但你们的恩怨也从此开始了！

那个寒冷多雪的冬天对我们来说意味着什么呢，琼姐？你一定认真思索过的，尽管我不知道你现在在哪里，但是琼姐，我们肯定都回顾过那段日子——紧张的军训、艰难的拉练、排练、演出、谢幕、玉米面窝窝头、高粱米饭……那一切的真实价值是什么呢？

还有我们无助的眼泪和寒夜的歌唱……

我怎么也没有想到你会成为需要我帮助的弱者。过量的运动常使我们饥肠辘辘，而食堂的高粱米和钢丝面确实让人难以下咽。当时流传着一首风趣而辛酸的歌，是根据那段著名的学老三篇的语录而重新填词的，人们竟敢冒天下之大不韪而偷偷传唱：

> 钢丝面，不但战士要吃，
> 干部也要吃；
> 钢丝面，最容易吃，
> 真正消化就不容易了！
> ……

所谓的"钢丝面"是用玉米面压制的一种面条，一时风靡所有食堂。直吃得我们一个个小脸蜡黄，天天便秘。因此，我们对食堂的大师傅们产生了刻骨仇恨，只要一吃钢丝面，就将大师傅们的自行车胎扎瘪。

我经常偷偷跑回家去，从家中带些土豆、馒头、炸糕之类的食物。呵，琼姐，当我悄悄把这些食物塞给你时，你是多么高兴。你常常抚着我的头开玩笑地称我是你的"后勤部长"。我愈加尽职了，隔三岔五回家去偷吃的东西。后来，你说："多亏你帮我渡过饥饿的难关！"

可是琼姐，只要你快活，我心里是多么高兴呀，你知道吗？

我们之间的联系就是这样建立起来并日益密切的吗？

无论后来发生了什么事情，琼姐，我都觉得你是个弱者，需要被人保护；你那颗稚嫩的童心极易受到伤害；你其实根本不属于这片荒凉的土地；你来到这个北方荒凉的小镇，本身就是个错误！

作为对我的一种回报，琼姐，你拿出一本诗集为我朗诵。那是一本封皮发黄的《烈士诗抄》。正是那本诗集诱发了我的文学梦。至今，我还记得那上面的许许多多的诗句。

当漫漫长夜的寒风在屋外肆无忌惮地吼叫时，当屋子里的火炉子轰轰隆隆作响如一列火车驰过峡谷、驰过山洞、驰过茫茫的原野时，我端端正正地坐在你的床上，听你朗诵那些仁人志士写下的诗。你的声音不是那种铮铮作响的豪迈雄壮的"时代强音"，而是在柔柔的女音中带着一股哀伤、一股忧郁，对生命的眷恋和对自由的向往形成了揪人心肠的情调，形成了让人沉溺其中不可自拔的氛围。

你朗诵着，眼里有了亮晶晶的泪花在闪动。那时候整个的你显得那么纯净，从你的音色中可窥见你那颗柔弱的心在颤动。

门忽地开了。我们只顾沉浸在诗情中，全然没有注意邱干事已走到我们身边。他大概默立了有两分钟。当我一眼瞥见他时，心几乎停止了跳动。

琼姐你还在继续朗诵。你的激情的泪水已经模糊了你的视线，直到手中的书不翼而飞，你才愕然地抬起头来。

邱干事把那本诗集拿在手里，翻了翻，眉梢轻轻一挑。你望着邱干事，我们望着你。火炉子里传来风驰电掣的响声。

沉默了几分钟，我们听见了你怯怯的声音："军代表，那是《烈士诗抄》！"

你加重了"烈士"这个词的语气，以提醒邱干事注意。邱干事锐利的目光在你脸上搜寻着一切可疑的不诚实的痕迹。目光的交锋让我感到了风雨欲来的紧张气氛。

邱干事从容不迫地走到火炉前，将那本《烈士诗抄》投入炉子里。纸张的焚烧热烈而亢奋，可以听到正在燃烧的纸片儿怎样呼啸着从铁烟囱里被吸了出去，飞向外边那个黑暗的世界里。

我们呆呆地望着你，琼姐，而你，则望着火炉子木然而立，惊愕万状。

"谁敢保证这些烈士里面没有叛徒？！"

浓浓的河南话强烈地震撼着这间小房子，也撼动了我们每个人的心灵。

是啊，谁敢保证那些烈士里没有叛徒？单凭这一条，邱干事焚书之举不仅不可指责，而且凛然正义，使任何人都无话可说。

邱干事并没有立刻走掉。他忽然径直走到琼姐的床前，弯下腰，如一个老练的侦察员一般，从床下拉出一个小纸箱。他打开纸箱，从里面取出了眉笔、唇膏、脂粉和一条花裙子。

邱干事把裙子抖开，我们看清了，那是一条漂亮的连衣裙，华贵而典雅。我从未见过这么美丽的花裙子。

邱干事的确生气了，气得嘴唇都哆嗦着发青紫色，他说："窝藏这些资产阶级的臭玩意儿，怎么能改造好世界观？！怎么能演好英雄人物？！我看你再不痛改前非，就要堕落到资产阶级的深渊里去哩！你呀，啥时才能改掉臭小姐的臭毛病呢？唉……以后你们每天给我写一篇学习日记，谈学习心得，每晚我按时来检查。"

说完，他用那条花裙子一股脑儿包上那些化妆品，走了。

你这才伏到被子上哭起来。我们谁也没有劝慰你。我们知道，这时候任何劝慰的话都无济于事，况且我们还以为在那一刻你的灵魂深处正在爆发革命呢。

后来我才知道，邱干事之所以能发现你的秘密，是由于洪哥向他告了密。那时洪哥急于表现自己积极进步，好及早完成改造回北京去。当时我还纳闷洪哥何以知道你的秘密，后来才知道你们隐藏的极深的关系。洪哥不够意思，不仅在对你的问题上，在对柳大爷的事情上更如此，已经到了卑鄙的程度。

琼姐，我一直没有把洪哥出卖你的事告诉你是怕你太伤心。实际上，我应该帮助你及早认清洪哥这个人，也不至于使你为了这么个卑鄙的人而浪费了那么多宝贵的情感。

谁也没想到夜间紧急拉练会在彩排那天夜里进行。

紧张的彩排本来已经费尽了我们的全部精力。演出十分成功，琼姐你向我们第一次展示了你的全部艺术才华——你的芭蕾舞基本功太扎实了，吸腿转、平转、大跳、倒踢紫金冠……都做得那么干净利落，每一个手势动作，都那么有韵味有力度。平心而论洪哥也配合得不错，动作潇洒漂亮、英武不凡。那晚的掌声格外热烈，谢幕时许多首长上台与我们一一握手表示祝贺。我们熟悉的周处长慈父般微笑着，在与琼姐你握手时格外亲切，格外有力。我们听见他高兴地说："不错不错，小京京（我们才知你的小名叫'小京京'，而你的全名是王京）演得不错，这才是英雄有了用武之地嘛，既演了戏又锻炼了人；演英雄，学英雄嘛。不过，不足之处是还没有把吴清华身上的阶级本色完全演出来，少了点儿穷人的朴素，多了点儿小姐的娇味儿……"

邱干事在一旁插言道："请首长放心，我们会帮助她去掉身上的骄娇二气，用无产阶级思想对她进行教育改造……"

回到团里，大家都挺激动——苦苦排演了三个月零八天的样板戏终于能上演了，所有的辛苦劳累都有了价值。

在食堂吃夜餐时，大家谈笑风生，又叫又喊。只有邱干事一人紧绷着脸不苟言笑。后来，邱干事说："吃完了就回去睡觉，不要让小小的一点儿胜利冲昏了头脑！这只是万里长征第一步哩，今后的路更长更艰巨……"

然而就在每个人刚刚进入了香甜梦乡不久，邱干事毫不留情地吹响了他的哨子。

刺耳的警报划破了静谧的夜空。哨音三长两短，是空袭警报。

摸黑起床，不许开灯，飞快地穿好衣服，三分钟打好背包。急促的脚步声在走廊里掠过。没有人说话，只有匆忙紧张的动作和粗重不安的喘息。

不久前下了一场大雪，松软的厚厚的雪絮踩在脚下吱吱作响。队伍很快集合完毕整队出发，尽管有人呵欠连天有人睡眼惺忪，却没有一个人被甩在后面。邱干事背着他的手枪在前面领路，跟在后面的娘子军全力以赴，才跟得上他的脚步。

在那时我觉得邱干事比娘子军连的党代表更英武，更威风。我们走在茫茫荒原上，无边无际的白雪铺展开，反映着惨淡的月色星光。急行军，慢行军，再急行军。

突然，邱干事大喊："卧倒！"我们纷纷扑倒在雪地上。

邱干事说："注意，正前方上空，飞来歼敌机五架，准备射击！"

我们立刻端起长枪短枪（道具枪）做瞄准状。其实我们都知道那些枪是骗小孩儿的玩意儿，可我们还是极认真地执行了命令，用枪口寻找夜空上的假设敌。

邱干事又喊："注意，西方上空一千五百米，一架美B52轰炸机正在俯冲。保卫祖国的时候到了。我命令——开炮！"

口令刚落，不知是谁呼应般地放了一个响屁。

大家大笑起来，笑得一发不可收拾。所有的紧张气氛都被这个响屁给冲淡了。开怀的笑声在寂静的雪原上热烈地回荡不休。

不知为什么，这次邱干事没批评我们，那个放屁的家伙也随大家一同笑起来。笑完了，邱干事才从嘴里迸出一句：

"这一炮把B52吓跑了。"

红鼻头老夏喊："轰下来喽，我看见飞机冒烟了，飞行员都跳伞了！"

邱干事说："那是空投下来的特务！现在，每三人分一个组，包围前面那座山包，抓空投特务！"大家一声欢呼，三三两两地分散开来，向前面的山头走去。

无论在任何狂热的年代，雪原永远是冷静的、洁白的、不为世俗所动的。实际上它是以一种冷峻的形式迫使人们去思考。

人与自然法则有时是一致的。然而一帮盲目奔驰在雪原上的人是什么也看不到的，在他们眼里，仅仅是无垠的白雪而已。当有一天他们因苍老怀念青春时，又有几个人能记得雪原曾给予的启示呢？

琼姐，不该发生的事情已经发生了。那一夜呵，为什么被我窥到了那一切？是上天有意安排的吗？在包围山头时我掉了队。实际上我在寻找你。"空袭"时我似乎看见你与洪哥在一起。在这种时候，我应该与你在一起。你需要帮助。我要让你知道：我不仅是你的小弟弟，而且是个能保护你的男子汉。

我在雪原上寻找了很久。当我发现自己一人置身于空旷的雪原上时，却真的感到害怕了。

我不知道自己是不是迷路了，周围的山包都是一个模样。我跌跌撞撞地走着，不知走了多久。

蓦地，我停住了脚步。我听到一阵奇怪的声音。是风啸幽谷？是赤狐在雪地嬉戏？声音来自我前方几米一个大雪坑内。我努力使自己镇定下来，硬着头皮往前轻手轻脚地走去。

当我真真切切地看到坑里的那一幕时，我呆住了，热血忽地涌上头顶，耳边呼啸起狂涛般的声浪，惊涛骇浪在那一瞬间湮没了我。

琼姐，我无论如何也没想到那会是你和洪哥，你们在冰天雪地中热烈地拥抱接吻，你们在雪坑里翻来覆去浑身沾满雪屑……

这怎么可能？这怎么会是真的？我浑身燥热，晕晕乎乎；我木然而立，手足无措……

你们在缠绵呵，你们已忘记了身外的一切，你们自以为找到了一块安全的港湾可以纵情地让爱的小舟栖息，却怎么也不会想到在寒冷的夜幕里站着一个妒火中烧的男孩子，窥视着你们所做的一切。

琼姐，现在我向你忏悔——那个一直被你所恨的告密者不是别人，正是我。

我之所以从未向你坦白，是因为我知道如果那样做了你永远不会饶恕我，永远……

十五岁的我却极深地品尝了由妒忌酿就的苦果——它会在人的心中苦一辈子。

还有你，洪哥。尽管岁月的激流把你的面孔已冲刷成一张平平淡淡的白纸，没给我留下任何记忆，但我此时还是想起了你。在琼姐的故事里，你如同我一样，扮演了一个极不光彩的角色。你会因曾扮演过的角色而羞愧吗？

细想起来，我们每个人都曾扮演过各种各样的角色。在那个年代，我们谁也无法属于自己，我们仅仅属于那个时代而已。

"空袭"之后的第四天或第五天下午，你和琼姐被邱干事叫去训话。这种保密的训话大约进行了三四个小时。我注意到你从军代表的办公室里走出来时满面通红，像一个强奸犯被人当场捉获，而琼姐出来时则眼泪汪汪。我躲在远处窥视着，心里说不出是什么滋味儿。

紧接着，在全团大会上，邱干事不点名地进行了严厉批评。他说，这是一件非常丢脸的事，情节恶劣，有伤风化。邱干事表扬了检举揭发的同志警惕性高、觉悟高，号召大家向他学习。最后，邱干事说，考虑到这两位同志在业务上还不错，给他们一个改正错误的机会以观后效……

散会后大家立刻就知道那对"乱搞"的人是谁了。这种事是谁也瞒不住的，传起来风儿一样快，当时的说法是：洪哥家中已有妻室而他却喜新厌旧。直到后来我们才知道那是讹传。

此后，你彻底蔫儿了，见了人总是和和气气、低眉浅笑，过分的谦卑让人感到一种献媚的意味。你一心想尽快返京，当你听说你们那个歌舞团要往回召集一批已经改造好的演员出国演出时，你表现得愈发积极了。你再也没和琼姐来往过，甚至见了面都低头擦肩而过，不和她说一句话。你知道你的态度怎样刺伤了琼姐吗？你知道她曾为你流过多少眼泪吗？你知她的心由于失望而怎样在漫漫长夜中破碎开来化作满天飞火流星从此再也寻找不到归宿吗……

你不知道，你什么也不知道。你只顾忙自己的事儿——你培养了一名素质不错的洪常青当B角，为你自己的顺利离去铺平了道路。

就在你离开文工团的两个月后，团里守大门的柳大爷死了，死得很惨，暴尸街头。

一天夜里，他往肚子里灌了五斤白干，都是薯干酒，酒精烧坏了他的肠胃。他深夜踉跄而归，最终倒在僻静的马路上，把头扎在雪堆里永远地睡去了。当我们哄赶开围观的群众把他抬回去时，我发现尸体旁的污雪正在悄悄融化。

那是早春的一个暖洋洋的早晨，屋檐上挂着晶莹剔透的冰柱，往下慢慢滴着亮闪闪的水珠。

从此，传达室里再也听不到柳大爷的山东话了，再也嗅不到酒香扑鼻子了。那间老光棍儿居住的小屋里烟熏火燎，墙壁上有一张发黄的照片——一位穿着旧式军装的小伙子憨眉憨眼地望着前面，显出一副对世界茫然无知的样子。我们都不相信他当过兵，甚至跨过鸭绿江立了战功，那简直是天方夜谭！我们都觉得墙上的照片不是真实的他，而真实的柳大爷是这样的：端着小酒盅，呷一口酒，就一口咸菜，吧咂一下嘴，侃侃道"早年俺们那会儿，部队扎在村子里，啥事没"。

便出现了这样一幅画面——

年轻的柳大爷斜背着枪，在风清月明的村子里慢慢走着，不时从小酒壶里呷口酒。静谧的村落里偶尔有狗吠。场院里堆满了麦秸和草垛。他走过去，在草垛边坐下，望月儿西沉，听河边蛙鼓，正迷迷糊糊欲睡时，忽听身旁的草堆里有响动，沙沙沙沙，娇喘咻咻，呻吟不止……

他漫不经心地瞟去，却见四条光腿露在草堆外乱蹬，重叠复又绞扭作一团。年轻的柳大爷把大枪放在一旁，走过去轻轻拍拍那一团腿，生怕惊吓了对方似的很温和地说："爷们儿，咋整都行，可千万别把这草垛给咱整着了；只要不着火，俺这放哨值班的也就好有个交代……"

风轻轻掠过云儿浓浓淡淡涂抹着月亮。起大雾了，群山在雾中隐去，狗儿叫得恓惶无力。年轻的柳大爷搂着长枪昏昏欲睡，想着故乡的大豆高粱。忽然，一条温柔的手臂缠住了他的脖子，温情的唇在他的眼睛和鼻梁上滑动。他睁开眼，看见了女人烁烁的目光。咋又来啦？他想把她推开。想你呗！回去咋也睡不着……女人娇娇地往他怀里拱。回吧，天快亮了，一会儿排长要来查哨呢！女人解开他的衣扣，把手伸进去。一会儿，好像整个人也像绵绵的白兔一样钻进怀里。他搂着感到无比温暖，早将一切忘到九霄云外……突然屁股生疼，却是被一双皮靴狠狠踢醒，睁眼一看，排长怒目而视站在面前，而那女人仍在他怀里偎着……

谁也无法确定柳大爷浪漫的故事里有多少真实的成分，我们听了都哈哈一笑，笑罢拉倒。

还有一次，柳大爷说起他的一个老相好就住在附近，而且那女人美得不得了——你们这帮女演员里没一个比得上她哩！人家那才叫会浪呢，浪得你上火，浪得你要死要疯……柳大爷常这样说，说得我们将信将疑，以为那女人是天仙。

有一次，那女人忽然来找柳大爷借钱，我们听说后跑去一睹芳容，看完之后差点晕倒——那样一个脏兮兮的丑女人竟是他常夸耀的天仙女……

想起那老光棍儿了吗，洪哥？

我想你应该记得他，如果你的天良还未泯灭的话。为了急于表现你的积极进步，你在某一天夜里像个贼一样溜进邱干事的办公室，向他检举揭发了柳大爷。没出几天，柳大爷被隔离起来，那间小屋被翻了个底朝天，竟翻出了女演员们丢失了的乳罩和月经带，全团哗然。柳大爷在大会上被宣布为暗藏的老流氓、腐化堕落分子。

你终于达到了你的目的，立了功，返回了北京。然而你想过琼姐吗？你想过柳大爷吗？你想过你自己吗？

我认真想过我自己——我和你一样做过告密者，一次是因为妒忌，一次是因为仇恨，我为此而感到永恒的耻辱。

唯有一点我至今也想不明白：为什么时至今日，仍有告密者不断出现？

卑鄙的事情为什么总是会被不断地重复？

我不知道那些日子你是怎样熬过来的，琼姐。现在我才知道你能挺过那些日子是多么不容易，尤其是洪哥走后，你简直像换了一个人。你开始厮混在我们这群傻小子中间，与我们一同玩笑胡侃，一同玩"骑马砸骆驼"，一同疯疯癫癫叫喊追打嬉闹；或滚在一张垫子上翻筋斗，或给我们讲鬼怪故事吓唬我们，或让我们脱下脏兮兮的练功衣帮我们寻找"自留畜"，抓到一个虱子你快乐得大喊大叫，夸耀地让我们观看，然后将它放在指甲盖上判了它的死刑。鲜艳的虱血染红了你的指甲，你风趣地说那是指甲油……

从表面上看，你似乎已经适应了我们的生活，每日衣衫不整，头发蓬松，嘻嘻哈哈，无忧无虑。实际上，只有我知道你的内心是何等孤苦、何等哀怨。

有一天夜里，我见你到外面的雪地上散步，我悄悄跟上你，结果发现你一个人在背静处低低啜泣，伤心至极……

我不知道该怎么安慰你，琼姐，我固执地认为你的痛苦是我带来的，我为那次告密而痛心疾首。

我终于想出了一个可以使你快乐的办法。一天，我趁邱干事外出之机，潜入了他的办公室，从他床下的一个破纸箱里偷回了被他没收的连衣裙和化妆品。当我悄悄把这些东西递给你时，你是多么吃惊和高兴啊，你欣喜若狂地抚着裙子恨不得马上穿在身上。然而你的兴奋很快就消失了，脸上浮现出深深的忧虑——不行，你快送回去，让他发现那还了得！

我坦然一笑，说："他不会发现的，他早把这事儿给忘了，他曾让我把这些东西放到服装仓库里去，如果他问起，我只说在仓库里。"你余悸未消，说："既然这样，你就把它们放在服装仓库里吧，替我保存好。"

事实上，邱干事的确把那些东西给忘了。

除夕之夜，琼姐你不知从哪儿搞来一瓶子酒，我们几个人聚在宿舍里尽情地开怀畅饮。

其实我们大都是第一次喝酒，在你面前逞英雄装好汉，半瓶子薯干酒就把我们灌得晕晕乎乎。

琼姐，那天晚上你只是笑，喝一盅，傻笑上一会儿。后来你就开始哭了，我们咋劝也劝不住，随你一同掉泪。

除夕夜谁不想家呵！后来我们跑到院子里放炮，当热闹的鞭炮声消失之后，却感到长夜的空寂虚无，尽管远处仍有爆竹声隐隐传来。

回到屋子里时，伙伴们东倒西歪。你忽然在我耳边悄悄说："带我去服装仓库好吗？"

我不解地望着你："现在？"

你点点头，说："现在，我想穿穿我的裙子。"

我们悄悄摸进服装仓库。我开亮了电灯。我们从一个衣箱里找到了你的连衣裙。你笑道："躲到箱子后去，小鬼头。"

我驯服地照办了。过了一会儿，听见你喊我："过来吧，我的小观众！"

我走过来时完全惊呆了，琼姐，我第一次感受到美的力量。我没想到你穿上那件连衣裙竟是那么华美、那么迷人，宛如一首乐章、一片白云、一朵花蕾……不，我找不出任何一个妥帖的比喻来形容你，任何词句和比喻都显得苍白无力。

在微弱的灯光下，你袅袅娜娜，轻盈舒缓；你款款而行，五彩缤纷……

"好看吗？"你问我。

我使劲儿点点头说："嗯，好看！"

"美吗？"你又问。

"美……"我呆呆地站在原地，手足无措，忽地想哭，想扑到你怀里哭一次，那是怎样的幸福呀！

你开始起舞了，那是我从未见过的一种舞姿，梦幻般柔美。你不时停下来给我解释——喏，这是《天鹅湖》中的白天鹅独舞……这个是《葛普利亚》中的选段……知道《夹竹桃》吗？就是这样……唉，跳起来真过瘾，真过瘾啊……

你忘情地跳着，场地太小，无法施展你那优美绝伦的舞姿。一个变身跳，你落到一堆杂物上，"呀"的一声蹲下去了。

我急忙跑过去扶住你。

你的脚崴了，搭着我的肩才站起来。我把你扶到箱子上坐定。你两颊泛起一片红潮，怔怔地盯着我，伸出手来把我轻轻揽在你的怀里。

我浑身战栗着不知所措。你在我的面颊上轻轻吻了一口，叹息般地说："你这可爱的小男孩儿呀，为什么不再大几岁呢！"我在你怀里不敢乱动，脸颊紧贴在你的胸前，充分地享受着那奇妙的感觉，嗅着那股迷人的体香，我魂荡神摇，不能控制自己……

琼姐，从你身上我找到了自身的力量，在朦胧中我坠入到男人们都会坠入其中的那个黑洞，然后再也逃不出来！

男人的成熟是渐变的还是骤变的？天啊，琼姐，那时我觉得倏忽间竟有那么多罪恶的念头在诱惑我。当男人意识到自己是男人时，这本身就是一种罪恶吗？然而可悲的是我只有十五岁呀，在含含糊糊、朦朦胧胧中我不知道应该做些什么。

我像一头笨拙的小猪在你怀中拱来拱去，不知什么时候拱开了你连衣裙上的纽扣，刹那间，犹如骄阳横空出世，万丈光芒将人眼刺痛。而我，只觉得满眼辉煌……

当我含着泪醒过来时，才发现，那只不过是个梦，一个从来不曾有过的美梦！

但是那种香味儿却是真实存在过的！

我曾经迷恋过那香味儿，迷恋了很长一段时间。

之后我就再也没有嗅到过那种香味儿。许多年以后我看到一本倍受文人推崇的外国小说《香水》，便十分怀疑那个专杀少女以摄取香味儿的超级杀人犯是否果真能得到女人的体香。我认为那体香并非每一个女人都有的，只有极个别的天分极高的女人才具有那种香味儿。

琼姐呵，你知道当年你那奇妙的体香怎样令我迷醉、使我沉溺其中而不能自拔吗？

那个可怜的男孩子呵，如果他不是只有十五岁，那将是一种什么情景呢？

邱干事，尽管你从来没有向我袒露过你的内心，但我确信凭借我的小小聪明已窥见你内心之一斑。

邱干事，你那时万万料不到那个老实能干、艰苦朴素、温良听话而又保持了工人子弟本色的小人儿会有那么多心计。由于他与你来往甚密他竟有了得天独厚的条件，可以揭开你个人生活的那层神秘而鲜为人知的纱幕，也只有他透过你的刚强、你的威严、你的铁面无情而瞄见了你的脆弱之处。

邱干事，我记得那是春节过后不久，肯定还没出正月，一连几封家书使你眉头紧锁，脸上布满阴云。当然，在众人面前你依然是威严而自信的，然而当你一人身处斗室时却禁不住一连串的叹息。我几次悄悄摸到你的门外附耳偷听，清晰地听见你的叹息如大山一般沉重。

傍晚，我又去侦察时不小心踢翻了一个军用空罐头筒，你在屋内大声喝问："哪一个？"

我慌慌敲门，说："报告，是我！"

我进了屋后你满腹狐疑地盯住我，说："咋鬼鬼祟祟的！"

我说："军代表，我来向你汇报活思想并请你检查我这些天的日记。"

我把日记交给了你。你不再狐疑，毫无情绪地摇摇手，说："改天吧，今晚我还有许多工作要干。"

我知趣地准备退出，你却喊住了我："坐会儿嘛，慌慌张张的干啥，我是吃人的老虎？"

我坐下了，很听话的小样儿。你望着我，突然慈祥地笑了，伸出手来摸摸我那颗不规则的秃头，说："好小子，干得不错嘛！"

我陡然心惊肉跳，以为那件事儿被你窥破了。你仍笑着说："你这小红管家当得不赖，昨天首长还问起你呢……"

我心中的一块石头才安然落地。你又和我谈了一会儿思想改造问题和学哲学等重大问题。你说，学哲学真不赖呀！从前不明白的问题现在全明白了，以前不会干的事儿现在也会干了……

我唯唯诺诺，毕恭毕敬。就在这时候，乐队班班长老夏跑来报告说宿舍里发生一起打架事件，谁也阻拦不住。

你听后二话没说，披上军大衣就随老夏匆匆而去。这简直是天赐良机，我看见那几封家书就在你桌上摆着，于是我趁机偷偷读了起来……

大约半个小时之后，我读完了那几封家书，完全明白了你苦闷的真实原因。

我从没想到你会陷入一种平民百姓的最底层的痛苦之中——

在参军入伍之前，你爱上了一个叫秀玉的农村姑娘，你们偷偷约会，你恩我爱，私订了终身。当你走后，你们仍书信往来，鱼雁传情。然而就在不久前，秀玉被家庭所逼，嫁了公社的一个"革委会"副主任。她家贪图副主任的高位。

秀玉在一封滴着血和泪的信中写道："忘了俺吧，去找一个和你般配的城市姑娘吧！别忘了，把那姑娘带回家乡，让俺爹娘瞧瞧，邱哥是何等样儿的好男子，他的对象如花似玉，好好气气他们，让他们后悔一辈子呀……"

另一封信显然是父亲托人代写的："吾儿，你娘因闻秀玉嫁人，一气卧床不起，郎中诊断说怕熬不过阳春三月了。你娘天天念叨你，只盼你能带个漂亮媳妇回来，也许唯有此法方可救你娘一命，盼吾儿速速归来……"

这显然是给你出了一道难题。对你来说，带一个姑娘回去，谈何容易！然而你实际上又是个大孝子，有极强的乡土观念和家族观念，从不敢违父母之命，更何况此事关系到母亲的生命安危。在此矛盾面前，你会做何种选择呢？

我，邱干事，原谅我，在偷看了你的信之后我又做了一件不光彩的事儿——偷看了你的日记。

那几天你的日记写得十分凌乱，我至今记得上面几段触目惊心的内心独白：

　　恨、恨、恨……我恨……秀玉呀，你错了，你不该听你爹的！那对老东西该枪毙！他们把你嫁到城里去，我就不是城里人吗？他们竟敢蔑视一个革命军人，简直是冒天下之大不韪呀……

我要回去！坚决回去！带一个世界上最美的女人让他们看看……记得那年参军离开家时，望着故乡的荒地我曾发誓，有朝一日定要衣锦还乡……这一天就要来了！

可怜的娘呀，孩儿不孝，不能使你遂心如愿。让你病在旦夕，于心何忍？！可是我能带谁回去呢？谁？谁愿意？谁能担此重任？从团里选一个优秀的配合一下？当然是灵活机动原则，演戏给他们看，可是谁合适呢？

王京？小京京，她行！她愿意吗？平时，我对她太严厉了，她会不会对我有看法？她曾经骂过我是法西斯，用洋文骂的……

一定要找她单独谈一次！一定要在高度保密的情况下……

我心跳着匆匆翻开了下一页：

出乎我的意料之外，王京爽快地答应了！这娘们儿叫人不可思议。她说革命同志之间互相帮助是应该的，去一趟河南农村无所谓，当成一次下乡锻炼，炼一颗红心……当然有她的条件：一、不让任何人知道这个秘密；二、找个充足的理由，不能让团里人生疑；三、无论在路上还是到河南，彼此都是革命同志，要互相尊重……（她是怕我那个——假戏真做！鬼女人，心眼儿还不少！）；四、从河南回来后，保证她能尽快回北京（这一条需斟酌！她是在利用我吗？还是一种交换？）；五、她为了掩人耳目，需要把小豆儿带上同去（这倒是个不错的主意，可以考虑！那小男孩挺听话，积极进步，带上他，将来万一有人诬告我或胡言乱语，他都可以给我作证……）

日记中断了。

也就在这时，我听到走廊里传来了脚步声，便慌忙把日记放回原处，迅速溜了出去。

我也许比别的男孩子更早地染上了这个恶习。那时我还不知道那是生命力过于亢奋的一种表现，每次都既好奇、激动又恐惧，完了之后就陷入一种沉重的罪孽感中不能自拔。然而，一切自责自罚都无济于事，因为下一次来得更猛烈更不可制止。每一次都真切地浮现出琼姐那张笑吟吟的面容来。

　　在那个扑朔迷离的幻想的王国里，我神游情迷，徘徊不已。琼姐引导我一步步走向辉煌，走向峰巅，走向极致。

　　唉，你知道吗琼姐，我为你悄悄流泪、为你痴迷不悔。你在我想象的世界中渐渐沦为一个沉溺于情欲中尽情欢乐的轻薄女子，而这女子仅归我一人所有，尽我发挥一个男人无尽的欲望……我为亵渎你的形象而懊悔，可我继续在心里千万遍地玷污你……

　　每一天啊，心都在渴望中倍受煎熬，等待你的出现，等待你笑眯眯地望着我，抚摸我那颗光头，然后亲切地叫我一声"调皮的小男孩儿"或"小淘气""小坏蛋"。

　　我时时刻刻都在回味着那夜脸颊紧贴你胸前的细腻的感觉。如果有一次你怠慢了我，一个漫不经心的眼神或一张漠然的冷脸，我都会伤心许久，心就坠入黑暗的渊薮里，我的情绪就会几天阴郁沉闷；而当你亲昵地向我一笑时，一切阴云顿然化解为虚无，灿烂的阳光顿然普照我狭小的心田，我又被快乐融化了……

　　我常常悄悄地独自跑到服装仓库去，小心地取出你的连衣裙，痴痴地嗅着那上面残留着的你那奇妙的体香，然后仿佛抱住你的胴体般，忘情而专注地吻着那件冰冷的连衣裙，觉得已把你从头吻到脚，吻遍了你全身的每一个角落。然后我开始亵渎你，用我身上的一些肮脏部位去蹭它，直到把它弄得伤痕累累，而我亦气喘吁吁方肯罢手！

　　你真好呵，琼姐，从不拒绝我；每当我需要或渴望而唤你入梦时，你就姗姗而至……

认真说起来二十年时间的流水足已以冲淡或湮没任何记忆。所以琼姐，我已经全然忘记我们是怎么坐汽车倒火车又坐汽车一路来到河南一个僻远荒凉的小山村的。

然而我却清楚地记得那天傍晚当我们到达小山村时，全村立刻轰动了。人们一拨又一拨地涌进屋子里，来看望邱干事带回的"新媳妇"，为他荣归故里而增添了无比热烈的气氛。

当然最高兴的是邱干事的爹娘。他的母亲本来已在病床上气息奄奄了，见儿子携媳而归，一身戎装透出了无限的英豪之气，老人家竟一骨碌从炕上爬起来，顿然焕发了活力。邱干事亦激动得热血沸腾，"啪"一个立正，向父母和乡亲们敬了一个军礼，行礼的手久久不放下。

琼姐，你知道那天你是何等娇美动人吗？你稍加装扮，便如五月的阳光明媚而耀眼，再加上你身上原本就有的高贵气质，犹如一颗光华四溢的夜明珠熠熠生辉，顿然使邱干事家那间阴暗灰旧的小土屋大放异彩……

即使今天我也无法用笔墨来形容你的美丽。

那几天，你像一轮骄阳，其他人都是向日葵，随着你而转动头颈；你是一弯洁白清皓的新月，而我们则是星辰，我们的存在就是为了烘托你呀！

入夜，两位老人喜滋滋地收拾出正厢房，算作你们的"喜房"。你和邱干事显然都没料到这个，窘迫地对视着不肯入"洞房"。老人起了疑心，望着你们。邱干事解释说："我们虽然领了结婚证，但尚未举办婚礼，而且还未报请组织批准，暂时不宜住在一起。"

老人们说："咱这儿的乡俗你又不是不知道，领了证就可住在一起。"

乡亲们七大姑八大姨也都纷纷帮腔："可不哩，入乡随俗嘛！再说，组织上也不管乡俗的事呀……"

于是不由分说，你和邱干事被他们拥入房内。两支红蜡烛滴着泪一直燃到后半夜。

我的身份是琼姐的弟弟。那时候我躺在西厢房里如何能睡得着呀。琼姐，我趴在窗户上注视着你们的窗房，窗上一个人影的闪动都叫我心悸半天。我想到了那天我在雪窝里目睹的一切，我怕你和洪哥的那一幕会在这里重演。我烦躁不安，就走到院子里，故意弄出些声响，使劲擤鼻涕、咳嗽。

少顷，邱干事走了出来，依然是那身整齐的绿军装，连风纪扣子都扣得严严实实。他威严地瞟着我，我的心一缩，以为又要挨训，谁知他却笑道："给谁当哨兵哩？"

我嗫嚅道："睡不着，出来遛遛。"

邱干事不再说话，坐在一个石碾子上，点了一支烟，默默抽着。忽然，他问："俺家乡咋样？"

我忙答："那还用说，农村是一个广阔天地嘛，在这里可以大有作为……"

邱干事实际上根本没有听我说话，一直凝视着浓浓的夜幕出神，一支接一支地抽烟。后来，他开始说话，却不是对我，而是像一个人在自言自语：

"这里穷山恶水哩……咱爷咱爹在这儿与天斗与地斗，斗了一辈子，也没斗出个啥名堂，不像人家大寨改天换地……小时候，我就恨城里人，恨你们这些小资产阶级，凭啥就比我们优越，趾高气扬？都是爹娘生的，谁比谁高贵，谁比谁卑贱？凭啥？！农民咋？农民脚上有牛屎，手上有泥巴，可心是干净的，比你们城里人干净多哩，凭啥看不起我们农民。城里女人不愿嫁乡下，我们还不稀罕要哩……"

琼姐，我只顾听邱干事说话，竟没有注意到你早已走了出来，站在我们身后默默聆听。

我相信邱干事的内心独白对你的心灵同样也有一番震撼。那时我真的还小，不大明白他那番话的真正含义，直到二十年后的今天，我才对那番话有了真正的理解。

后来邱干事站起来，走到我身旁，摸着我的头像对知心朋友般地说："我也有活思想哩，刚才我真想……我都快顶不住它的诱惑了。可是我不能碰她，一下也不能碰，碰一下就全完啦，明白吗？记住我的话，总有一天，等她完全改造好的那天，我要娶她！我的老婆也是我志同道合的战友，我一定要彻底改造她……"

我惊讶地问："你是说琼姐？她可是要回北京的呀。"

他说："组织上也会把我调回北京的嘛。"

邱干事说完后又显得有些后悔，叮嘱道："我今晚说的这些，你一定不要告诉任何人！"

我点点头说："向毛主席保证！"

这时候我们转过身来，看见了你——琼姐，你站在淡淡的雾蒙蒙的月光下，犹如一尊希腊的石雕；你站立不动，脚若生根；你望着我们，许久，才颤颤地吐出几个字来：

"我想回去！"

琼姐呵，难道那时候你就知道自己悲剧的命运了吗？

二十年后我不知道你在哪里。

人海茫茫，世事沉浮，你也许当上了局长、厅长、部长，也许荣升为中校、上校或是将军；然而不管你有何变化，我坚信有一点对于你是永远不会变的，那就是你那根深蒂固的农民意识，它早已完全渗透在你的血液里，你得带着它走一辈子。

邱干事，还记得那个冬日温暖的下午吗？那天下午你在村口那条路上遇到了秀玉。我正和你在村里散步，你向我讲述你童年时的往事。你激情昂扬，怀旧情绪正浓，却见一辆毛驴车走来。车上坐着一个围红头巾的女人。你一下呆住了，浑身都僵硬了。

那毛驴车走到你面前时停住了，那女人也怔怔地瞅你。四目相望，似有千言万语要倾吐。看那女人的打扮，分明是个回娘家的小媳妇，我便猜出她是秀玉了。

没说几句话，那媳妇的泪就出来了。听她说道：

"邱哥，听说了，俺都听说哩，你带回个天仙女似的漂亮媳妇，是城里的演员，演吴清华呢！你衣锦还乡，十里八乡都传遍了，人家都说你坐着小轿车、带着警卫员回来的，在部队是大首长哩……俺真为你高兴，邱哥……"

邱干事，我从没见过你那般慌乱，在她面前你简直像个做了错事的顽童。从你们的眼神中我看得出你们过去的关系非同寻常，可能已发展到极深的程度，而你们内心的痛苦却是谁也无法预测的。

我懂事地躲开了，让你们在村口那片小树林里重温旧情。我听见秀玉的哭泣，还听见你暴怒的喊声："他怎么可以这样对待你？不行，我非崩了他不可……"后来一切都平静了。

太阳明亮地照耀着，渐渐滑入西天厚厚的云絮中。村里便传出鸡鸣犬吠。天色灰蒙蒙的，显示出残冬时节特有的一份恬静。

你从林子里出来时脸色依然黑沉沉的。

你不和我说话，迈着军人的步子匆匆而行，我一路小跑才追得上你。

傍晚，你对我说："今夜你到房里去和她做伴儿，我到西厢房睡。"又叮咛道："这是对你的一次严峻考验，可别给我胡思乱想啊！"

我颤颤地问："你呢？"

你说："今晚我来当哨兵，明天一早，我们出发……"

那一夜，我听见你的脚步声一直响到天明。你是怕把持不住自己吗？原来，你也有脆弱之时呵。但你可曾想到，那对我同样也是一种煎熬啊！那一夜我几乎没敢合眼，每一声响动都令我心惊肉跳。黑暗中，我听见了琼姐的喘息声，她摸到了我身边，耳语道："来，我的小男孩儿呀，让我来搂着你睡吧……"随即，我感到我那坚挺的小鸟儿在温柔的掌心里骤然融化了……

我们总共离团十二天，琼姐。团里的人都以为我们是到北京观摩演出去了，大家都羡慕我们两个好福气，仅有的两个观摩名额让我们占去了。谁也没有怀疑到别的方面去。

邱干事居然郑重其事地开了一次"观摩汇报会"，大讲特讲样板团的思想如何过硬、作风如何过硬、基本功如何过硬，演出如何精彩及旗手如何呕心沥血等，博得全场极热烈的掌声。其实，他讲的无非都是报上登载过的或道听途说来的。

轮到琼姐你介绍汇报了，你满脸憋得紫红，吭哧了半天，才说："要讲的邱干事都说了，我真的没啥好说的了，反正挺有收获，受到一次深刻的教育。"

邱干事马上打圆场："演革命戏，做革命人，有关具体情况，会后可单独交流，散会……"

会后你就病倒了。

唉，那些天我是多么着急呀，尽一切可能给你弄些好吃的来，尽一切努力逗你开心。后来，我才知道你的病根仍在邱干事那儿——谁知那邱干事从河南老家回来后，竟向上级递交了一份申请报告，向组织要求娶你为妻子。上级就派人下来征求你的意见。

那天周处长坐小车来到团里，找你单独谈话。你态度十分坚决地回绝了。周处长也挺为难，给你做了几次工作，见没有什么效果也就鸣金收兵了。而你，却一下子病倒了。

我不知道邱干事为啥动了非你不娶的念头，以至于风声走漏，全团大哗，各种议论纷纭，莫衷一是。你哭肿了眼，几天躲在屋里不露面。其实你不知道还有比你更痛苦的人，那人就是邱干事。你的拒绝极大地刺伤了他的自尊心，从此他愈发不苟言笑，目光阴郁，犹如八月里低垂重压下来的铅色雨云。那些天他的脾气特别坏，暴躁易怒，看什么都不顺眼，动不动就训人骂娘，大家见了他都躲，其实大家都猜到了他不高兴的真实原因。

而对你，琼姐，那是些多么难熬的日子啊！我们都觉察出邱干事开始有意为难你、刁难你、折磨你。（二十年后痛定思痛，我怀疑他是否因精神受了刺激而产生了变态心理。）我记得在那滴水成冰的残冬里，他忽而命令你扫院子，忽而又让你和其他女孩子去淘厕所。他说唯有这样才能磨掉你身上的骄娇二气，才能把你们改造成无产阶级新人，否则，永远是小布尔乔亚，不肯与工农兵相结合。

我至今仍清晰地记得那些天邱干事让舞美组的人用木板做了一个巨大的"语录板"，并把它立在走进排练室大厅的长廊上。那段语录的每个字都有斗笠大小，其内容更是有所指，令人触目惊心——

　　　　革命的、不革命的或反革命的知识分子，用什么来区别他们呢？区别的方法只有一个，那就是看他们是否愿意真正与工农兵相结合……

　　琼姐，你看到这个语录牌时，脸色煞白，诚惶诚恐地低下了头。你是因不肯与工农兵相结合而恐惧吗？要知道，邱干事就代表着工农兵呀，起码他出身农民，现在当兵，占了三分之二的重要位置，而你不肯与他结合，显然就是不肯与工农兵结合，这顶帽子在当时是可以把任何一个硬汉子压塌的，更何况你一个弱女子！

　　然而我惊异于你居然没有垮下去！你强撑着羸弱的身子，跳到厕所下，挥着镐头，刨那些屎尿凝结成的冰柱。一镐下去，冰屑乱飞，凉飕飕地钻进脖子里，一股臊臭味儿便呛得人喘不过气来。你起初戴了一个白口罩，双手戴了一双线手套。

　　那时邱干事也跳到厕所下，既不戴口罩也不戴手套，双臂手风，几镐便刨倒一个冰柱，然后直起腰来对我们说：

　　"虽然农民手上有泥巴、脚上有牛屎，但他们的思想最干净。而知识分子嫌弃他们这儿不干净那儿不干净，他们的思想却是肮脏的，农民要比他们干净一千倍一万倍……"

　　琼姐，你自然听得出这话是说给你听的。你恼怒地一把扯下口罩、摘了手套，轻舒细臂，款扭柔腰，竟也把十几斤重的大镐抡得如风车一般。冰屑飞溅，屎尿的固体碎块儿喷得你满头满脸，连头发缝里都落进去不少肮脏物，但你毫不在乎，继续发狠地刨着，上牙紧紧咬住下唇，以致咬出血来。殷红的血顺着你的下颌往下淌着，你的头不驯服地一起一扬，头上的乌发也宛如黑色的怒潮奔涌不息……

那时，连邱干事也看呆了，怔怔站在那里一动不动。猛然，他的脸一沉，没说一句话，跳到厕所上面，披上他的军大衣，走了。

当时我还不知道那是一场顽强的对抗赛，是意志的拼搏与精神的较量，在这场较量中你未必会输、他未必就能赢。

然而你们之间实力的悬殊真叫我捏把汗呀！琼姐，我为你担心，我为你忧虑，一颗小小的心随时为了你而准备彻底奉献。我知道我人小无济于事，即使公然与你站在一起也没有多大分量，但是，我会暗中帮助你，小人儿的小心眼有时也可以起到无法估量的大作用。

我寻觅着一切能够帮助你的机会。

请宽恕我，二十多年后，才向你坦白一切。

请原谅我，二十多年后，才向你倾吐心声。

我在尘世的道路上丢失了我的心，可是你把它捡在你手里了？

我在寻求欢乐时搜集了哀愁，而你捎给我的哀愁却在我的生活里转化成了欢乐。

我的种种欲望都撕成碎片撒掉了，而你把它们搜集起来，用你的爱情串联在一起。

我从这个门到那个门到处流浪之时，每一步都在把我引向你的大门。

琼姐，这些优美的句子是印度一个名叫泰戈尔的老头写出来的，却是我最想对你说的话，你听到了吗？

残冬将尽，冰雪正悄然融化。在一个暖融融的日子里，我们几个学员推一辆手推车，沿着脏兮兮的街往"前支"而去。"前支"设在一座五层高的红砖楼房里，是当地最上"档次"的楼房，部队的首长们如司令员、政委、主任等都在那里办公。

我们是奉了邱干事之命去那里推运黄羊的，而邱干事又是奉了"前支"首长之命的。黄羊是一种野羚羊，学名蒙古羚。每年冬天，草原上奔跑着成千上万只黄羊。"前支"的首长们爱吃黄羊，就派了部队带了机关枪和特级优秀射手去围猎。黄羊被打死后，一卡车一卡车地运到"前支"，堆放在楼顶上，冰封雪冻，犹如天然冷库，可供首长们慢慢享用。然而春天马上就到了，而楼顶尚有不少黄羊的尸体眼见要化要臭，首长们不忍把黄羊糟蹋掉，就将其赏赐给我们文工团。于是，我们就推车前往去拉那些冷冻了一个冬天的尸体。

后来，我们沉默着上了"前支"楼顶，挑选着那些膘肥个大的黄羊往楼下扔。当我们合力把一个个黄羊尸体从四楼顶上抛下去时，便听到那尸体落地时的一声闷响。响声巨大，宛若闷雷，每一声都结结实实地砸在我的心上，仿佛那坠落下去的不是黄羊而是我自己。

许多年以后，那黄羊从楼顶飞坠的一幕，仍以惊心动魄的气势鲜活地保存在我的记忆深处。

邱干事，那时你心中又是何等感受呢？我相信你也同样感受到那种惊心动魄了吧？

一天傍晚，有一场重要的演出，军区首长来观摩。我们在舞台后化妆。我自然又要画成灰白脸、吊吊眉、三角眼——小团丁丑恶的嘴脸。而你呢，我偷偷注目，见你画得那么专注，那么认真。片刻，你用粉定完妆、描过唇和眼线之后，突然走到我身边。我从我的镜子里看见你的脸，我几乎惊叫出来——哦，琼姐呀，我从没见过你画得如此美艳、如此令人心旷神怡！那是一种冷静的美，一种使人预感到即将消失的昙花一现的美，一种与那个时代格格不入的倾城倾国的绝代美色。

你朝我凄婉地一笑，问："小男孩，好好给我看看，眉画得好吗？"

我使劲儿点点头。

你又问："眼呢？"

我说："也好！"

"嘴好看吗？"

我强忍住眼中的泪，说："好看，真的好看！"

你又问："眉是不是有点暗？给我描描！"

我的手颤抖着拿起眉笔，在你的弯眉上轻轻描了一下，又描了一下。眉笔柔软的尖在你的眉梢上颤跳不已。

你又照照镜子，朝我一笑，说："不错，这样就鲜亮多了，是吗？"

我的声音几乎全是颤音："琼姐，你今晚真的美极了……"

你摸了摸我的头说："你等着瞧吧，今晚我要真正地跳一次，让所有的人见识一下什么叫芭蕾！"

激昂的流水般的旋律回荡不绝。

绛紫色的金丝绒大幕徐徐拉开。

水牢……

椰林……

红棉树、五指山、万泉河……

在所有优美的自然景色中，始终有一个精灵在飞旋、飘舞、起伏奔腾，忽而如雪花轻盈坠落，忽而似清泉淙淙奔流，它上天入地、出神入化，令人目不暇接——那便是你，琼姐，是你的舞之魂在点化荒芜的土地山川，把一切毫无生命色彩的万物赋予了鲜活的生命……

那晚我始终站在一条幕侧内，痴痴地注视着你，琼姐，你跳得真是好极了，从没见你跳得如此投入忘情，更没见过你的舞姿如此精美绝伦；一招一式，一跳一转都倾注了自己的感情，都传达出无限的含意；你舞姿的"范儿"更是独树一帜，与众不同，显示出一种贵族化的高贵不俗的风范……

不仅我被你迷住了，台下几百名观众也被迷住了。那时，除了音乐的河流在淙淙流淌之外，观众席上静得没有一丝声响，连一声轻微的唏嘘都能清晰地听见。全场的观众都被你精湛的舞技征服了，琼姐呵！谢幕时最初竟没有掌声，一点儿掌声也没有。观众们齐刷刷地站立起来，却静静地望着台上，忘记了鼓掌，忘记了喝彩，倏地，掌声不约而同骤然响起，犹如暴风雨般猛烈，势不可当。

我朝台下窥探，看见首长席上一位大首长模样的军人在抹泪，而旁边的一位在拼命鼓掌。

一瞬间，我竟从密密麻麻的观众中发现了他——邱干事。你知道吗，琼姐，邱干事从未坐在观众席中观看过我们的演出，那是他第一次作为一名普通观众坐在那里看完了整场演出，然后他用军人的立正的步子站在那里，既不鼓掌也不喝彩，只是立正站着，浑身坚挺如柱。

渐渐，观众散去，只有邱干事仍站在原地，动也不动，直到场灯熄灭，一团浓阴将他淹没。

谢幕之后等待你的是什么呢？

琼姐，当你卸去妆，披上军大衣走出剧场时，一辆黑色的伏尔加小车在静静地等着你。你迈着异常平静的步子向小车走去。上车前，你轻轻地抿了抿头发，然后从容地钻到小车里，仿佛出门远行一般。

你走了，就那样走了，从此再没你的一丝消息！

琼姐……

你是远行去了吗？

人海茫茫，如今你在哪里？当我懒散地躺在床上，品味当代人所谓的孤独时；当我百无聊赖地从电视机里打发时光，或从立体声组合音响的流行音乐里腐蚀自己的心灵和肉体时；当我与一些不谙世事的、轻薄的或多情的女孩子们周旋厮混、品着苦酒和咖啡时，琼姐呵，你又在何方？你也和我一样吗？也在品味那些旧报纸般的旧时光吗？

历史在你身上是中断了，还是在继续无休止地延续着？告诉我吧，琼姐！还有，你对那个小男孩，真是一种纯洁的友谊或姐弟之情，而没一丝别的吗？

想起你是为了把你忘记！邱干事，忘却你不是一件轻易的事，可我努力忘掉你！

从那次谢幕之后，你就再没有出现！有人说你复员转业了，有人说你被调到珍宝岛立了战功，更有人说你后来晋升为连长、营指导员、团政委……然而不论你后来的结局怎样，我还是要说：你是个农民！永远是个农民！

今天，我所要做的，是在叙述之后把你彻底地忘掉，从心灵最深处把你的影子抹去！

唯有一点是永远也抹不掉的，那就是谢幕之后，在空落落的剧场里，我看见一个座位上遗留着一顶绿军帽。

可以肯定，军帽上没有红色的五角星。

那是一团迷人的橄榄绿，它被人遗留在偌大的剧场里，呈现出一种旷古就有的落寞与空寂。

在以后漫长的岁月中，那顶绿军帽多次出现在我迷乱的梦中，宛如一块绿色的冰块在黑色的暖水中渐渐融化……

终于有一次在梦中，那顶绿军帽变成了时髦的小红帽，于是在我的人生页码上，镌刻上一行最古老的箴言。

今晚你寂寞

原载《小说界》

1.

古枫一直相信自己的预感，尤其是在情绪很糟的时候。

譬如现在，当他独自站在海市火车站前乱哄哄的广场上，用顾盼的目光来回扫瞄着每一位行色匆匆的男人和女人，一次又一次失望，一次又一次懊悔时，就更相信预感没有欺骗他——没人来接站，被冷落的命运在等待着他！

他能想象得出自己此刻的狼狈样：土里土气的劣等西装，皱皱巴巴的领带，微微咧开嘴的老式皮鞋，还有一个满是尘垢的帆布背包，傻呵呵地站在广场显眼处东张西望，汗津津的面孔露出憨态……总之，他与这城市肯定是不和谐的，像华美圆舞曲中的一个不和谐音符（是跑了调的"发"还是冷不丁冒出的休止符）。

然而，他不得不站在最显眼的地方。凭经验他知道站在这儿能够使前来接站的人一眼就注意到他。有什么办法呢，不和谐的才是最显眼的，世界上的事情往往如此，怪不得别人，只能怪自己。

懊悔？懊悔什么呢？三天前当他意外地接到孙主编打来的长途电话，不是激动得差点欢呼起来吗？不是认定自己的好运来了吗？他答应得那么爽快，嗓门高亢，让电话那一端的孙主编都吃惊。想想自己当初迫不及待的样子一定可笑极了。孙主编会认为那是受宠若惊吗？留给出版社所有的好印象怕是被那一时激动而破坏殆尽。

沉不住气，真沉不住气！

一个名气虽不大的作家毕竟也是作家，一个三十七岁的男人首先应该干练、沉稳，喜怒不形于色。而你，一时冲动，感情用事，这正是最大的弱点。

其实说到底不过是去写一篇报告文学。

这种事现今司空见惯——某企业出钱提供赞助，某刊物请作家为这家企业写篇颂扬性的文章，作家多少也能得些好处，如此而已。

他这次的好处是：若报告文学写成，出版社便立即出版他那本中短篇小说集。那是他的第一本小说集，由于征订数只有几百册，一压就是三年多。这也怨不得出版社，近几年纸价猛涨，印刷费、成本费都在涨，出版社风雨飘摇，日子吃紧，不赚钱的书自然往后排队了。孙主编在电话中兴奋地告诉他："十万，十万块呀！人家一出手就给了我们十万块，指名要你去写报告文学，一切费用均由他们承担。你三天后务必动身，不得延误。行前拍电报把你到达海市的日期告诉他们……"

电报是拍了，日期、车次准确无误，然而无人接站！对方是赫赫有名的东方国际实业开发有限公司，而自己不过是个不太有名气的小文人，怎么会受到那家大公司的重视呢？可是那家公司怎么偏偏相中了你呢？你的名气还没有达到这一步呵。

细细想来，被冷遇应在预料之中，但当第一个冷遇来临时你还是感到了一种失落，一种不被人重视、不被人理睬的悲凉。怪谁？只能怪自己，谁让你放下手头正在写的长篇小说《家园》而答应这笔交易呢？不错，这是一笔交易，一笔不错的交易！你动了心，匆匆忙忙告别了那荒凉山庄，急切地一头撞进了这个繁华都市……问题是这家公司为什么偏偏指名道姓叫你来呢？

他决定不再无望地等待下去。

主动送上门的不一定都是妓女——自我解嘲地苦笑一下，思索着该用什么方法去那家公司——叫出租？乘公共汽车？坐地铁？也许应该先打个电话？

他注意到那个穿红衣服的女人从他身旁转过去已经是第三次了。这是一个衣着与相貌都很华贵的女人，三十岁上下的样子。

他对女人最为敏感：轻佻的和不轻佻的，泼辣的和不泼辣的，性感的和不性感的，有味道的和没味道的，处世深难对付的和处世不深单纯幼稚的等，一看便知。

他注意到这个女人，第一次是因为她的红裙子下面露出的修长匀称的小腿十分诱人。一般来说，除了芭蕾舞女演员之外很少有女人具有这样光滑匀称妙不可言的小腿。第二次他便注意到这红衣女郎画着浓妆，脸上有种高贵的气质，宽大而肥厚的嘴唇十分性感，像一张西方女人的嘴。她的眼睛深藏在深色太阳镜下难以看清。第三次他欣赏了这个女人的侧面和背影。从侧面看，他觉得她脸部的线条挺柔美，是个颇有姿色的女子。接着，他又从她的背影上发现了一种"美丽的孤独"。

广场上的一排电话亭大都狼狈不堪的样子，有的门玻璃烂了，有的话筒不翼而飞，有的拨号盘脱落，只有两部还能用，却排着长长的队伍。他尝试着钻进一个四壁只有一面玻璃墙的电话亭里，投了一元硬币，拿起话筒，似乎有"嘀嘀"声。拨了查询台，久久听不到回音。正待挂上重拨，话筒里突然有了声音。他喜出望外，刚说了句"喂"，却听得里面有个男孩子粗鲁地说："嗨，瞎拨啥呀，这是私人电话……"

他只得无可奈何地向停车场走去，拿定主意去坐出租车，尽管口袋里的钱未必能叫得起一辆出租车。他想起孙主编的叮嘱："到了那儿可别跌份儿啊，从某种意义上说，你是代表出版社去的。"

别跌份儿？毋宁说是文人的虚荣吧！

可若无这点儿虚荣，你还有什么呢？

刚走到停车场，就拥上一大帮人来拉客！

"车子要不要？"

"好车子哇，小丰田呢……"

"能多给你开发票，报销吧？"

"坐我的车，我给你介绍个好旅店啊……"

有一位年轻妇女扯住他不松手了，说："坐我的吧，车上有空调呢……我表妹你认识吧？她叫林芳芳，听说过吧？名气好大呢，她每次来都坐我的车子哩……"

这热情使古枫望而却步，急忙往后退去，说："对不起，我不要车……"

"你这人，便宜得很哩！"年轻女人简直像在做另一种生意。

古枫几乎要拔腿而逃了，说："便宜也不坐……"

刚一转身，却第四次看见那红衣女人。她坐在一辆漂亮的乳白色小汽车里，车玻璃落下来，她正用那双幽深的眼睛望着他、研究着他。

预感发出信号——这女郎可能与他有什么瓜葛。

这回却没敢相信预感，慌忙择路而去，摆脱了司机们的追踪。回到广场上，他又茫然了，难道就这样一直等到天黑？

天热得让人周身起火，恨不得找个地缝钻进去凉快一下。又热又躁，心烦得要命。

蓦地，身后响起一个女人的声音："对不起，请问您……"

转过身来，果真是那红衣女郎站在面前，笑吟吟地望着他。甜润的声音淙淙地流过来。

"您是等人接站吗？"

他使劲儿点点头说："是呀。"

红衣女郎依然微笑着，表情丰富。他不明白她的意思。

女郎问："请问，您是叫古枫吗？"

"对对，我是古枫。"他忙不迭地点头。

"是作家古枫吗？"她走到离他很近的地方，仔细地审视着他，依然不敢相信他就是古枫似的继续询问。

"是，我是作家古枫。"他擦着汗，"你是……接我的？"

女郎如释重负地喘了口气，用美丽的小手绢扇着风，说：

"总算接到了！老师，你可把我找得好苦哟！快上车吧，跟我来……"

她不由分说，抢过古枫肩上的帆布包拎上，然后步履轻盈地向停车场走去。

几分钟后，古枫坐进了那辆漂亮的乳白色小车里。红衣女郎从前排座位上转过头来，递给他一张名片，上面的字迹也很隽秀。

"认识一下……"

他嗅到精致的名片上散发着好闻的香水味儿，淡蓝色的名片上印着中文和英文——

东方国际实业开发有限公司

公共关系部主任

　　虹　颖

2.

一支久违的曲子曾使他魂牵梦萦。

不是圆舞曲，不是探戈，不是交响乐……是什么呢？竟忘得如此干净！对往昔的健忘是从什么时候开始的？

记忆力减退是衰老的信号。然而自己还不老呀，还不到四十岁呀！

第一次听到那曲子肯定是在十年前，不会再早了！依稀记得，乍听到那曲子时的惊喜心情——干净明快的旋律像山涧岩上的清泉一样流淌着，流过了许多的旧梦……曾经，他对那曲子熟悉得如同自己的十指——吉他的幻影，钢琴的温柔，竖琴的旖旎，小提琴的絮语……那样深刻地印在心灵上的一支乐曲，竟会被岁月的流水冲刷得如此干净，不留痕迹。只要一安静下来，就忍不住苦苦追寻那乐曲的神韵，一种逝者如斯的忧愁便会泛上心头。

"古枫老师是第一次到海市来吗？"

虹颖回过头来与他交谈。她已摘去太阳镜，他看见她的眼窝凹陷进去，睫毛很长，向上弯曲，大概是粘上去的假睫毛。眼皮上涂着一层薄薄的眼影，有亮晶晶的红的和绿的斑点在美丽地闪动着。这双眼睛很温柔，他却从中窥见了她内心有一片丰饶的土地。

古枫点点头说："第一次……"

不知为什么，他隐瞒了真相。

七年前，他曾到过海市一次，为了追逐一个女人熟悉的背影，他误了所乘的那趟车，只得在火车站当了一天一夜的流浪汉。他不愿意当着女士的面提起那段狼狈的历史，不是怕面子上不光彩，而是要讲那次经历便少不得要叙述事情的来龙去脉、前因后果，那正是他所厌倦的。

"您会在这个城市里玩得非常舒心的，古枫老师。您由我接待陪伴。我们大老板……噢，就是总经理，我们习惯叫他大老板，他特意关照过，要按一等规格接待您。"

他有些坐卧不安了。一等规格？一等规格是多高的规格？什么样的客人才够得上一等规格呢？如果说时下又把人分为三六九等，那么，自己该算哪一等呢？如果自己够不上那一等而享受了一等规格，心里会好长时间不得安宁的啊。

"不不不，不必太客气……最好，一切从简，一切从简……"古枫嗫嚅着。

虹颖笑了，笑容明快自然，说："一切我们都安排好了，您只管放心。我们给您找了个非常幽静的环境，您需要操心的，是您那杆生花妙笔。"

"只怕让您和大老板失望啊。"

"哪里，您是赫赫有名的大作家嘛！"虹颖真诚地说，看不出任何恭维的意思，甚至有几分崇敬在里面，"知道吗，刚才我犯了个错误，太以貌取人了，原以为老师……怎么说呢，风流倜傥、气宇轩昂、卓然出群……没想到老师竟这样朴实，这么平易近人，完全没有一点大作家的架子……"

"怕是你们搞错了，虹颖小姐。"他觉得应该先把话说清楚，"我真不是什么大作家，只是……"

"声明两点，"虹颖快嘴利舌地说，"第一，绝不会搞错的，我们大老板对您十分熟悉，老师的每篇作品他都读过，您是他请来的贵客；第二，不要再称我为'小姐'，我不喜欢这种称呼！"

"为什么？"

"如果你没弄清一个女人的实际年龄，最好称她为女士。在我们这儿，上了年纪嫁不出去的老姑娘才被人称为小姐呢。"

居然还有这么多讲究？古枫愈加觉得自己原有的知识不够用了。

"你说你们总经理读过我的作品？"他还是有些不信。

"当然。您的小说《山那边的人家》、报告文学《未来的忧患》，他都读过，评价不低呢。"

"他也爱好文学？"

"那还用说，从前他还亲手写过不少东西呢，如果不改行搞经济，没准儿现在也和老师一样出名了……哎，老师应该知道的呀，你们以前不是很熟的吗？"虹颖挑下眉问。

古枫有些愕然了，原来此行竟是旧友相邀，可事前他竟全然不知，这使他感到十分尴尬，正欲问总经理尊姓大名。虹颖接着说道：

"对了，真抱歉，忘了转达我们大老板的歉意。他今天因为要和外商谈笔生意，不能亲自前来接老师，希望老师能原谅……"

虹颖的话音未落，小车已驶进一所绿幽幽的庭院里，轻捷无声地停住了。

"到了！这就是老师下榻的蜃楼庄园，请下车吧！"虹颖笑吟吟地说。

3

变幻了一个淡绿的世界——按摩浴缸、瓷砖、抽水马桶，甚至角落里那台电话机，统统是一个和谐完整的淡绿色调。墙壁上加了精美玻璃护罩的灯也是翠绿的，散发着淡雅宜人的光束。

泡在淡绿色的水中，仿佛沉浸在另一种夏天。凉爽的有着微风的小河边，田野铺展开无边的诱人的绿浪，柳荫覆盖在蓝色的天空，山显示着一抹浅蓝，在透明的空气中颤抖。

仿佛听见那音乐从虚无中飘然而至，美妙无比。再细听，却无处不充溢着一种哀怨、一种乡愁。正要伸手去捕捉，它却倏地融化在迷离的绿色中，没留下一点踪影。

只有换风机低低的单调的吟唱。

还有卫生间外面的卧室里，隐隐传来吉他温柔的叙说，它在宁静中独自叙说着夏威夷蓝色的海岸和浪花。

现在，他可以集中精力想一想那位慷慨的总经理、那位神秘的旧友是谁了。在淡绿色中翻弄着一页页发黄的记忆，却无法找到一点儿线索。

在海市，他没有朋友，似乎也无熟人。历数所有的熟人和朋友，也找不出一位经商搞企业的大亨。

会是谁呢？

根据虹颖说的来判断，应该是一位弃文经商的老文友。弃文经商的文友倒是有几位，但至今都是小打小闹，成大气候的却无，也从未听过有谁当了大公司的总经理……

这是一个狡黠的家伙，躲在记忆的最深处迟迟不肯露面，让你苦苦思索却无法把他呼唤出来。而他呢，那位神秘的、尚未出现的故友，却在幽暗的地方注视着你，脸上露出嘲弄的、得意的神色，那揶揄的眼神像墙上绿灯发出的光芒一样，从四面八方包裹着你，而你却看不见他……

这个想法使他不舒服起来，愉快的心境被破坏了。他敷衍了草地往身上涂了一遍沐浴液，顿觉浑身清爽异常，一股香味仿佛附着在皮肤上。他站在浴盆里，用喷头将身子冲一遍，然后从架子上取下浅绿色的浴巾裹在身上。望着镜子里的那个人，他竟觉得陌生起来——那是你吗，古枫？你现在突然变得像个贵族了是吧？可是这一切原本是不属于你的，只是暂时归你所用，你就一下子迷恋上它们了……你很喜欢这里的一切，不错吧？这种生活是你不曾经历的，它唤醒了你天性中的某些东西，并使它们得到了一时的满足……

可你忘了，你原本是北方山区的儿子吗？

你来自那片荒芜贫瘠的土地。你有过饥饿的童年、寒酸的家庭和卑微的过去。你早已习惯了北方山区的莜面、山药蛋和马粪甜丝丝的气味。你为那些人写作并为他们忧患，为他们哀戚，为他们旺盛坚韧的生命力咏叹，那是他们的家园，也是你的家园……

此时此刻，那一切突然变得那么遥远，那么模糊，犹如被时间的激流冲刷得苍白而虚幻。那个真实又沉重的古枫忽然变得如气球一般轻飘飘的，不知该把身子置于何处、落在哪里。

电话铃响了。

不是那种刺耳的铃声，而是音乐从温泉中泛起的一串水泡。一开始他以为是一首乐曲的开头，可当它又鸣响一遍之后，他才弄清楚是电话。

来电话的是接待他的那位小姐……哦，是女士，虹颖女士！

"老师，下楼吧。我陪您去吃午饭……"

电话里，虹颖的声音甜美至极。

"我们在小餐厅用餐。刚才大老板打来电话，询问您是否到了，安排好没有。他说现在实在抽不出身来，等傍晚过来看您，给您接风叙旧……"

"这样惊扰你们，真不好意思……"他又一次感到不安。那位旧友如此热情，而自己竟怎么也记不起他是谁了，这的确是件令人尴尬的事情。

*

五分钟后，他穿好衣服走出卫生间。

这是个带客厅的套间，客厅里有乳白色的沙发、电冰箱、电视机和组合音响，木制壁板粉刷成栗子色便有种古色古香的味道。地毯是红颜色的，显得华贵儒雅。一扇门通向卧室，另一扇门通向外面。空调像面大钟挂在墙上。窗户上有三层窗帘，一层纱、一层丝绒、一层百叶窗——用宽布条制作的，十分考究巧妙，都可以遥控。他想象不出人们说过的"总统套间"是什么样子，但他相信不会比这儿豪华到哪儿去。

虹颖已坐在沙发上等他，手里玩弄着遥控器，随着她手指的变动，窗帘一层层拉开又合住。

"老师，"看见古枫，她礼貌地站起来，"这儿——还算满意吧？"

"非常好……就是有点太奢侈了，如果能换个简单点的房间……"古枫一副受之有愧的样子，"这房间一天下来，怕贵得很吧？"

"这是蜃楼饭店最好的房间了，每天大概一千多元吧。"

他大吃一惊。原以为房价也就是上百元，没想到竟比他猜想的高出整整十倍。一宿房费竟抵得上他一个月的工资、几部中篇小说的稿酬！那份感慨在胸中荡了好一阵子，竟无恰当词句可表示。

"老师，对这里还满意吗？"

"太豪华啦……"他想不出应该怎样回答。

"这算啥！"虹颖不当回事地笑道，"我们大老板财大气粗。这点开销哪儿放在眼里。您可甭以为是对您搞特殊化，我们平时接待一般来客也住这种房间。好啦，现在让我们到餐厅去吧，边吃边谈好吗？"

"好的……"

随着虹颖女士走进小餐厅时，他忽然觉得大家都在看自己，又一次强烈地感到不和谐的音符在震颤。不，不仅仅是因为那套不合身的劣质西服，而是另外一种东西。他能感觉到，却无法明言。

爷孙三代九口人挤在一铺大炕上，连他算上整十口。除了他，众人都睡得香甜，呼噜声此起彼伏。二丫不停地说梦话，大狗不住地放屁。野风在窗棂外使劲鬼哭狼嚎。

炕烧得很热，房东二大娘执意让他睡热炕头，这是山村待客的最高礼遇。炕席紧贴着肉，不仅硌脊梁骨，而且烫屁股。翻来覆去，辗转反侧，终于昏昏入睡，却听得村外的老牛孤独地吼了一夜……

长篇小说《家园》的构思就是从那一夜开始的。山野的风吹得他心静如水，无波无澜。

那时，似乎还记得起那旋律……

5

无论在哪儿，灯光都有意搞得这样昏暗，当然是为了突出一种情调。

小餐厅里除了坐着几位脸色白嫩的中国男人之外，还坐着几个脸色红润的外国人。他们都很安静，不像街头小酒馆里那些男人粗野地划拳乱吼。他们甚至有些呆滞，如幽灵般坐着，呷着啤酒或者红酒。

音响效果也是经过精心设计的，是一种酒吧的氛围。这种音乐没有旋律，只有一堆堆一串串伤感的音符在流着、吟着。始终没有找到那支曲子的痕迹。原以为在这个城市能找到，却没有。

穿红衣的女招待轻如幻影般地飘来飘去。

虹颖望着他问："老师习惯抽什么牌子的香烟？"

他想了想说："嗯，大鸡，物美价廉。"

"大鸡？"她笑着摇摇头，"恐怕在这儿找不到那种烟，那种劣质烟对身体有害！来包Marlboro吧——万宝路。"

她只是随意说着，他的脸却红了一下——露怯。原以为"大鸡"就是不错的烟了，却被她贬为劣质烟。这个女人正在慢慢地腐蚀他那可怜的一点儿自尊和自信呢。

"我喜欢Kent——健牌，味道绝对纯正。"她点上烟喷了一口之后慢慢说，神情恬静安然。

"你还喜欢什么，女士？"

"爱好不多，吃法国大餐啦，穿最时髦的衣服啦，想去当时装模特，又想去搞服装设计，可我知道自己没有那方面的才华，缺乏创造力。欣赏嘛，还凑合。再就是爱看赛马，真刺激，可惜在这个城市里看不到。还爱玩电子游戏机，那种人工精心编排的程序很有趣，设计者绝对聪明……"

"爱好文学吗？"他试探着问。不知为什么，问完之后又后悔了，似乎把一个圣洁的东西太轻率地就抛了出去。

"不！"她回答得很干脆，"一点也不！女人爱文学其实都是附庸风雅，尤其是女孩子们，不过是把文学当作花环来装饰自己内心的空白。我不但不爱文学，而且有些鄙视爱好文学的人。"

他感到一种愤怒正向周身蔓延。

"老师别多心啊，您当然是另外一回事。有成就的作家毕竟不多。我是对那些实际上不懂文学而又装作懂文学的人说的。他们实际上就像那帮练气功的人一样，骗别人也骗自己，练了几天就觉得身体里真的有了一股子万能之气，可以无所不能。"

虹颖呷着酒慢慢地说，不让他打断。

"当然，问题不在这里，问题在于搞文学的人太高看自己，总认为自己无所不能，是上帝，可以救人于水火，可以改变世界。实际上，文学什么也改变不了，甚至都不是一种好的消遣方式！"

"那你认为什么能改变世界呢，女士？"他忍不住反击。

"当然是经济。经济基础决定上层建筑，老马的真理千真万确！其实说白了，经济就是金钱，钱才是最重要的。我先声明：我可不是个金钱决定论者，并不认为金钱万能，决定一切的当然还是人。可我也不像你们知识分子视金钱如粪土，骂它充满了铜臭。没钱时固然可以清高，可当有了很多钱时，清高就变质了……"

他想和她辩论下去，便说："你否认文学具有启蒙作用吗？从欧洲的文艺复兴到中国的五四新文化运动，难道不正说明了……"

虹颖一笑，伸出手来制止了他。那个手势很优美，很高雅。她说："嚯，开始反攻啦？火药味儿挺足的！好了，今天不谈这些，我们相处的日子还长着呢，以后有时间可以慢慢说。吃菜，瞧，烤鸭上来了，味道不如全聚德，可也能凑合着吃，来，动手呀！"

他只得收敛话题。他伸筷子夹了块鸭肉放在嘴里嚼着，味道果然不错，又脆又香。

"来，我给您裹一个。"

虹颖优雅地做着示范，把大葱、甜面酱和鸭肉片放在薄面饼里裹成卷儿，递给了他。他立刻意识到这才是烤鸭的正宗吃法，又一次感到窘迫。

"我第一次吃烤鸭时，比您还狼狈呢，先把饼吃光了再吃葱，都吃尽了最后吃鸭肉……"虹颖开心地笑着说。她的聪明机智不露声色，使古枫不得不暗暗钦佩这个女人。

"言归正传！"她盯着古枫，"想起我们大老板是谁了吗？"

古枫窘得满脸通红地说："真不好意思……"

"瞧瞧，真的让大老板说中了——人家早把我给忘了，人家如今是大作家嘛！"

"他究竟是谁？"他忍不住问。

"不告诉您！到时候您就知道了。先给您留点悬念吧，也是一种小说技法嘛。"虹颖顽皮地眨着眼说。有时候，她真有几分孩子气。

"就让我一直待在云里雾中？"

"等见到他时，老师若是还记不起来，定要重罚！"

古枫苦笑着摇摇头，从酒杯中寻找着自己的影子。吹开啤酒白色的泡沫，分明看见一个陌生男人的面孔，阴沉、颓唐、嘴角上还凝着一份偏执。

似有音乐从那升腾的气泡里迸出来。

是他？

蓦地，记忆裂开了一条闪电似的长缝……

6.

那是一个十分阴郁的男人，长条脸，颊上有道疤痕，常常用阴鸷的目光盯着人看。在那次笔会上，他始终沉默着没说过几句话，很少被人注意。他每天躲在阴暗的小屋里发狠地写着，像是在和谁拼命，笔尖划稿纸的声音吱吱嘎嘎的像耗子啃噬着黑夜，一直响到天明。

古枫却在那次笔会上出足了风头。

他那时叫古风，两个短篇刚刚被《小说选刊》选载，一部中篇刚刚在省里获奖，在地区文学界红得要命。在笔会上，几个女孩子每天缠着他，听他大侃特侃小说创作秘诀，从马尔克斯到艾特玛托夫，从黑塞到普鲁斯特……他年轻气盛，才华横溢，不仅小说写得好，诗也不错，而且会外语、懂音乐，舞也跳得潇洒。舞会上，女孩子都抢着和他跳舞。有个叫雯的女作者，是笔会上最漂亮的女孩，美丽多情是她的资本，热情好动是她的天性。古风与她一接触，就被吸引住了，两人一谈就是半夜。她也喜欢古风的才华，认为笔会上唯有他谈吐不俗，可以倾吐肺腑之言。

最初，古风怎么也搞不清雯与那个男人是什么关系。他们来自同一个城市，看得出他们过去就很熟。那男的阴沉着脸在任何场合都要出现在雯的身边，尤其是正当古风与雯谈得高兴时，那男的便黑着脸来了，一言不发地坐在一旁，俨然是雯的保护神。雯与古风顿觉无趣，只得依依不舍地分手回各自的房间里去。从那男人的目光里，古风看见了一种由于强烈的妒忌而燃起的火光，恨不得把这个世界烧成灰烬。

终于有一次，在古风的追问下，雯才吞吞吐吐地说："他一直在苦苦追求我……我来参加笔会的一切差旅费都是他出的……"

古风便与那人认真地谈了一次，知道了他的一些情况，他竟也写小说，笔名方刚（大概取"血气方刚"之意）。最为有趣的是：他与古风是同年同月同日生的，几乎有着相同的坎坷经历——都是北方山区的孩子，都有不幸又寒酸的童年，凭自己的刻苦努力考上了电大，两人居然同是85届文科毕业生，而且开始文学创作的时间也相差不多。唯一不同的是，古风已在创作上小有名气而方刚则默默无闻。

古风看过他的一篇稿子，从中简直找不到一点儿才气——构思平庸，文笔干涩。古风对别人说："这个人干什么都能混口饭吃，就是不能搞文学。"这话很快传开，众人皆掩口笑，直到传到方刚的耳朵里。在一天夜里，他将所有的草稿付之一炬，和谁也没有告别，独自一人悄悄离去了。那时笔会刚刚进行到一半。几乎没有人留意到那人是何时消失的，只有古风觉得雯的身边少了一片阴影，少了一个"警察"。那时候，他与雯已经爱得要死要活了，每天都相依相偎在一起，聆听那支曲子。美妙的音乐把他们送入了爱河。

是吉他曲《爱的罗曼史》吗？

7.

难道是方刚？

酒显然喝得多了些，头有点儿晕。躺在席梦思床上，又觉得自己像个气球似的飘浮在空中晃悠不定。

虹颖劝酒十分在行，不由你不喝。一个出色的公关部主任。

真静！只有空调恍若气流流动的嗡嗡声。

那人究竟长的什么模样？长条脸，脸部线条明快，棱角分明，目光沉着，充满自信？然而浮现在脑海中的形象却是他自己。再继续苦想，浮现出的那张男人的脸依然和自己一模一样。等等，也许他真的和我有几分相像？好像雯也说过这样的话："你俩真像双胞胎呢……"

这不是真的，是记忆混乱而产生的幻象，是某种意念借记忆伪装出来的。那时他完全没把那个人放在心上，他能感觉到存在于两人之间的敌意。起码有一点不是假的——他嫉妒自己，嫉妒得要命！他是个嫉妒心十分强烈的男人，所以在记忆中他是阴郁的、猥琐的、沉默的……

可虹颖说："你只猜对了一半，我们大老板可不叫方刚……"

猜对了一半是什么意思？一个人难道可以分成两半吗？

但虹颖为什么摇着头说他没猜对？

有人敲门。

他看了下床头柜上嵌着的电子表，已经是下午四点二十分了，便应了一声，坐起来，走出卧室。

进来的是服务员，送来了《海市晚报》。他道了谢，接过报纸翻了翻。他已经注意到面前这位女孩儿长得很甜、很纯，有一张讨人喜欢的娃娃脸——圆圆的眼和圆圆的嘴，身材颀长，走起路来显出腰的柔软。他浏览报纸的时候眼角的余光甚至注意到这样一个细节——她站在那儿迟疑了几秒钟，欲言又止，用一种异样的目光望着他。可当他抬起头来用目光对着她时，她已经转身走了。

又扫了晚报一眼，忽在"文化动态"一栏发现了一条小消息："青年作家古枫今日抵达海市，下榻蜃楼庄园。据悉，他是应东方国际实业开发有限公司之邀，专程来我市体验生活的……"

体验生活？

古枫不由得苦笑了一下——用词真是太高妙了！确切极了！体验一下贵族式的生活，知道在中国还有一种这样的生活方式。仅从这一点来说，他无论如何也是该来的，不虚此行。

难怪服务员小姐用那种目光看他。

8.

大风天。北方山区的春天这种黄风几乎不断。这种风把整个天空都刮透了，刮露了。

大粒的砂子飞起来，击在人的脸上，麻酥酥的疼。在这样的风中，站在旷野上，他觉得内心盛满了说不出的苍凉。如果造物主真的存在，那他是个多不公平的家伙啊，给了我们这样一片土地，这样一种气候，是让我们在这种艰难的地方学会怎样生存吗？

荒凉的田野上缓慢移动着一头黑牛，拖着一架犁。山老汉正在用犁翻地。在刚刚翻过的发黑的地里，二丫、四妮、大狗等几个孩子像散兵游勇，佝偻着弱小的脊背，挎着篮子，拾拣着什么。

这景象在北方广袤的田野上到处可见，是那样平凡而普通。可不知为什么却深深地如刀子般刻在脑海里，永远也抹不去，一种复杂的难以言说的情感将心儿攥得紧紧的，生疼。

他踩着田垄往前走。

耕地顺着低缓的山坡向前延伸，一直爬到半山腰。一道黑色的山脊冷峻地立着，俨然是受苦受难的象征。天很冷，似有零星的雪花飞过。

他走到孩子们身边，看见他们用一个小铁爪子在鱼鳞般翻起的耕地上刨着、寻觅着，不时把手放在嘴边哈着热气。清鼻涕流出来，又吸进去。脸蛋上都是青紫样。他从那竹篮里发现了几个从土中刨出的硬邦邦的山药蛋。他拿起一个看着。山药蛋由于在土中埋了整整一冬，坚硬如铁，黑黑的颜色。

"刨它，喂猪吗？"他蹲下去，问二丫。

二丫奇怪地望着他说："人还吃不上哩，咋舍得喂猪……"

"这……人能吃？"

"可好吃啦！拿回去给娘，娘把它化开，压去水，放在锅里蒸，吃起来精精的，像肉哩……"二丫打着哆嗦说，破棉袄在冷风中不住地颤抖。

他一把握住了二丫那双冻得黑紫的小手，把它们放进自己的怀里捂着，眼前便模糊了一片……

那音乐便从大风中升腾回旋，沉入黄土。

是拉赫玛尼诺夫的《C小调第二钢琴协奏曲》。

我那苦难深重的俄罗斯哟！

他相信自己听见了大地的悲鸣。

9.

余下的时间，便是等待那位不知名姓的故友的到来。

古枫越来越焦躁了，不停地在房间里走来走去。打开电视机，正播放着一群美国人为争夺一个庄园而混战。换个频道，是一伙中国人为一个弃儿而奔波。两种文化下的两颗果实。关了电视，仰在沙发上，古枫开始想那篇报告文学该怎样写，采访如何进行等问题。

轻轻的敲门声。

还未等他应声，门开了，虹颖款款而进，笑吟吟地望着他说：

"休息好了吗？您瞧，谁来了……"

先听得一阵脚步声分外响亮。人还在外面，笑声已闯进屋里。当他刚站起来把目光移到门口时，一个高高大大的人影已经出现在那里。

"该死该死，让老兄等我……恕罪恕罪……"一抱拳，径直走到古枫面前，紧紧握住他的双手。

古枫真有些懵了。

这个人，中等身材略高些，宽额厚唇，印堂发亮，眉宇间透着精明能干，一举一动都有种实业家的干练劲儿，嗓音格外洪亮。身子已开始发胖，转动起来已不太灵活了，下眼皮有些松肿发黑，有人说这是常过夜生活的缘故。他微笑着，自然而亲切，古枫却分明感到他的目光中有一股咄咄逼人的冷峻的光芒。

的确是很陌生的面孔，与记忆中方刚的样子没有一点儿共同之处。十年会把一个人变得面目全非吗？甚至可以蚀掉他所有的特征吗？

"这就是我们的总经理方达。"虹颖在非常恰当的时候插进来介绍说，"我说过你只猜对了一半儿嘛——一字之差！"

方达？不是方刚？而记忆中无论如何也找不到"方达"这个名字。古枫只是茫然地望着对方，他知道此刻自己的样子一定傻透了。

"你这家伙，还没想起来？哈哈哈……"方达笑着给了古枫一拳，"我难道真的变得那么厉害，让你一点儿也想不起来了吗？再想想，十年前，在那次笔会上，你红得发紫，我呢，丑小鸭一个。气得我烧了稿子，半路上跑啦……想起来了吗？"方达爽朗地笑着，盯着古枫说。

"那是……方刚呀？"

"嗨，我改名儿了……你不是也由古风改成古枫了吗？那时年轻，血气方刚。如今呢，搞经济做生意，图个吉利，也好腾达哟。"

方达一屁股坐在沙发里，抽出烟来，扔给古枫一支，自己叼上一支，掏出个手枪式的电子打火机，分别为古枫和自己点燃，非常洒脱地把烟雾往空中一喷，仰靠在沙发背上。

果然是方刚！

再仔细打量他，的确能找到昔日方刚的某些痕迹。譬如那冷酷而自信的嘴角，那具有男性性感的宽厚大下巴，尤其是那眼神，一点儿也不错，那股咄咄逼人的锋芒是属于方刚的。

"感到非常出乎意料，是吗？"方达颇有些得意地问。

古枫点点头说："挺意外，没想到请我来的会是你！几年前我听人说你弃文经商去了，如今还真干出些名堂啦！"

"这还得感谢你老兄哟！还记得吗——这个人干什么都能混口饭吃，就是不能搞文学——多亏你这句话刺激了我，也提醒了我，才抛弃了当作家的美梦，改弦更张。要不是你那番话，也许我至今还执迷不悟，一条道儿走到黑，今生今世可就穷困潦倒啰！"方达摇着头感触颇深地说。

"你的确变化很大，连性格都变了，好像完全换了一个人！"

古枫一方面有些为自己难为情，另一方面心头也泛上一种人世沧桑、白驹过隙的苍凉之感。他愈加相信时间可以改变一切。

方达谈兴更浓，愈发健谈了，歪过头去向坐在一旁的虹颖说："你想不到吧，这家伙当年还是我的情敌哩！打得我溃不成军，狼狈而逃。你可别小看他，乍看不起眼，也不讲究穿着打扮，可肚子里真有玩意儿，样样艺术都通，什么音乐美术哲学美学都能神侃一通，唬得女孩子们一愣一愣的，都喜欢这家伙……你也得当心呀，小心做了他的俘虏，哈哈哈……"

虹颖只是淡淡一笑，不言不语。

"对了，老兄，那个雯，就是后来做了著名评论家夫人的那位，后来你再见到过她吗？"方达把烟头摁进烟灰缸里，抬头问。

"七年前见过一次。"

"在哪儿？"方达顿时兴趣盎然。

"就在海市火车站。她和她丈夫——那位大名鼎鼎的评论家秦时月——大概是旅行度蜜月吧。我是从车上望见她的，觉得面熟，就追出了站口……"

"见到她了吗？"

"见到了。他们正要上出租车，我从她身边走过，可她没认出我来。她依偎着丈夫，好像很幸福的样子。我觉得无聊，就悄悄走开了，结果误了我坐的那趟车，狼狈透了。唉……"

"想想也好笑，当年，因为你夺走了雯，我把你恨得要死。哎，你对雯好像动了真情？还是逢场作戏，玩玩而已？"

"我们俩都是白忙一场，最后谁也没得到她。"

古枫摇摇头，不愿再涉及这个话题。谈起雯，一种如烟似雾的旧梦便会缠绕不休，而那难以捕捉的旋律就会以一大段空白来折磨他、惩罚他，使他心烦意乱。

短暂的热恋，短暂的浪漫。手挽手走过那个多情的秋天，倾听着伤感的秋日絮语，之后，一切就不再延续，一切就都成为历史。

后来？后来为什么分手了呢？

是因为他当时还没有能力来保护他们的爱情吗？

雯是个需要男人保护的女孩儿，她的脆弱决定了她对男性的依赖，而古枫恰恰在这一点上无能为力，除了爱之外不能给她任何帮助。那时，他正忙着创作一部中篇小说，笔会后一头扎进了创作中，没顾上履行自己的诺言——去雯所在的那个城市看她。当他完成了作品，匆忙赶到那个城市时，雯已经不在那里了。她也许真诚地等待过他，但在经历了漫长的等待和失望之后，就一个人闯世界去了吗？

她像虫茧终于变成了蛾子，飞离了自己的躯壳……

10.

接风宴安排在一间布置优雅的高级小餐厅里，只有一张桌子，摆满了各种名贵菜肴。许多名菜古枫第一次见，叫不出名。

他已经不再局促不安，在品尝菜肴时已经有点像个深谙此道的老手了。虹颖在一旁不住地为他斟酒夹菜。

一大桌菜只三个人吃是无论如何也吃不完的，只能"蜻蜓点水"而已。方达几乎很少动筷子，只是喝酒，并向古枫介绍各种菜的名称、营养价值或烹饪方法。古枫暗暗惊奇他在这方面的知识，不由叹道：

"你老兄可真成了名副其实的美食家啦！"

"没办法，每天应酬，都是这一套，逼着你长见识……你看，我现今是四肢不勤、头脑简单、肠胃发达！"方达自我解嘲地笑道。

虹颖也掩嘴哧哧地低眉浅笑。

"如今细细想来，十年前那个方刚确实傻得可以，急于改变自己的生存状态，慌不择路，饥不择食，选择了文学……唉，文学真是害人不浅哟！"

"幸亏你及时抽身退出了。"虹颖边斟酒边说。

"这叫能正确认识自己。古枫兄，我的才华的确不在文学上，而在经济方面。你瞧，如今经商办企业，我简直如鱼得水。"

虹颖总是在笑。

一支华丽的无标题的音乐在房间里低低地回旋着，似在叙说着一个十分久远的梦幻。一堵墙上挂着巨大的风景照片，是佛罗伦萨的自然风光，它真实到让人产生如临其境之感。

一串串诱人的葡萄从屋顶上垂落下来，伸手可得。屋角有个小小的假山，还有喷泉。那朵喇叭状的喷泉被灯光映出红色和绿色。

古枫已不胜酒力，凝视着彩色喷泉，心里顿然又是一片空白，不知该用什么来填充它。

不和谐的音符在媚丽娇态的乐章里游移，寻找自己的位置。

方达敏感地觉察到古枫那静默中的伤感情绪，友好地笑道："如今作家都在向内转，你是不是也转到自己心灵的蜗牛壳里爬不出来了？"

古枫苦笑了一下，面前这个人是永远不会懂得自己的心境的。当文学的大潮在几年前退去之后，他就知道自己选择了一条苦旅，他得比别人承担更多的痛苦才能走完人生之路，也就得比别人付出更多的勇气去对待生活。

"依我看呀，"虹颖插话说，"所谓向内转是一种软弱的表现。勇敢地面对世界，顺应它，才能掌握它，那才是男人的气概……"

"哎，你还不了解古枫，实际上他比我们都有勇气，因为他选择的那条路比我们的都艰难！这些年，风风雨雨，甘于寂寞清苦，很不易呀！他为啥把古风改成了古枫？其中深意怕是无几人晓得啦。不知我的理解对不对，古枫——如果说过去你是一阵飘逸的风的话，那么现在的你甘愿做大树，任凭风霜敲打红枫叶，可根却牢牢地扎在大地上分毫不移，再不会像风儿那样飘忽不定了，对吧？"

古枫心头一颤，望着他，像是刚刚认识。

"古枫兄，你近年发表的所有作品我都认真拜读了。从中能看得出你既不肯媚俗，又执着追求自己的艺术理想，这是很可贵的。只可气那帮评论家，一味赶新潮，追在名作家屁股后面抬轿子，真正有价值的东西反而被冷落了，可悲得很啊……"

方达感叹着，十分诚挚。他又列举了古枫的几部小说，竟分析得头头是道，令古枫不得不叹服。看得出，方达是潜心细读了他的作品，辨析得奇绝深刻，不同凡响。古枫心里一热，他本是很容易被感染的，若不是他仍对方达抱有成见的话，真要视方达为知己了。

"谢谢你认真读了我的作品！"

"我的文学梦早破灭了，可对它的那份情总是割舍不断。俗话说：旁观者清，也许这些年只有我对文学界看得比较清楚。你现在的境况我也清楚，你呀，只顾埋头写作，不问市场行情，正是你的症结所在……"方达又给古枫斟满酒，望着古枫说。

古枫觉得他的目光在刹那间射穿了自己的内心。

"今天，咱们只喝酒，不谈文学……不谈文学。"古枫将杯中酒一饮而尽，舌头已有几分僵硬。

"好，依你！文学这玩意儿其实是谈不得的，越谈越烦人。"方达痛快地说，"看我现在远离了文学多逍遥自在，该吃就吃，该喝就喝，该玩就玩，该乐就乐。人有了思想可不是件好事。所以，我现在有空闲就练气功，让思想化成一股气在全身运行，那滋味儿真是美妙无比……哎，你练气功吗？"

古枫摇摇头说："我不信那玩意儿。"

"要信！要信！"方达认真地说，"知道我已经练到什么程度了吗？有一天，我正参加一个重要的贸易洽谈会，那股气没管住，突然自个儿冲上头顶——发功了！就觉得脑袋要腾空而去，只得抬起一只手紧紧压在头顶上，不让脑袋飞掉。正在这时，会议表决，同意签合同的举手。我心里其实是不同意签那合同的，可那手咋也放不下来。得！人家都以为我是同意了，合同就签了……损失了我十几万！"

古枫忍不住笑起来，这位故友如今不仅谈锋锐利，而且蛮会风趣幽默呢。

"我们大老板这样的笑话多着呢。"虹颖笑着插言道，"有一次，梦里发了功，两手伸直，闭着眼从卧室走到阳台上，就站到了阳台的围栏上，只要往前一步，就得掉下去，吓得下面街上的行人都尖叫起来。知道那楼有多高吗？十八层！我的老天呀！人们都以为他要自杀，忙打电话报警，可等公安局的赶到时，他老先生早躺到床上呼呼大睡了，真叫人哭笑不得！"

"开始揭老底儿了！"方达向古枫挤挤眼说，"后来，我从监狱里借来一副铐子，每天睡觉时都把自己铐在床头上，以免再发生类似的危险故事。可是有一天，手铐的钥匙被一位来喝酒的朋友当成他自己的钥匙给装回家了，活生生把我在床上铐了两天两夜，幸亏唐娜赶来救了我……"

"唐纳？唐老鸭吗？"古枫笑着问。

虹颖笑得前仰后合，说："一只可爱的卷毛母鸭子！"

"甭听她胡扯！唐娜是我的未婚妻。"方达止住笑说，"明天你就能见到她了。"

"你还没有结婚？"

"离了，离了两次啦！"方达伤感地说，"你要知道，在这个世界上，想找一个适合于自己的女人是不容易的，尽管女人比母猪还多……"

"我抗议，严正抗议！"虹颖噘着嘴，装出愤怒的样子，"你已经构成了严重的诽谤罪！"

"我认罪，我伏法，请息怒……"方达举起杯说，"甘愿认罚一杯。"

说毕，将杯中酒一饮而尽，转过头问古枫：

"对我们这位女士的印象怎么样？"

"不错！"古枫忙又补充一句，"出类拔萃！"

方达颇为得意地说："我公司的女孩儿一个赛一个，聪明，漂亮，气质，都是一流的！想想咱们那次笔会吧，那些女孩子，轻贱就不必说了，长得呢，比着看谁丑，除了柿子脸，就是蒜鼻头，地地道道的三星牌。"

"怎么讲？"虹颖感兴趣地问。

"三星牌就是——想起了伤心，撇下了放心，看见了恶心。"

"你可真能糟践人！"虹颖笑得很开心。

"不信你问古枫——搞文学的女孩子哪有几个像样的？"方达快意地盯着古枫。

"也不能一概而论。譬如说雯，还是挺出色的嘛！"

"我可不认为她有多么出色！"

"酸葡萄！"虹颖笑着挖苦。

"我是没吃到那颗葡萄，但它的确是酸的。"方达固执地说，"说她出色，是那时的眼光——井底之蛙的眼光，如果用今天的欣赏标准……"

"我们不谈这事儿好不好？"古枫皱着眉头说，"方达，咱们还是公事公办。这次出版社派我来，交给我的任务可得完成。我想明天就开始采访，收集材料。至于报告文学写什么，怎样写，我还得先听听你的意见。"

"不必这么匆忙嘛，"方达不当回事地说，"明天我们另有安排——请你到我家里去，见见我的唐老鸭。我还请了些朋友，咱们好好聚一聚。"

"免了吧，方达，这已经很不错了，你再这样注重礼节，我可真受之有愧了。"古枫慌忙推辞。

"那可不行，今天是公司官方的接风宴，明天是我个人的私下叙旧，这个面子你是一定要给的。"

古枫还想推辞："可是……"

虹颖这时在桌下悄悄捏了捏古枫的手，并微笑着丢了个意味深长的眼色。古枫不明底细，就把后半截话咽了回去。

方达趁机不容反驳地说："就这样决定了！明天上午我派车来接你。"

11.

华美乐章早进入了呈示部，却寻找不到主部——主题音乐，只有副部主题音乐在流畅明快地进行着，把那个不和谐的音符推进了展开部……

雯，记得我们共同度过的那个秋天吗？那条街真空旷，两侧高高的槐树和梧桐几乎搭成一条长廊，橘黄色的灯光铺下了一层安谧，踩在落叶上能感觉到季节的弹性和松软。

你依偎在我肩上，说你好喜欢这条街哟。我说如果我有权力就把它命名为"雯街"。你高兴得手舞足蹈，似乎那条街果真已经属于你。你连连吻着我说：谢谢你……

你说你喜欢德彪西的钢琴曲《亚麻色头发的少女》或是《春》；我说我更喜欢舒伯特的无伴奏合唱《菩提树》，因为它表现的是一个流浪汉的乡愁，而我的作品也爱表现这个主题。为了我们各自的喜好，我们争得面红耳赤。

快乐，令人怀念；恋爱，使人幸福。可是，幸福和快乐并不能给人真实的启悟。你的离去使我久久痛苦。后来，我又经历了许许多多的苦难，经历了心灵历程漫长的黑夜和漂泊，终于才听到了来自北方山野的呼唤，于是我走向那里，寻找到属于我的财富。我恍然理解了荷尔德林那玄奥的语义：连痛苦也是神性的一种必要的启示方式。

然而我必然要与痛苦相依为伴吗？正像但丁说的：我不下地狱谁下地狱？雯，你能理解这一切吗？

久久飘浮在空中，苦苦寻觅着坚实的大地，乍然坠落而下，心便收缩得紧紧的，似乎还惊叫了一声，身子在席梦思上挣扎扭曲了几下，猝然醒了。

12.

床头柜上的电话正在不屈不挠很有耐心地响着。有时通过电话铃声也能判断出对方的涵养程度。古枫赤着上身从软软舒适的被窝里爬出来，在拿起话筒之前，就已经猜出是谁打来的了。

果然是虹颖温柔的声音，隐隐带着一种歉意和不安：

　　"古枫老师，我想肯定惊扰您的好梦了。不过实在没办法，车子在外面等好久了，而且大老板从家里打来三次电话催促，只好把您叫醒了……"

　　一瞧电子钟，竟然是中午十二点多了！他大吃一惊。多年来，他从未有贪睡的习惯，即使爬格子熬夜，也必须在早晨八点钟起床，跑步锻炼从不中断，生活极有规律。尤其在山区体验生活的那段时间，山老汉在天未明时就爬起来去拾粪，他也在那时爬起来跑向绿油油的田野，去寻找那些如地里麦苗一样新鲜的感觉。

　　可是，住进蜃楼庄园才一夜，生物钟就被打乱了。人的意志为什么这样脆弱呢？或者说是自己的适应能力太强了？既可适应山区里的艰苦生活，也会享受这里的一切？

　　也难怪，三层窗帘严严实实地挂着，屋内光线始终昏暗如夜，再加上昨晚饮酒过多，昏昏沉沉，还有讨厌的过于舒适的床，这一切联合起来构成了一个阴谋，使他昏睡不醒。他真想跳起来将三层窗帘全部扯开，让明亮的阳光透进来，让窗外的景色嵌在窗上。可话筒仍在手里响着，他无法顾及窗帘，只得开亮房间的顶灯。

　　"喂，古枫老师，您在听吗？怎么没有声音？是不是又睡着了……"传来虹颖急切的询问。

　　"我在听，真抱歉……"

　　"没关系，还来得及！"虹颖在电话里的声音依然有一种歉疚，"老师，昨天晚上，我让服务员把您那套衣服拿去洗了。你已睡着了，就没惊动您……"

　　古枫这才注意到昨晚胡乱扔在椅子上的那套皱巴巴的衣服果然不见了，皮鞋也不翼而飞了。

　　一时，古枫有些懵了，问："洗好了吗？怎么还没送回来？那我……"

　　虹颖在电话里忍不住笑了，说："恐怕一时半会儿是不会洗好的。不过您放心，不会叫您光着身子参加宴会的。您现在就去打开衣橱，把里面那套衣服穿上。式样和色彩未必中您的意，试试再说。"

不待古枫说什么，虹颖挂了电话。

古枫只得穿上拖鞋走到衣橱前，打开那扇高大的彩色的橱门，果然看见整整齐齐地挂着一套西装，还有一双样子新颖别致的皮鞋。他迟疑着，仿佛面对着时装橱窗，他可以伸手取走这套服装，却难免有种做贼似的感觉。这是一种正常的心理感觉呢，还是自己过于敏感？唉，古枫，方达和虹颖都没有任何可挑剔的地方，出于礼节，合乎人情，每一项安排都有一种暖烘烘的人情味儿，而你的敏感不是显得有些小气而可笑吗？

他很快使自己的心态恢复了平衡，取出衣服穿好。这是一套崭新的西服，上等面料，做工考究，牌子都令他吃惊——"金利来"领带，"老头"牌皮鞋，大不列颠的"英国王子"牌西服套装，还有一件丝绸衬衫，领口用银线绣了花边，穿在身上柔软凉爽。他对着穿衣镜照了照，惊奇这套衣服竟如此合体，仿佛是为他量身定做的一般。他忽地想起昨天下午在客厅时，虹颖曾用目光打量他的身材。尽管那仅仅是刹那间的一个非常隐蔽的眼神儿，但还是被他捕捉到了，并在心里画了个问号。现在他恍然明白了，虹颖那是用目光丈量他的身材尺码呢。真是个有心的女人！显然，这套衣服是昨晚临时买来的。是虹颖看他穿得太寒酸了而想出的这个主意，还是方达对他的慷慨相赠？

走出门时，他觉得自己变了一个人。当他来到饭店华丽的前厅看到那些高贵的客人进进出出，便没了那种格格不入的感觉。不和谐的音符正在消失。

虹颖迎上来，望着他发出一声惊叹：

"这身衣服太适合了，不是吗？真是焕然一新，英气逼人。"

"不过换了一层好皮毛罢了。"古枫无可奈何地苦笑道，"我真服你了，虹女士……"

13

"客人早到齐了，只有你这位大作家姗姗来迟。"

方达握住古枫的手往屋里走去，边走边说："今天我要让你见一位神秘嘉宾，让你大吃一惊。"

"谁？"

"见了你便知道了。"

客厅里早已坐了几位客人，正津津有味地说着什么。方达为他们一一做介绍，原来都是海市艺术界的名流——一位中年女演员，一位诗人，一位画家。显然，"神秘嘉宾"不在这几个人当中。古枫与他们寒暄了一阵，彼此间说些"久仰久仰""幸会幸会""早闻大名""三生有幸"之类的客套话。看得出他们与方达都很熟，一个个热情洋溢。古枫这才知道方达广交善友，而且喜欢与文艺界名人往来。

宽敞的客厅布置得富丽堂皇，应有尽有，比古枫预想的还气派许多。墙上有几幅名人字画，一张还是齐白石的；屋角有一架钢琴。彩色的吊灯颇具欧洲十八世纪那种沙龙客厅的味道。

客人们很快就把话题转到了那幅齐白石的画上，看来他们刚才的话题正在这幅画上。几个人为那幅画的价值而争论不休，虹颖立刻加入到他们的谈论中。只有古枫觉得一时无话可说。

方达悄悄捏捏古枫的手，低声说："让他们在这儿争吵去吧，你和我去见那位神秘嘉宾。"说完便带着古枫向卧室走去。

两个女人正坐在床上，背对着门口亲密低声地谈着。其中一个年轻的女人听见响声转过身来莞尔一笑。她的头发染成了浅褐色，每一根都支棱起来，就像圆乎乎的刺猬支棱起身上所有的刺显示它的威力一样。古枫立刻联想到初冬荒原上那种转蓬草，圆圆的毛乎乎的一团，随风滚动十分好看。他于是担心眼前这颗"爆炸头"会不会被风吹得乱滚。

"这就是我说过的唐娜，瞧，像卷毛母鸭子吗？"方达抚着唐娜的肩嬉笑道。

古枫难为情地笑着。他不得不承认，唐娜长得挺美，尽管俗一些。

"这位就是'神秘嘉宾'……哎，你先不要转过来，对，就这样。"方达摁住另一位女士的肩膀，使她的面孔依然背对着古枫。"让我们的作家认真猜一猜，今天聚会的'神秘嘉宾'究竟是谁？"

古枫看那女人的背影，觉得眼熟。

那肩的线条极柔和，长发披散下来也极有风韵，匀称的细腰更是凝了百种柔情，千种旧梦，只是那件紧身的半透明的黄纱衣是陌生的。古枫一时茫然，呆呆站着，心中又是一片空白。

那曲子在刹那间闪了一朵美丽耀眼的火花，又熄灭了。

"猜不出来吧？"方达得意地笑着。

难道是——

雯？

古枫觉得心像定音鼓似的被一只无形的鼓槌猛敲了一下，那一声心音便轰然荡开了一圈圈涟漪。

背影缓缓转过来，一双含笑的眼睛盯住了他，里面有几分羞愧不安，几分重逢的欣喜，还有几分旧日痴情。

竟然真的是雯！

依然是十年前的老样子，依然是一副甜润的面孔，不过眼睛不再那么明亮、纯净了，眼角也略略有了些不易觉察的皱纹。每个过了三十岁的女人都得无可奈何地接受那些鱼尾纹，还有松弛下来的皮肤。它们暗示着青春的消逝，也证实着世故的成熟。

她这时慢慢站起，迎着古枫徐步走来，将依然娇小的手伸给他。她依然是那样落落大方，举止间又多了些贵夫人式的高雅。

"古枫，谢谢你还记得我！"雯含笑说，却有几分伤感，"一晃都十年了……"

方达赶忙来缓冲这不合宜的伤感气氛，笑道：

"这位老兄见了我，咋也想不起我是谁了，硬是把我忘得干干净净！可对你就不同了，雯，还没看见你的脸，他就认出来了。真是身无彩凤双飞翼，心有灵犀一点通哟！"

雯很快就从伤感的氛围中解脱出来，显得热情而不失矜持，友好而不失身份。她半开玩笑地说："古枫，没想到你还是那样注重仪表，更加风流洒脱了！"

方达插话道："快别提他的仪表了！你是没见他昨天刚下火车的狼狈样儿，那身衣服……我们的虹颖还以为他是个民工呢！幸亏我早有准备。你们都来看看，这套衣服咋样？人靠衣服马靠鞍，一下子就精神起来了，是吧？这才是真正的风流洒脱呢。"

古枫忽然觉得脸上火辣辣的，尤其是当着雯的面，方达这种慷慨施舍的样子让他受不了。他又一次没沉住气回嘴道：

"首先声明——我这是借鞍配马，借衣赴宴，用罢了可是要完璧归赵的。"

"你又见外了！"方达急忙赔不是，"算我多嘴失言，该死该死！你可千万甭想到别的方面上去！古枫兄，这套衣服是我的一点心意。"

"我可不敢收这么贵重的心意！"

"贵重？和友情比起来它算什么？你这么见外可是重物不重情了。"方达不高兴地说。

虹颖赶紧过来打圆场："这是我们公司的工作服，每个职员都有一套。老师来为我们工作，发一套工作服完全合情合理。"

雯也劝，声音温柔得像个懂事的大姐姐：

"唉，你的固执还是没变啊！时代都发展几大截了，你还是不肯改变自己……"

方达却说："我看他已经改变自己了。其实他的观念意识比我们谁的都新。要不，他也不会把名字改成古枫了。"

说着，方达给唐娜使了个眼色，两人便说要到客厅里去照顾其他客人，走了出去。临出门前，方达又转过身来对古枫说：

"其实呢，雯也是我们公司请来的客人。等你的报告文学写出来之后，就由她来写评论，文章署她和秦时月的名字发表，一家伙就把声势造上去了。好，现在你们可以好好谈谈。但是，我希望不要总谈文学，也别涉及那篇报告文学，谈点别的！"

当古枫和雯单独留在卧室里时，面面相对，却突然感到别扭、紧张，许久沉默着，竟找不到一句合适的话可说。

也许是缺少音乐作为润滑剂？可那支曲子的旋律为什么想不起来了呢？雯也许还记得吧？

"雯，还记得十年前我们俩总爱听的那支曲子吗？是一首轻音乐……"

雯茫然地摇摇头说："轻音乐？不，没有一点印象。我现在很少听音乐……"

14.

那小东西死在荒山沟里至少有八天了。

山老汉把它搭在肩上扛回了家，扔在院子里，就动手剥皮。孩子们欢呼着团团围住，看那可怜的小东西怎样被肢解开来，放进大锅。

一只不是很大的很瘦的死羊。

天依然很冷，风无情地吼着，撕扯着四野八荒和村舍。干麦秸被刮到天空，打着旋儿飞过人们的头顶。残雪在远处的山顶上泛着耀眼的冷光。

古枫回来时，羊皮已剥下贴在墙上，羊肉被肢解成几大块放在大锅里正在煮。大狗起劲地拉着风箱，头上的破狗皮帽耳呼呼地拍着红扑扑的脸。二丫、三妮和四虎围在锅台前迫不及待地望着。

古枫弯下腰，细细查看那肉，发现已变成淡绿色，蒸气中涌上一股腐臭味。他皱着眉走到院子里，对山老汉说：

"那肉可吃不得！"

"咋？"

"腐了，要吃坏肚子的。"

"嗨，庄户人的肚子哪那么娇贵，吃进去石头蛋蛋都能化成水水哩！"

"孩子们的肠胃受不了。"

"白球不咋！"山老汉不以为然地把沾满黑血的手往棉裤上蹭着。

"扔了吧，大爷，万一吃出个三长两短，后悔一辈子！"古枫激动地说。

山老汉呆呆地望着他，忽地把头一低，重重地叹了口气，说：

"俺不想让孩儿们大鱼好肉地吃一顿哇？可你哪里知道，孩儿们有一年都没闻着肉味儿了，肚里的馋虫长得比肠子还粗，俺……不忍呀……"

山老汉趿蹴在地上，面色凝重，印着古朴苍凉。

古枫忽觉得有一种东西猛地撞击心门。他默默无言地走到了院外。

风强劲地刺着脸，田野上布着与山老汉脸色相似的苍劲之色，黑黝黝的山像是山老汉弯曲了的脊背，有一种坚韧的力凝聚在里面。

他迎风而立，久久凝视着北方这片坚硬而宽阔的土地，直到风把眼睛吹得红肿，流出许多的泪来……

15.

窗帘仍严严实实地挂着，夏日的炎热被挡在了外面，却也把阳光和绿色挡在了外面。

古枫有好几次产生了走到窗前把窗帘全部拉开的念头，却不知为什么坐在写字台前没动，不停笔地写着他的稿子。有一次，他已经走到窗前，将窗帘刚拉开一条缝，阳光便毫不留情地钻进来，如电弧光一样刺痛了眼睛。古枫只得急忙拉住窗帘，这才知道眼睛已经适应了昏暗的光线，不敢再和阳光接触了。

窗外究竟是什么景色呢？

这个问题很有诱惑力，也激发想象力。也许，楼下有一座花圃、一座假山、一片青翠的竹林；也许，是一片绿茵茵的草地；也许，是一堵颜色难看的墙，或几间不和谐的低矮民房……

努力集中精力，将思绪转回到稿子上，翻着那一叠厚厚的材料，让墨水不停地倾泻到稿纸上。

从没想到报告文学还能这样写：不用下去采访，也不必深入调查，即使是走马观花地转转也没有，用方达的话来说是"没那个必要"，只让虹颖带来几叠厚厚的材料。他认真看了一天，竟大都是写方达的——如何白手创业，如何苦苦经营，如何发挥个人才干，如何深得职员尊敬。打电话给方达提出自己的疑问。方达只是笑着说："怎么写随你，创作自由嘛。"他又问："是写公司整体，还是写《方达传》？"方达在话筒里便说："其实都一样，我创建了这家公司，公司就是我的生命，二者血肉相连，难舍难分嘛。"

服务员来送水，还是那位长得很甜的女孩。古枫觉得她颇像十年前的雯，难怪自己从一开始就对她有好感。她放下热水瓶后并未立刻走掉，而是动作轻盈地沏了一杯茶，端到古枫面前，始终是一声不响。

"谢谢！"古枫抬头望了她一眼。

"打扰您写作了吗？"女孩惶惶地略带歉意地问。

"没有，我这个人写作不怕打扰。"古枫和蔼地说。

"如果您需要什么，只管往服务台打电话。我是05号。"

女孩说完，便用训练有素的步子退了出去。

古枫又把写出来的那部分看了一下，只觉得干巴巴的，很不理想，便烦躁地把稿子抛在一旁。连着几天，总是心堵气不畅，明显是上火的征兆。呷口茶，顿觉满口余香，神清气爽。低头一瞧，原来杯子里放了他最喜欢喝的小黄芩。那是北方山野里一种极普通极不引人注目的小野花，淡淡的蓝，一簇簇一蓬蓬，却有极旺盛的生命力，在最荒凉最偏僻的山坳的石缝间都能找到它，采回去晒干后，泡在杯里呈清新的浅蓝色，既可当茶饮用，又可驱热败火，解暑清心。多年来，古枫一直喜欢用小黄芩泡茶喝，甚至还为小黄芩写过一篇清新优美的散文。

无论走到哪儿，只要一闻到小黄芩那股山野的清香，便顿时心旷神怡，似乎感到了田野山谷的风正徐徐吹拂着自己燥热的身心。

一口气将杯中茶全喝尽，才暗暗惊疑那女孩——05号怎么知道他有爱喝小黄芩的癖好？

好像只有雯知道他有这嗜好，但雯曾经为此而嘲笑他说："那是山沟沟里农民的劣习！"

刚想到雯，雯就推门进来了。她住在古枫隔壁的房间，经常过来找他聊天，也为他正写的文章出点子想高招，倒也帮了古枫不少忙。

"没打断你的思路吧？"雯落落大方地走到写字台前，翻翻那叠稿子，惊异地说，"乖乖，写了三千字？"

"多？还是少？"古枫觉得她大惊小怪的样子挺可笑。

"自然是多啦！从昨晚到现在，只不过多半天的时间嘛，你可真神速！"雯在沙发上落座后，嗅嗅鼻子，惊异地皱眉问，"什么味道？难闻死了！"

古枫把茶杯放在她的鼻孔下，说："农民的劣习……还记得吗？"

"是什么草药？"雯扫了一眼，闪开脸。

"一种饮料。"古枫一时觉得无趣，含糊不清地应道，心里却不好受，感到一种不可名状的深切的失望。

"古枫，说正经的，我是来和你商量评论文章的。我已构思好了一个框架……"

"怎么，我的报告文学八字还没一撇，你的评论文章都快问世了？"古枫惊异地说。

"同步进行嘛。高效率是现代生活的特色。"

"雯，你什么时候学会写评论文章的？是你那位秦老先生手把手教的吧？"

"别挖苦人了，好不好？有位作家说：时下文坛的状况是——写不了小说就去写诗歌，写不了诗歌就去写评论。可见在你们小说家眼里，写评论是等而下之的活儿了。不过事实恐怕也的确如此。我熟悉的一位评论家说，他家里养的一条小哈巴狗也会摁电脑打字写文章，有一天竟在屏幕上打出这样一句话：论古典小说Love与现代派意象的第五百六十三条深层面的象征意义……"

古枫被逗笑了，笑得很开心。

雯就是这样一个女人，能轻易地把人搞得不愉快，又能轻易地让人快活起来。也许这正是她的魅力所在？

16.

虹颖来得正是时候。古枫刚交了稿，心中莫名其妙地泛上一股小学生交了考卷后的忐忑不安之感，等待方达看后的反应。正感到无事可做，想轻松一下时，虹颖笑吟吟地来了，怀中抱了一个大纸盒。

"这几天累坏了吧？我一直没敢过来打扰。怎么穿上短袖衫了？西服呢？不会是舍不得穿'英国王子'吧？"

虹颖老熟人般地亲切自然，使古枫产生了一种奇妙的愉悦感。他已经喜欢与这个女人在一起了。

"穿西服打领带，仿佛把整个身子都束缚住了，浑身不自在。"古枫说，"还是穿牛仔短裤、半袖衫更舒服自在。"

"一点不错！我总觉得穿西服的男人太刻板、太严肃了，有点儿像蜡像馆的蜡人。"虹颖说着，从纸盒里取出一台小仪器似的东西。

"那是什么？"古枫疑惑地问。

"给你解解闷儿——电子游戏机。"虹颖熟练地把电源和连接线接好，将一盘游戏卡嵌进主机里，一摁开关，电视屏幕上出现了字迹："魂斗罗"。

"这是小孩子玩儿的东西嘛。"古枫笑着摇摇头，"我可是从来没碰过这玩意儿。"

"蛮有趣的，来试试，我来教你。"虹颖把他推到电视机前坐下，将操纵板递给他。

画面上部出现了一架直升机，两位突击队员顺着绳子飞快地滑下来，持枪弯腰，似乎正在选择突击的方向。

"记住，我是穿红裤子的那个，你是穿蓝裤子的，你要紧随我，不断开火，扫清前面的障碍，我负责断后。主要是咱俩得配合默契，才能玩好。好，开始！"

虹颖目不转睛地盯着画面——电视里的红裤子"虹颖"便向前冲去，冲锋枪里冒出一连串的火光，弹道分外清晰。

"喂，愣什么，快跟上来！"

"敌人"出现了，一群群一伙伙，明处的、暗处的，开枪射击的，疾步奔跑的……地形变化多端，暗堡诡异莫测，手榴弹横飞，大炮不停地开火……古枫看得眼花缭乱，他的那位"蓝裤子"简直笨透了，不会跳跃，枪法不准，浪费弹药，一次又一次中弹倒下，很快就丢命消失了。现在只有"红裤子"一个人往前突进了。她打得太精彩了——忽而卧倒，忽而跃起，忽而回身扫射，忽而跳入掩体，突破一道又一道凶险障碍和关口，终于打出一架金灿灿的大飞机来，并消灭了从飞机上蜂拥而下的空降兵，夺了飞机腾空而去……

古枫看呆了，顿时产生了极大的兴趣——这简直是奇妙的艺术，不可思议的创举。它可以使你产生一种如临其境之感，仿佛真是你自己在浴血拼杀，开枪打死别人或被打死。只有残酷的厮杀才能保全自己，获得胜利。

他很快掌握了它的玩法，并能跟着"红裤子"一道前进了。这使他又激动又愉快，时间便在轰轰隆隆的枪炮声中飞快地流逝了。

当他终于坐着那架金色的大飞机脱离了那片凶险之地时，高兴得大叫起来。

猛然间，那架飞机却在空中爆炸了，碎片纷飞……

虹颖快意地大笑道："你忘记排除定时炸弹了！"

古枫痛苦地喊了一声，狠狠地捶着自己的大腿，惋惜不已。他的悲哀和沮丧是那么强烈，仿佛果真被炸得粉身碎骨。他忘了掩饰那颗童心，使那桀骜而顽皮的本性活脱脱地显露无遗。虹颖专注地凝视他，既觉得好笑又觉得这个男人的确活得很真实。

"何必那样认真，不过是游戏而已，一种人们精心设计的程序。"虹颖劝慰道，"你可真是当局者迷了！"

古枫清醒过来，摸摸头自我解嘲地笑道："从头再来。"

然而，他忽地觉得虹颖的话中颇有启悟意味，笑容也意味深长。细细品来，终也品不出弦外之音。

又是自己敏感多疑了！

17.

时隔三天，方达才迟迟露面，亲自开车来到蜃楼庄园。一见古枫，就连连道歉：

"太忙，太忙，总也抽不出身来……"

古枫以为他是来谈稿子的，他却只字不提稿子之事，拉上古枫就往外走。

"今天，专门抽出一天的时间，陪你到外面兜兜风去，让你看看海市的市容，参观浏览一下这儿的名胜古迹……"

古枫没想到方达开车的技术那样娴熟。

他爱开快车，一辆接一辆地超过别的车子，却绝不允许任何一辆车子超他。有一辆小车突然从旁边超过去，他一定要拼命赶上超过才算完事。即使很危险的弯道超车，他也权当儿戏。当他终于超过那辆车时，便露出傲然而轻蔑的微笑，然后谈笑风生，若无其事。古枫已注意到他用眼角的余光通过后视镜观察被甩在后面的那辆车子。他对路口的红灯十分敏感，能抢红灯则抢，不能抢则立即打出右转弯信号，拐到右侧的路上，即使穿小胡同再回到原路上也是不停的。他对所有迷宫般的小胡同已经到了烂熟于心的程度，穿小胡同时得心应手，灵巧得如鱼得水，更显出驾车技巧的非同一般。

"我就爱钻小胡同，既抄近路又不受红绿灯的管束，自由！"他歪头对古枫说。

"这可容易出事儿啊。"古枫说。

"对我不会！"他自信地说，"别人只觉得危险，体会不到其中的乐趣。"

在参观了两座新式的立交桥和几幢设计别致的建筑物之后，方达提议到海滨去。不等古枫表示同意，方达已驱车朝海滨方向驰去。

"稿子看过了吗？"古枫忍不住问。

方达避而不答，把话支开："这些天，和雯相处得怎么样？叙过旧情了吗？"

一排排楼房和绿树在车窗外闪过。

"过去的事情，只有藏在心底才珍贵，若是再翻腾出来从头感觉一遍，就无聊了。"

"可我看，雯对你好像还怀有旧情呢。我说，你也别太冷落了人家。你若是不去，我可主动出击了。"方达开玩笑道，"你应该体会到我单请雯而不请她老公秦时月的良苦用心吧？"

大海出现在视野内——雄浑而苍茫，把城市的狭窄、拥挤、嘈杂一下子抛到了九霄云外。

方达仿佛深谙古枫的心思，摁了个开关，咖啡色的车窗玻璃落下来，顿时，一股清爽而潮湿的、带着淡淡海腥味儿的海风吹了进来。古枫将头探出去眺望大海，不见白浪滔天，不见渔帆点点，只见混混沌沌的一汪海与远天衔接，犹如一块缓缓隆起的蓝色的高原大陆，闪着远古洪荒般的琉璃瓦似的光泽，拓宽着茫茫无垠的空间。

车子很快拐上了海滨公路。

无边无际的海！这是真正的海，同北方高原那片苍茫的土地一样，凝聚着一种无法言说的神秘力量，给人一种超越自然的深刻启迪。

方达终于减慢车速，也眺望大海，目光里同样有了一种庄严的神情和激动。

呵，方达，我们都是北方山区的孩子，你与我有着相同的经历，自然也有与我相同的情感吧。我们都是从生活最底层历尽磨难而奋斗上来的，尽管我们选择了两条不同的路，可我们起码有一点是共同的，那就是不向命运屈服，让自身的价值得以实现，拓宽生存的领域。方达，我多么希望我们的心灵能够交流呵。

"我想起了北方的土地！"古枫静静地说。

"我也是……"方达冷静地思索着，慢悠悠地说，音调低沉，"你知道，我的家乡也在北方山区，一个贫困的小村子里。我从小尝尽了穷苦的耻辱，发誓长大后要做个非同一般的人，不再受人鄙视！我苦苦奋斗了这么多年，就图这个。你也许不信，就是今天，我对故乡那片贫瘠的土地仍怀有极深的感情，尽管那儿早已没有我一个亲人了。去年我专程回故乡看了看，简直不敢相信，乡里那所老中学还是二十年前的老样子，一点儿没变！许多教室都成了危房，透风露雨，坐在里面胆战心惊，还能上课？唉，北方山区太贫穷了！我给我的老中学捐款盖了一座教学楼。这件事我从没告诉过任何人，不想炫耀。我可不认为这是什么光荣的事，这是我家乡的耻辱。从小，我的家乡就给了我许许多多的耻辱。若不是从你的作品中看到了你对北方土地的厚爱和真诚，我是不会把这事讲给你听的……"

混沌的蓝色高原大陆越来越近，似乎能透过它冷峻的外表听到它深层的生命的喧嚣。它不同于真正的高原大陆——在高原上，一切生命都是袒露无遗的；而在这里，一切都被那层混沌不透明的海水包裹起来，内在的生命的冲动只是偶尔变幻成浪花翻腾一下就消失了。在高原上，大地和人的皮肤都是干裂的、坚硬的、粗糙而厚实的；而在这里，一切都是湿润的、松软的、细腻和变化不定的……

古枫第一次认真地凝视着方达，这个人是古枫未曾见过的一种类型，也许是他把自己包裹得太严实了，使别人都无法真正窥见他的内心。古枫产生了一种渴望：深入这个人的内心，洞悉他那复杂莫测的心灵世界。

海滨的沙滩上有一块兀立的岩石，高达三十米，样子古怪，状似蘑菇，上端极宽大，下端极细窄，而且朝大海方向倾斜四十五度角，像个大钉子斜扎在沙滩上，比世界奇景比萨斜塔的倾斜角度还大许多。乍一见到它，任何人都会产生一种错觉——这块巨大的怪石正在无可奈何地倒向大海的波涛里，被海浪一点点地冲刷蚕食。然而，它却牢固地立着，多少年来分毫不移。正是这种惊险的姿态吸引了无数游人，使它声名远扬，成为海市的一大奇景。

"据考证，它已经用这种吓人的姿势屹立了几万年了，并且还会再屹立几万年而不倒。人们叫它'危岩''蘑菇石'，也有叫'魔石'的。而我喜欢称它'魔石'，它的魔性正是我们人类应该借鉴的……"

方达侃侃谈着，带古枫朝危岩走去。古枫心有余悸，迟疑着不敢靠近，生怕会被压在那黑森森的巨石之下。

"第一次到这儿来的人，都有这种畏惧心理。"方达硬是把古枫拖到危岩底部。从这儿往上望，它真像个大石蘑菇，撑开巨大的伞，但不是为了庇护人，而是为了把人吞噬掉。

"知道它为什么会歪成这样而不倒吗？"方达颇有兴趣地问古枫。

古枫细细想了想，逗趣儿道："是大海在召唤它，它想投向大海，就朝海倒去。但大陆不允许它归向大海，要它回到陆地上来，使了法力使它不再倒下，于是它便成了现在的样子。"

"那是作家的想象！再想想，从科学角度。"方达却是很严肃的样子，并耐心诱导。

古枫一时也想不出好的原因，只得摇摇头。

"其实道理非常简单——这魔石只露出地面三分之一，就是说它把三分之二深藏在沙土里，所以它能够立于沙滩而不倒！"方达像个哲学家似的狂热演说着，"露太多，根基不稳，必倒无疑；露太少，不惹人注目，也就永远默默无闻地埋在了沙土里，此其一。其二，它为何不正正地直立呢？这就是它的狡猾之处了——正直而立，不足以哗众取宠，构不成惊险奇绝的效果，歪斜而立，恰恰取得了一种与众不同的效果……"

古枫暗暗敬佩方达的悟性，竟把一块石头琢磨得这样透，品出这么多人生要义来。再想，觉得方达这人挺可怕的——具有这种魔性的人若是想干任何一件事情，岂有干不成之理？！

"十年前，我最初来到海市白手创业时，一笔大买卖砸了锅，贴进去全部老本儿不说，还欠债上百万。债主追，法院传，一时哭天不应喊地不灵，换个别人非自杀不可。实际上我也动了自杀的念头。

"那天我来到海边，沿着岸边慢慢往前走，心想投到大海里，了却一切烦恼吧。正走着，突然就看见了这块魔石。

"那天下着蒙蒙细雨，这儿一个人也没有。我望着它的怪模怪样，整整在凄风苦雨中呆呆站了一个夜晚，终于品出了它的魔性所在。是上天派它来启迪我呢。好笑吗？当时我真是这样想的。那个早晨的感受，我永远也无法说清——痛苦和激奋，失望和希望，不幸和侥幸，软弱和顽强，善良和恶念，欲望和仇恨，苦难和幸福……统统搅在一块儿。

"突然，我觉得头疼，半边的脑袋像被谁猛插进一把刀子搅了一下，疼得无法忍受。我不得不狠狠地往岩石上撞自己的头，一下又一下地撞着，直到鲜血淋淋，头疼才止住。

"后来我想，那是这块魔石要我的血呢！它若赋予我魔性，我呢，就得以付给它人的血液为代价。

"我无法向你形容头疼止住后的那种无比奇妙的感觉，只觉得那个早晨美极了。大海像艳丽丰腴而又放荡的女人一样诱惑着我，令我心灵欢悦，肉体舒畅，心神激荡，天人合一，我与大自然合为一体。

"物竞天择，我找到了我的生存方式。我从此落下了偏头疼病，之后每每遇到不畅快的事，偏头疼就发作，我不得不去撞墙、撞岩石、撞玻璃……我心中的痛苦只能这样发泄。没有人知道，我的魔性、我的痛苦、我的一切烦恼，都被我巧妙地掩藏起来。人们看到的只是我快乐的幸运的外表，是我的豪华的生活，成功的事业，是美酒和鲜花……

"古枫，这一切你能理解吗？别回答我，我只不过是想说说而已！我不需要别人的理解，永远也不！我宁愿把自己的三分之二永远掩埋着，只让人们去惊叹我露出地面的三分之一……"

古枫抚着冰冷的蘑菇石，听着处于癫狂状态的方达的大段心灵独白，恍若从那魔石上看见了他曾留下的斑斑血迹，忽地明白了方达带他出来的真正用意。

这样一个人的心，居然也浸泡在痛苦里？荷尔德林曾承认：连痛苦也是神性的一种必要的启示方式。那么是否可以再补充一句——痛苦也是魔性的一种必要的启示方式？

18.

山野的风又吼了一夜。

天快亮时风停了，世界一片空落落的寂然。

他很早就起来了，奇怪的是人们已不在屋子里，连平时贪睡的孩子们也不见了。收拾好东西，走到院子里，他看见这一家子人都在院子里站着，望着他，默不作声。

他呆了——是用这种方式相送，还是挽留？

"走啦？"

山老汉苍凉地叹口气，拉住二丫的手，慢腾腾地挪到他面前。乳白色的哈气从嘴里喷出来，雾一样散开，山老汉的面孔模糊不清。

他点点头，很想说些什么，却一句也没说出口。

山老汉把一包热气腾腾的煮鸡蛋塞进他的包里。他没有推辞。他熟知这家人的脾性。

"他叔，看得出，你顶喜欢二丫，这孩子呢，也恋你。你要是不嫌弃，就认了这个干闺女吧！"

山老汉委屈地转过脸去，像做了什么见不得人的事。

"咱不图别的，只图日后还能回来看看二丫；只图你平时能给她写个字儿邮来，好让她上进；只图有个文化人能调教她……二丫，跪下！"

二丫乖巧地跪在地上，仰起冻得红红的小脸望着他。

他才注意到地上有积雪。

"叫干爹！"

"干爹。"二丫脆脆地叫了一声。

忽地，他无法抑制自己的情感，弯下腰抱起二丫，给她擦去鼻涕和泪。摸摸自己的衣袋，把最后仅有的二十元钱悄悄塞进二丫的口袋里。

二丫哭了。

孩子们都在抹泪。

走出那石头垒起的庄户人的小院时，他知道迟早有一天自己还会回来的。

出了院门，他不由得停住了———一场春雪已经悄然盖在了田野上，远山近舍，老树枯枝，和那一条条一缕缕被翻过的耕地，都被笼盖在雪絮之下。远远近近都是白茫茫的一片，展示了北方旷野的辽阔和深邃。

19.

晚餐还是在蜃楼庄园的小餐厅里。

古枫、方达和雯、虹颖两位女士分别坐定。大家先喝了些饮料。方达主张今天喝白酒，女士也不例外。虹颖赞成，雯说不扫大家的兴。

古枫也不好反对。

方达要来一瓶茅台，分别为大家斟满，提议连干三杯。两位女士居然同意了，说为了让男士尽兴，今天舍命陪君子了。

古枫的酒量本来就不行，三杯酒下肚，面红耳赤，浑身燥热。

方达突然摆出一副公事公办的派头，从手提包里取出那叠厚厚的稿子，放在古枫面前。

"大作认真拜读了。"方达慢慢地说，字斟句酌，颇有点学者权威的意味。古枫觉得自己的心跳加快了，那种惴惴不安的感觉又出现了。

怎么会像一个交过考卷的小学生？怎么会有这种可笑的心理呢？是方达在他心里的分量突然加重了，还是在短短几天的时间里自己变得软弱了？

"实话说，这篇稿子写得很不理想，远没有达到你真正的水平。"方达爽直地说，"我说古枫，我记得你从前可是才华横溢呀，我对你的每篇作品都敬佩得不得了，深感望尘莫及。雯那时不也对你的才华佩服得五体投地嘛。可这篇东西怎么会写成这个样子呢？这可出乎我的意料之外啊。本来，我的秘书写过一篇类似的文章，孙主编认为还不错，达到了发表的水平，要用那篇稿子。我不同意。我是一念旧情二慕你的大名才推荐了你，本以为你能妙笔生花，不曾想……实在不敢恭维……看来你还没有真正了解我。我今天拉你出来的目的就是想让你对我有个新的认识。还得劳你大驾，重新修改这篇稿子。我把秘书写的那篇稿子也带来了，你拿去做个参考……"

古枫觉得自己突然被谁打了一闷棍，身子摇晃了一下。是茅台的效力发作了吗？他开始感到头晕目眩，毒火攻心，想呕吐。

雯用惊讶的目光望着他。

虹颖的目光则送来了软软的同情。

一阵令人难堪的沉默。

好在服务员这时又上了一道菜。大家都装作高兴的样子齐声劝古枫赶紧下筷子，否则就该罚他酒啦。

古枫勉强笑笑，没动筷子。

方达便张罗着为古枫夹菜，说："来来，古枫，趁热，趁热吃……"

谁知古枫刚夹起菜，那菜却不小心掉下去，恰恰落在那叠厚厚的稿子上。方达手忙脚乱，去拿稿子时又碰翻了酒杯，稿子又被洇湿了一大片。

方达无可奈何地笑着，把脏兮兮的稿子递给古枫说："真对不起！幸亏不是完成稿而是一篇写错了的废稿。你回去后再看看，有些地方我做了改动，仅供参考。"

古枫接过稿子翻着，以掩饰自己的窘态。看见稿子上许多地方被涂抹得一塌糊涂，有些地方还有朱笔批注，就像给中学生改作文似的，甚至连标题都由《创业之路》改成了《他的开拓心》。

炼狱之火在脚底熊熊燃烧。

天使们却在头顶上歌唱。

那段话清晰地嵌进脑子里——是哪位作家哪本书上的？全然不记得了，却记得那段极富哲理的话——

"我们每个人的背后都有数不尽的因果。把自己抽丝剥茧，将人类追根寻源，你就会发现，四千年前在希腊克利特岛上开端的恋爱故事，昨天在德克萨斯州刚刚结束……"

还有——

"每个时刻是整个历史上的一扇窗户。"

他看见窗户一扇接一扇地打开了——无边无际的黑洞洞的窗子……

之后的一切是在似醉非醉中发生的。似乎是虹颖扶着他回到自己的房间……或者是雯？当他略略清醒一些时，看见只有虹颖一个人在房间里陪着他。

"感觉好些了吗？"她关切地问。

"我没醉！"他含糊不清地说，"我醉了吗？"

"其实你根本没喝多少酒，是心理作用。我发现你这个人的心理承受能力很差，或者说是你心理上那个最隐蔽的要害之处很轻易就被人家发现了……"虹颖不无同情地说。

古枫觉得很悲哀——自己已经到了被一个女人怜悯的地步！

虹颖为他沏了一杯浓浓的咖啡。他呷着浓烈的苦味儿咖啡，觉得身上的高热正在一点点地消退，像狂噪的海潮从沙滩上退去，剩下的只是一片空旷和白色的泡沫。

虹颖走到音响组合那儿，放了一盒磁带。带有几分伤感几分乡愁的音乐在房间低低地回旋起来，似乎是美国西部乡村音乐。

一个女歌手用嘶哑的如泣如诉的歌喉唱道：

> One day when we were young,
>
> One wonderful morning in May,
>
> You told me,
>
> You love me,
>
> When we were young one day
>
> ……

古枫觉得自己的身子渐渐变轻了，像气球一样飘浮在空中，在雾蒙蒙的天宇间飘忽不定。睁开眼，发现虹颖正在淡红色的云雾中凝视着自己。

"我在这儿，影响你休息吗？"

不，我现在需要有人陪在我身旁。

"音乐能消除人的疲倦，缓解人的情绪……"

是啊，音乐曾带给我那么多幸福的回忆，可是，我为什么却记不起那支曲子呢？

"想跳舞吗？"

又在嘲笑我的软弱吗？漂亮的女士，这点勇气还是有的，我的舞步并不比你的逊色！

古枫站起来。

虹颖轻轻地把手递给他。

揽住那纤细的腰，在红地毯上缓缓地挪着步子。气球在紫色的雾霭中舒缓地飘着。一双妩媚的眼睛穿云破雾，如阳光般倾泻而下，照耀着他的全部。

"搂紧我……"她呢喃着。

乌发流泻而下，拂着颊，拂着胸，像黑色的柳丝。古枫渐渐感到一种真实的渴望、冲动和压抑。

"古枫，你虽然不是个十分出色的男人，但起码是真实的……而这种真实正是这个城市里的男人所没有的……它吸引了我，我也想把最真实的我袒露出来，交给你……"

她伏在他的肩头，在他耳边不停地呢喃着。

"我不相信一见钟情……可你像个大孩子，顽皮天真，不大懂事，却招人喜爱……你是来自山野的一股清风，我愿意让你融化……我不愿意再骗你了，我……"

等等，是那支曲子？

它终于出现了！一汪山泉从岩石上跌落，流进了茵茵绿草地又消失了……喷泉在蓝色的天空中抛洒着均匀的水雾，构架着五彩弯虹……

和雯赤脚跑在草地上……和雯去捕捉虚幻中的彩虹……竖琴，长笛，圆号……

最不可亵渎的，是往日那珍藏起来的美好的情感。雯就在隔壁，仅仅为了旧日里的那份真情，他也不能啊！

不能！也为了——他已经是枫，而不再是风！

他为自己的粗鲁而惊讶——推开她。关了音乐，拉开门。无言的冰冷。

"你？"惊愕地凝视。

他看见屈辱的泪水在她的眼眶中打转。

她站在门口，抬起头盯着他，冷笑一声，说："古枫，我只想让你得到最真实的东西，可你拒绝了……你宁可相信假的、虚的，也不愿相信真实。你加入到他们的游戏之中还全然不知，你被精心设计的程序迷住了！和他们好好玩魂斗罗吧，总有你大梦初醒之时。"

"虹颖……"

"别叫我虹颖！这个名字也是用钱买来的。"

"那你？"

"希望有一天你能从银幕上欣赏到我出色的演技！再见，作家……"

20.

那个梦好漫长，仿佛长得没有尽头。当古枫乍然醒来时，还以为是从一个梦走到了另一个梦。

记得昨晚屋子里一片狼藉。虹颖走后他又喝了不少酒。后来，他呕吐了，弄脏了床和地毯，好像还打碎了一个茶杯……从来没有这样狼狈过。他急忙坐起来，想在服务员到来之前把屋子收拾干净。

屋子里却是干净得让他吃惊——酒瓶子、碎杯片、一摊摊的呕吐物都不见了，一如既往地整洁。写字台上多了一个玻璃瓶，里面插了一枝淡淡的鹅黄色的野花，显然是刚采摘下来不久，碎小的花瓣上还滚动着几粒亮晶晶的露珠。暗香浮动，令人想起山野的清爽。这束野花为这间房子增添了一种说不出的使人心神愉悦的情调。

是谁在他昏睡中轻轻地做了这一切？

电话铃响了。

拿起话筒，听到了方达清晰的声音，有几分无法掩饰的快意和炫耀，又有种失落的悲凉。

"古枫，原谅我这么早把你吵醒……有件事，我不该瞒着你……"

"什么事？"

"怎么说呢……我是在你的隔壁给你打电话，懂了吗？"

"那又怎么样？"古枫一时还不明白。

"此刻我正躺在雯的床上，她正在浴室里洗澡呢。"

"想让我恭喜你吗？"古枫恍然明白了，冷冷地说。

"哪里，不过有种新的感受或者说是发现吧，如鲠在喉，想和你一吐为快……过去我纯粹是个大傻帽儿，以为圣母不可亵渎，而实际上，一切都简单极了，容易得使我毫无情绪，觉得无聊，兴味索然，真有些后悔呢……喂，你在听吗？"

古枫依然没说话。

"轻易就得到了这一切——我过去梦寐以求的东西。可是，却不是靠我自身的力量，而是另一种力量——金钱！明白吗？所以我就觉得我所得到的这一切都是不真实的、虚假的，我过去想要的并不是这些，不是这些……"

古枫保持着沉默。

"你想知道真正的原因吗？我告诉你——雯和她丈夫去年不是合作写了一部小说吗？对，就是那本《初雪》，已列入'现代潮文学奖'候选篇目，而这个奖由我们东方国际实业开发有限公司提供赞助……"

古枫想尽快放下话筒。

这时电话里传来开门声，接着传来雯与方达的对话。话筒没捂，古枫听得很真切。

"这么早，你给谁打电话？"

"是古枫打来的，他担心你喝多了，打来电话问候你。"

"该死，他知道你在我这里呢？"雯恼怒的声音压低了。

"瞧你，古枫又不是外人！"

古枫恨自己没及时压了电话。

方达对着话筒说："对了，古枫，还有件事告诉你，刚才孙主编打来长途，说稿子必须三天后送到出版社去，立即下厂排印。再动笔修改肯定来不及了。喂，我看这样吧，你把那份稿子，就是昨晚给你的那份，抄一下，署上你的名，就这样发吧。放心，我的秘书不和你争版权，知道为什么吗？因为那篇稿子实际上是我写的……"

古枫已听不清方达后面说了些什么，呆呆站立片刻，握话筒的手一点点垂下来，将话筒非常轻地放在电话机上，仿佛那是一件极易碎的玻璃制品。他长长呼出一口气，顿觉浑身上下轻松起来，一种如释重负的感觉使他觉得自己此刻充满了活力，头脑也由混沌而变得清爽无比。

现在要做的第一件事情，是脱下身上那套贵重的"英国王子"，把它们小心叠好，工工整整地放回到大衣橱原来的位置上。去他的"英国王子"吧！他想。然后他穿上自己仅有的那件牛仔短裤和半袖衫，觉得自己像一个要去参加马拉松的长跑运动员。他轻轻地跳跃了几下，做了一个起跑的姿势。镜子中，那人影不再陌生了，而像个亲切的老朋友一样默默地盯着他，仿佛说：瞧，这才是你……

从来没有像现在这样更清楚自己下一步该干些什么了。

当那个服务生端着茶杯怯生生地走进屋里来时，他立刻明白了——那束鹅黄的野花是她送来的。

"您好些了吗？"女孩把茶杯递给他，"这是解酒的……"

立刻嗅到了小黄芩那股奇特的清香。

"你怎么知道？"古枫奇怪地望着她。

"从您的散文中知道的。古枫老师，我十分喜欢读您的作品，从上中学时就开始收集您的每一篇作品了……"女孩恭恭敬敬地垂手而立，说，"我的老家也是北方山区……"

一瞬间，古枫从她的目光里发现了一种真诚的东西，那是十年前他曾在雯的眼睛里发现过的。那时，雯和这女孩一样，面庞清爽透明，是一种青春期的健康的纯净。

他用目光与她交流着。没想到在文学大潮骤然退去的今天，仍有人这样关注自己的作品。看来无论在任何时候，文学都不会贬值，贬值的恰是作家自身的心灵。

"从您住进这儿的第一天，我就知道您是我所敬慕的古枫老师。我想让您在我的本子上签个名，可是又不敢……"女孩惴惴不安地低下眼帘。

"我愿意满足你的任何要求。"古枫说。

"那——我拿本子去！"女孩欣喜地甜笑着，转身跑了出去。这情景使他想起了二丫，那个远在荒山野岭间的乡下女孩……

哦，北方山野里那淡蓝色的小黄芩！

女孩很快跑回来，捧着一个大硬皮本。古枫接过来一看，里面果然都是他过去的作品剪辑，甚至有两首发在某小报上的不起眼的豆腐块小诗。报纸已经很黄很旧了。再翻下去，找到了那篇写小黄芩的散文……

又是一股热流在胸中翻涌。

古枫把自己的名字郑重地签在本子的扉页上，抬起头，望着不知名的女孩。女孩甜甜地笑着，然后怯怯地说：

"谢谢……"

"不，应该是我向你说声谢谢。"古枫动情地说。他发现心底的渴望正在一点点滋生，越来越强烈。打开那扇窗子，看到明朗的天空，好好呼吸一下早晨的新鲜空气。

好像又来了预感：那支久久遗忘的曲子就躲在窗外的某一片绿荫里呢！

21.

摒弃了外界的一切干扰，站在窗前。窗帘冷峻地垂落着。不过是几层布罢了，竟把我与世界隔开？想着，便把三层窗帘一层层全部拉开。他甚至奇怪自己竟能这样轻易就把这厚重的帘子扯开，暗暗地为自己高兴。

噢，原来竟是一株好茂盛的枣树！

在离这扇窗子近在咫尺的地方，那枣树枝繁叶茂，将新鲜的旺盛的绿嵌了满窗。阳光透过树叶的缝隙迷乱地闪着金色的光斑。

他急不可耐地将两扇滑动式的铝合金窗子全部推开，贪婪的目光扑到枣树上，与每一根枝条、每一片绿叶拥抱。

呵，枣子，尚未成熟的枣子，翠绿丰腴中隐隐泛出一丝淡淡的粉红，如少女颊上初上的红晕，一簇簇一捧捧，娇羞地躲在树荫里，期待着雨露来滋润，等待着秋风来增色，顾盼着阳光来迎娶……

这些天来，竟有一株这么出色的枣树隔窗相伴，等待着他的光顾，而他竟全然不知，冷落了这份忠厚！想来又是悔又是憾。

探出腰，伸出手去摘那枣子，够不到。心中忽生一念，就像个顽皮的孩子般爬到窗台上，瞅准了一根树杈，纵身一跃，稳稳地跳到了枣树上，身子很快隐没在浓浓的绿荫里。

他像个快乐的孩子，抱着树枝摇晃着、笑着、喊着，尽情采摘青翠饱满的大枣，腮帮子鼓得满满的。枣树的清香立刻沁入了心脾。

似乎又回到了北方山区的田野上，那一抹绿呵，那一阵风哟，一切都是那样的清新、和谐、纯净，自由自在，无拘无束。化作山泉，化作晨雾，化作成蓝天上透明的阳光，去温暖那残雪尚存的大地……

哦，是那支曲子！

完全想起来了，那明快自然的旋律，那淙淙流淌的音符，那千回百转的情韵……它一直就潜伏在这浓密的树荫间，等待着他去拾拣呢。

心中那片空白忽地被填充得满满的。

再也不会遗忘那首乐曲的名字。

血　栓

原载《青年文学》

1.

湖蓝色的"巡洋舰"越驰越快，发了疯，像一只野兔蹦跳着穿过一片嶙峋的乱石滩，忽地跌入一片惊涛骇浪之中。

颠簸，疯狂的颠簸。忽而跃上高耸的波峰，忽而跃入深不可测的浪谷。他恐惧地想抓住点什么，可面前是一片空白，一片虚无……

大江渐渐变成红色，红得像一汪浓血。一切都安静下来，看不到波涛，听不到风啸，江面平静极了，宛如一块剔透的红玛瑙。难道大江凝固了吗？他困惑极了，恍惚间看见有个白色的人影，听到了医学教授们那种威严而冰冷的声音："不，你错了，这不是什么大江，而是一条血管，准确地说，是你身上的一条大动脉。"

他奇怪极了，问："我是在自己的血管里畅游吗？"

声音说："正是这样。你仔细看一下，那红颜色里，有红细胞、白细胞和血小板，这一切，都由血浆来运载。血浆就是生命的漂流。"

他依然感到奇怪，问："动脉的血液应该是流动的呵，可它为什么停滞了呢？”

那声音沉吟片刻："据我看，可能是你的动脉血管里形成了血栓。"

"什么是血栓？"他问。

"血栓是人体内部由于血小板凝聚而在血液循环系统里形成的固体。它游动时，会引起血管阻塞，严重时会危及生命。血栓形成的原因有以下几种：一、血管内膜损伤，二、血液性质改变，三、血流缓慢……"

声音消失了。

他被一种强烈的好奇心驱动，决定去寻找那该死的血栓，把它除掉。

他在凝固的江面上滑行起来。恍恍惚惚，身边多了个年轻漂亮的女人，像卢静娜，似乎又不像。她穿着白羽毛扎的短裙，挽着他轻盈地向前滑去。他感到了一种莫名其妙的紧张和愉悦……

不知滑了多久，他们倏地站住了。前面，赫然兀立着一座高耸入云的山峰，也是血红色的。

是它吗，血栓，该死的血栓？是它阻塞了血液的流通？

他激动起来，使出全身力气朝那血峰撞去，像一头发怒的公牛撞向一块岩石。

"轰"的一声巨响，高耸的血峰崩溃了，无数大血块铺天盖地地落下，将他压得喘不过气来。他挣扎、叫喊，慌乱中抓住了一只救生圈……

2.

他从噩梦中醒来。

一切正常，"巡洋舰"平稳地行驶在路上。引擎声很低，与胶轮旋转的"沙沙沙"的声音混合在一起，形成了悦耳和谐的韵律，就像在县城外的小树林里听到秋风轻拂落叶的那种感受。坐在前排的办公室主任牛胖子正在打盹儿。卢静娜头戴立体声耳机，欣赏着节奏感很强的流行音乐。她正用那双直白而大胆的眸子盯着他，显然是在传递某种疑问。

他倏地想起刚才梦里的那个女郎，感到一阵脸热。

"瞧你……好疼……"卢静娜嗔怪道。

他这才弄明白她为什么要用疑问的目光望着他——原来他的手一直紧紧地攥着她的手，他却丝毫没有觉察。这完全应该归罪于那个荒唐的梦。他急忙抽回手来，一副可笑的狼狈样。

"对不起，刚才做梦，总想抓住点什么……"

"足有十分钟。"她低声说。

"为什么不喊醒我呢？"

"不想惊扰你嘛……"她脸上又浮现出那种意味深长的微笑，"专家说，有时候，一个人由于不能脱俗而竭力掩饰的某些东西，可能会在梦中流露出来。是这样吗？"

他已经恢复了常态，说："又是你的弗洛伊德老头，无稽之谈！"

"那你老实交代，究竟梦见了什么？"她有点咄咄逼人。

"很荒诞，我在自己的血管里畅游，不，是滑冰，见到了一座山峰一样的血栓……"

"这就对了！昨天在省城医院里，大夫们说你的血液循环系统可能有问题，你说是无稽之谈。事实上，你很忧虑，而这种忧虑又不肯讲给别人，就借助于梦幻这种方式表现出来。"

他摇摇头笑道："我的身体壮得像头牛，六十岁之前绝不会出现任何问题！"

"好一股男子汉的自信！"她又压低了声音，"说真的，我真怕大夫给你查出什么病呢……"

他注意到她的目光火辣辣的。他受不住这目光的逼视，忙扭头注视着车窗外。他在心中告诫自己：该下决心啦，回到县委后要做的第一件事，就是换秘书，当然，一定要换个男的。

是现在的秘书令他不满意吗？不是，平心而论，她很能干，也很出色，尽职尽责，无论是处理那些繁杂的文件，还是在料理他的生活方面，她做得都很好。她是属于二十世纪八十年代的新女性，姿色与才华都很出众，完全可以做他的左膀右臂。但是，和她在一起，他又时时感到一种潜在的危险，她那深不可测的目光里究竟包含了什么复杂而微妙的含义，他是能够敏锐地感受到的。在这方面，他不比别的男人笨。正因为这样，他才担心有一天小县城里会满城风雨地谈论着一件桃色新闻：年轻的县委书记和他漂亮女秘书的风流韵事……

黑色的柏油路在不停地向前延伸，仿佛没有尽头。01号省级公路是一条极为重要的交通要道，一头通省城，一头连接地委所在地，中间有十多个县城、二十多个乡镇、五十多个村落。每天，在这条省级公路上，各种色彩、型号的车辆川流不息，绿色的、红色的、蓝色的、黄色的，大客车、小吉普、翻斗车、拖挂的载重卡车、从油田开来的极有气派的大型油罐车、个体户的震耳欲聋的小拖拉机……仿佛世界上所有的车辆都要从01号公路上通过似的。

"巡洋舰"像一艘快艇在车的河流中轻捷地穿行着，将一辆辆笨重的大型车辆甩在后面。不一会儿，已经行驶在方县的地界之内——那是一片广袤的平原。

作为方县的新任领导人，眺望着那片绿茵茵的田野，他感到一阵踏实，心底油然滋生了一种游子归来的亲切感。这时，县委办公室主任牛胖子也清醒过来，打起精神，回头说："前面就是乱石沟了，是咱县最穷的一个村子。"

他皱了皱眉头，心里袭上一层阴影。他不喜欢这个村名，事实上这个村也一直是方县的一个污点。他上任半年，抓了不少改革成功的试点，不少经验上过省报，比如专业户村、万元户村、文明建设村等。乱石沟却依旧穷。尽管这穷主要是由这里恶劣的自然环境造成的，但他作为一个渐渐有了些名气的县委书记，在他的县里竟有这样穷的村子，无论如何是不能漠然视之的。他决心回去后专门下去，抓一下这个村子的问题。

"巡洋舰"猛地停住了。越过司机的肩头，他看见公路正中站着几个山民。为首的两个汉子头上扎了一缕白麻条。他们稳稳地站在路上，就像站在自家的田垄上那般理直气壮。

年轻的县委书记的心猛地沉了一下……

3.

有道是：穷山恶水出刁民。

乱石沟是有名的穷山恶水之地。贫瘠的土地，满滩的乱石，光秃秃的山岭，使这片土地变得十分吝啬，总不肯向世世代代生息在这里的山民们多贡献一丝财富。在清朝末期，这里便是有名的土匪窝子。从前，关于乱石沟的土匪传闻特别多。后来，有个文人到此来做了一番考证，发现所谓的"土匪"其实都是农民起义军——官逼民反，民不得不反！于是乎，土匪成了英雄。后来，又有文人翻案，引经据典，于是英雄再次沦为草寇。而持"英雄论"的一派不肯让步，双方就在报纸杂志上互相"商榷"起来，唇枪舌剑，点火延续至今。至于乱石沟究竟是革命圣地还是土匪窝，仍是一桩悬而未决的公案。

时光进入了二十世纪八十年代中期，乱石沟的山民们已经无暇顾及他们的故乡究竟是圣地还是匪窝这个问题了。这天几乎没几个人下地做营生，那些爱管闲事的女人和粗野的汉子们不约而同地聚集在张德洪、张德胜兄弟俩的土坯房子前，默默地等待着什么。

在房前的一块空地上，用破草席搭起了一间灵棚，里面放着一口用紫色油漆刷过的棺材。棺材放在这儿已经三天了，一股腐尸味儿从棺缝里挤出，向四外弥漫开来，于是闻到的人便一阵阵激动——德宽不肯瞑目哩！凶手没抓到，乡里又不管他的后事，德宽死得屈啊！

三天前，张德宽和两个兄弟下地回来晚了些，急匆匆朝家里走去。那时，田野、村庄、树林都被迷蒙的暮霭所浸透，在村子上空飘荡的炊烟拂了过来，钻进人们的鼻腔，像是一种亲切的呼唤。只要穿过面前这条柏油路，他们就到家了。对于劳累了一天的庄户人来说，能和老婆孩子厮守在一个炕上，吃着莜面鱼鱼、山药蛋蛋，是一种多么叫人心醉神迷的天伦之乐呵。

张德宽横穿公路之前左右看了一下。一辆大卡车亮着灯鸣着喇叭正在驶过。他的眼睛被车灯晃得一阵昏花。大卡车驶过之后，他确信后面不再有车，才踏上公路，向路那边走去。

然而，一辆没开灯的小车突然从黑暗中悄无声息地冲了过来。张德宽躲闪不及，倒在车轮下，只哼了一声。等张德洪、张德胜兄弟俩扑过去时，张德宽已经躺在血泊中。那辆肇事的小车早已逃之夭夭。他们没看清车牌号码，只记住那是一辆"北京"牌吉普车。

　　"大哥！"

　　"大哥啊！"

　　张家兄弟哭天喊地，引来了正在吃晚饭的庄户人。人们急忙报案，给乡政府和县交警队打电话。吉普车是往县城方向逃去的。交警队急忙派人到路口截车，拦住了一辆县文化局的"北京"牌吉普车。驾驶员梁冰矢口否认他是肇事者。交警以没有充足证据为理由，放掉了驾驶员。

　　第二天，乡政府派来一位干部处理这起车祸。村里杀羊摆酒招待。这位干部在酒足饭饱之后，抹着油嘴宣布：在没有抓到凶手之前，死者的一切安葬费由家属自理，其他诸如抚恤金之类的事情，也要等找到肇事者后方能落实。

　　第三天，张家派人到县公安局告状，没有得到明确答复。乱石沟群情激愤，沸沸扬扬。张家兄弟义愤填膺，陈尸不葬。

　　传来一阵"咚咚"山响的脚步声，张家兄弟从公路上回来了。老二张德洪，三十多岁，一张厚唇显示出山民的粗野；老三张德胜，二十多岁，体壮如牛，有着一对犟牛一样蛮横的眼睛。兄弟二人都带着重孝。他们在人群面前站定。张德洪喘着粗气扫了众人一眼，说：

　　"二柱呢，还没从县上回来？"

　　"回哩！"被山民们视为"消息灵通人士"的田二柱挤出人群，"都弄清楚了，那天交警队只拦住一辆北京吉普，一个车灯是坏的，不亮。车前面的铁皮都给撞瘪啦……压死张大哥的，肯定是那个姓梁的司机！"

　　人们激愤地嚷嚷起来：

　　"为啥不抓他？"

　　"还有没有王法了！"

　　"告他，往上告！"

"莫非那司机有啥硬根子哩……"

张德洪摆摆手，喊："刚才，俺们拦住了县委梁书记的汽车。他保证，两天之内给咱解决。"

骚乱的山民们平静下来。

人群里走出一位眉须皆白的老人，是村里德高望重的柳四爷。柳四爷颤抖地掏出一沓钞票，放在张德洪手掌上，说："去吧，明儿个到县上去得用钱……自古衙门朝南开，有理没钱莫进来……有了它，兴许办得快些。你哥在棺里等不及哩。"

"四爷！"张德洪紧紧握住老人的手，忽地转过身去，撞开众人，走到棺前，扑通跪下了。张德胜也跪下了。张德洪噙着泪，仰着头，咬牙切齿地说："大哥，咱兄弟是一个穷庄户人，窝囊了一辈子，没啥本事。可是，咱不能让你就这样不明不白地死了，不把凶手抓起来，咱就不是你的兄弟！"

贫瘠的土地上，回荡着这两个汉子铁骨铮铮的誓言。

4.

从省城回到县城之后，梁经纬要办的第一件事情，不是立刻撤换漂亮的女秘书，而是去看望退居二线的老县委书记常理。

梁经纬对于目前的改革文学颇有自己的看法，特别是对新上任的年轻的改革派与老一辈的守旧派斗争的这类公式化小说很不以为然。事实上，在改革中许多情况并非如此简单。就拿方县来说，根本不存在什么守旧派。县委书记兼县长的常理同志完全是主动撤下来的，也是他从众多的候选人中挑中了梁经纬。那时，他还是县农科所默默无闻的技术员，满身十足的书生气。半年来，是老县长教会了他一个县委书记应该会做的一切——组织新领导班子、开流水似的会议、批阅文件、总结汇报、深入基层抓试点、处理上下级关系……他由衷地感谢老县长，每当工作中遇到什么问题，都要与老县长商量，从他那里讨些计策，而讨来的计策都是行之有效的领导方法，不，简直是领导艺术。仅仅半年时间，方县的改革渐渐有了名气。梁经纬充分体验到一个领导者在工作中取得成就时的那种愉悦的心情。每当他看到整个县委就像一架精密的机器，在他的操纵下有条不紊地运转的时候，他对老书记的敬重之情便加重了一分。

与省城高大挺拔的现代化建筑相比，方县的县城似乎太古老了，街道也显得狭窄。去年铺的柏油路由于质量不过关，已经变得坑坑洼洼。几个满身油垢的工人正在往路面的坑洼处浇灌沥青，修补路面。早晨的空气中弥漫着强烈但并不难闻的沥青味儿。挑担子的乡下小贩进了城，在狭窄的路两旁摆开摊子，叫卖声不绝于耳。

"经纬——"在熙熙攘攘的人流里，有个女人的声音在呼唤他。在女人里面，敢这样称呼他的，除了妻子之外，就是她了。

果然是卢静娜，不知从哪儿一下子钻了出来，笑吟吟地站在他面前。她今天的打扮格外引人注目，乌黑的长发散披在肩上，上着一件艳红的蝙蝠衫，下穿一条洁白的裙子，脚上是一双乳白色的高跟鞋。这身装束与她那窈窕的身姿和飘逸的气质十分吻合，显示了现代女性十足的"派儿"。

"是去老县长那里吧？"

"你怎么知道？"他惊诧地挑了下眉。

"我早猜到了！"她又露出那种高深莫测的微笑，"我和你一起去，行吗？"

梁经纬没吱声。从心里说，他真不愿意和这位穿着入时、引人注目的女郎一块招摇过市。他知道当他们并肩从马路上走过时，背后肯定会射来一束束猜疑的目光和一阵阵窃窃私语。但他又不好拒绝，怕她讥笑自己不能脱俗，还算是开放型的改革者吗？她的嘴巴向来是尖刻而不饶人的。他只得与她一同向前走去。

"嫂子好吗？"她歪着头问，简直像在挑衅。

他点点头。

"书记大人准备把我调到哪个单位呢？"卢静娜用明亮的目光盯着他。

"调动？你怎么……"梁经纬吃惊地望着她。他无论如何想不到她竟会猜出他心中的秘密，脸蓦地热了。

"我学过心理学呀，忘了弗洛伊德老头吗？"她得意地笑道，"瞧瞧，这么聪明的秘书都不合你的意，可见当你的秘书可真不容易哟。"

梁经纬顺水推舟地说："现在还不想把你调开。不过，你得当心，说不定往后……你太聪明了，明白吗？"

"明白！如果下级的才干超过上级，这在我们这儿是个悲剧，对吗？飞鸟尽，良弓藏。"

"行啦，别和我炫耀你的历史知识了。"梁经纬感到她身上散发出的"月亮"牌香水的味道太浓烈，太逼人（或者说是太诱人），于是离开了她一些，和她保持着适当的距离。接着，他半开玩笑道："也许，让你来当县委书记，要比我更合适！"

"不信吗？咱换着试试看？"她也半开玩笑地说，却流露出雄心勃勃的神情，"如果把你的机遇给了我，我一定干得更出色。起码，我会用自己的脚走路，而不是凭借别人的拐杖。"

"这话，什么意思？"梁经纬停住脚步，"你认为新任县委书记是个瘸子吗？"

"差不离儿。"她收敛笑容，正色道，"旁观者清。我认为你对老书记的依赖太重了些，常理对你的'关心'也似乎多了点儿。"

"他热情支持我的工作，帮助改革，难道不好吗？"他愕然地望着她。

"这当然没错。可问题是他需要一个和他有着同样思维、同样模式的接班人来填补他的位置，他要按自己的样子来塑造你，或者说，他要把你塑造成一个'新常理'！在你没成形之前，他对你是不放心的。"

像是触到了心中最隐秘的一个角落，梁经纬的心怦然一动，正想就这个问题和她深谈下去，可这时，一辆"北京"牌吉普车停在身边，打断了他们的谈话。司机是个很标致的小伙子，从车窗口探出头，亲热地向梁经纬打着招呼：

"叔，上哪儿去？我送送你吧。"

梁经纬露出长辈亲切而平易的笑容，摆摆手，小车开走了。卢静娜问："你的侄子？蛮精神的嘛！"

梁经纬笑道："相中了？要不要我给你们介绍介绍？"

卢静娜狠狠瞥了他一眼，没说话。他感到很难堪。幸好这时已经走到了老书记的家门口，卢静娜扬扬手便要离去。梁经纬奇怪地问：

"不进去吗？你刚才不是说……"

卢静娜狡黠地笑道："我本来就不想见到那位县太爷。"走了几步，忽又转过身，"对了，刚才我看见昨天在乱石沟拦车的那两个农民蹲在县委办公室门口，大概在等你呢。"

"噢，我已经让牛主任亲自去处理这件事了。"他不在意地说。对于牛胖子的办事效率他深信不疑。

5.

张家兄弟在方县县委办公楼的过道里整整蹲了一天。

他们先是从一楼到三楼，推遍了所有办公室的门。在那空荡荡的长得仿佛没有尽头的楼道里，两个土里土气的山民忐忑不安地、以异常的忍耐力打听着县委书记的办公室。他们这辈子还是第一次推开这么多漂亮而气派的门。当他们第三次疲惫不堪地从三楼下到一楼时，才终于找见了昨天在公路上见到的那位胖主任，却被他一句轻描淡写的话给打发了：

"噢，你们的事儿我已经给你们乡里打去电话，他们答应尽快解决。"

"乡里？可是……"

"要尊重当地政府嘛。"

张家兄弟垂头丧气地走出威严的县委办公大楼，久久地不说一句话。

平坦而广袤的原野沉浸在迷雾似的暮霭之中。01号公路上的车辆稀少了。远处，有一辆毛驴车在踽踽而行，驴蹄儿踏在柏油路上，发出"嘚儿嘚儿"的声音，在沉寂的傍晚里显得格外空远、孤独。再远些的村落里，裹着混沌的烟雾，闪出几粒昏暗得如同星星似的灯光。

张德洪觉着自己的双脚那么沉重，重得几乎抬不起来。胸口闷得发慌。回头看看张德胜，也是一脸黑云。

"哥，你说洋楼的那些人，他们吃不吃粮食？小麦、筱面、山药蛋蛋……"

"咋不吃，吃得欢着哩，一个个吃得白白胖胖的。"

"那为甚见了咱，都那样？"

"为甚？咱算个啥，穷庄户人，啥也不是！就跟地里的灰耗子没两样儿，谁待见你呀！"

在广阔的天宇间，乱石沟的这两个山民忽地感到自己是那么渺小，像蝼蚁，像沙粒，人们可以把它们踩在脚下，却谁也不会注意……这个发现使他们十分痛苦。

"嘀嘀……"身后，一阵阵凶狠刺耳的喇叭声。

张家兄弟这才发现他们已经走到公路中间，忙闪到路旁。

"找死呀！"司机从车窗探出头，射来一口痰，扬长而去。

张德胜呆愣片刻，忽然发狠地攥住拳头，向路旁的一棵白杨树砸去。一边砸，一边发出野兽般的号叫，不知是骂自己，还是骂别人，"混蛋！混蛋！混蛋……"

白杨树在痛苦地抖动着，飘下几片孤零零的叶子。

"德胜，这是闹甚哩！"张德洪急忙拉住兄弟。这时，张德胜的双手已鲜血淋淋。

"哥，不能就这么拉倒！我看，明天，咱把大哥的棺材抬到公路上去——截车！路一堵，看他们管不管！"

张德洪心一动，说："这个办法——行！俺也看出来了，不把事情闹大，没人理咱！不过，明天太急了点。明儿一早咱先给县里小洋楼递个信儿，如果后天早晨八点钟县里还不给咱答复，咱就抬棺截车。"

暮色里响起一串急促的脚步声，不一会儿，从后面追上来个人，是"消息灵通人士"二柱子。他跑得气喘吁吁，问：

"俺到处找你们……咋说，县里咋说？"

兄弟俩悻悻地摇摇头，没说话。

"俺猜准这样，官官相护，自古一个理儿！你们知道压死你大哥的那司机是谁吗？"

"谁？"

"梁书记的亲侄子！刚才，俺看见他和县交警队的韩队长正坐在宴宾楼大吃大喝呢。"

"啊？！"张家兄弟呆住了。

6.

这是一个阴霾密布的早晨。

乱石沟的村庄上空没有一缕炊烟。鸡不鸣，狗不叫，每一间低矮的小土房都默然而立。村头几棵稀疏的柳树也不再拂动枝条。乱石沟用可怕的沉默来迎接这不同寻常的一天。

没有任何人招呼，也没有谁说一句话，全庄的汉子和女人们都陆陆续续集中在张家兄弟门口。天上的阴霾落在人的脸上，一张脸比一张脸阴沉。死者的三个孩子披麻戴孝，站在父亲的灵枢一侧。张德宽苦命的媳妇由几个女人陪着站在另一侧，蜡黄的脸上木讷讷的，没有任何表情。更浓烈呛鼻的尸臭味弥漫在空中。

人越聚越多。张德洪望着自动前来助威的人们，心底涌上一股股热浪：乡亲们，咱张家的人一辈子也不忘你们，躺在棺材里的大哥也会感激你们。

他看看表，八点整。写给梁书记的信昨天一早就托人捎进县里，可是，到现在还没有回音，更没见县里派人来。

"二哥，干吧？"张德胜跃跃欲试。他脱去粗布褂子，露出一身铁疙瘩似的肌肉。

"再等等，等到九点。"张德洪下不了最后的决心。

太阳铺开混混沌沌的一片，找不到它的轮廓，只是一团朦朦胧胧的白光。公路上，汽车开始多起来，引擎声和喇叭声此起彼伏，不绝于耳。时间一分一秒地流了过去。

"九点啦，二哥。"张德胜又一次催促，"别等啦，县里的官老爷真要把咱当人看，早派人来了！你还等个啥？"

"再等半个钟头。"张德洪说。

张德洪的双脚好似生了根。他仍抱着最后一丝希望。九点三十五分。太阳仍是一团混混沌沌的白，不过比刚才高了一锄把。柳四爷拄着榆木拐杖来了，花白胡子在微微地抖，额头上的青筋在暴跳。这位当年曾当过土匪的倔老头子，血管里似乎奔涌着一种不驯服的血浆。他走到人群前，扫了人们一眼，将拐杖用力朝地上一戳，朗朗一声：

"起——棺——"

张家兄弟在前，另外两个精壮的汉子在后，一人抬起一个角，一声喊，棺材腾空而起。从棺缝里流出了散发着恶臭的血水，浸湿了抬棺的汉子们的肩头。他们的脸更加黑得怕人。张德宽最小的儿子打着招魂幡在前面引路。长长的送葬队伍向01号公路移去。

女人们号哭着，跟在后面。于是，北方那粗糙而坚韧的荒山野岭上，便回荡起拖着长长尾音的干号，宛如一首调子极委婉、凄凉的哀歌。

"哦啊啊……天啊……"

"哦啊啊……地啊……"

汉子们将棺材横放在柏油路上，又往两侧摆放了几块巨大的石头。两个身裹重孝的孩子在棺前跪定，各举一牌，上书两行笔墨淋漓、触目惊心的大字，让人看了猝然心悸。一牌是："平民屈死无人问"；另一牌是："孤儿寡母有谁怜"。

01号公路被严严实实地堵住了，切断了。

棺材两侧，不一会儿便有十多辆汽车停住了。后面的司机不知前面出了什么事，拼命地按喇叭。一时，喇叭声沸沸扬扬，震耳欲聋。

"喂，闪开，你们这帮土鳖！"一个戴墨镜的司机跳下车来，愤愤地说。张德胜想起了前天受的侮辱，怒火窜上脑门。

"骂谁？"他逼过去。

"骂你们这帮乡巴佬！"司机不知深浅。

只一拳，司机惨叫着滚下路基，掉在路边的水坑里。

地火在运行。

7.

早晨八点整，梁经纬准时来到县委办公室。他处理着办公桌上厚厚的文件，已经快十点了。他伸了个懒腰。卢静娜推门而入。

"牛主任让我送来一封信。"

信封上没有落款。看罢信，梁经纬的脸色陡变："把牛胖子给我叫来！"

牛胖子走进来时，梁经纬正在第三遍看那封信。

"这信，你是什么时候接到的？"梁经纬恼怒地盯着牛胖子。平时，他们之间的关系是极友好、极融洽的。

"昨天上午。"牛胖子不以为然地回道。

"为什么刚送来？"

"这……我拿去给老县长看了一下，听取他的意见……"

卢静娜意味深长地哼了一声。

"你……"梁经纬觉得热乎乎的血涌上头顶，"为什么不先拿给我看？"

牛胖子翻着白眼不知嘟囔了一句什么。

"乱石沟的那件车祸案，你是怎么处理的？"梁经纬的目光咄咄逼人。新任县委书记还是头一次发这么大的火。

"我给他们乡政府打了电话，他们答应尽快解决。县公安局也正在全力破案。可是，没有线索，不好办啊。"牛胖子有些畏缩了。

"为什么还不去处理死者的后事？尸体已经在那儿摆了五天啦，我的同志，这可是人命关天的事啊，你怎么……"梁经玮来回踱着步子，感到心口一阵阵地绞痛。难道真的被省城的大夫们说对了，他身上潜伏着什么疾患？

"梁书记……"卢静娜见他面色煞白，手捂心口，慌忙上前扶住了他，"你怎么了？"

牛胖子也慌了神，说："梁书记，这件事情不好办呐，有些情况你不太清楚……"他给卢静娜丢个眼色。卢静娜见梁经纬面色缓和了一些，才狠狠瞥了牛胖子一眼，走了出去。

牛胖子压低声音说："梁书记，这桩车祸，多少和您有点瓜葛呢。"

"什么？"梁经纬疑惑地望着他。

"出事那天晚上，县交警队在公路口截住了一辆吉普车。据调查，发生车祸的时候，01号公路只过去那一辆'北京'牌吉普车，而且，车灯是坏的……"

"这就是说，压死张德宽的，肯定是那辆吉普车？"

"可以说是，也可以说不是。"牛胖子摆出一副高深莫测的样子，"这就看我们怎么灵活处理啦。"

梁经纬被他的圈子绕糊涂了，问："直说吧，这事儿和我有啥关系？"

牛胖子一字一顿地说，以便收到一种叫人吃惊的效果："那辆吉普车的驾驶员，是梁冰！"

"小冰？"梁经纬果然吃惊了。

"我和老县长交换了意见。我们认为，处理这起车祸并不难，难的是一旦抓了梁冰，把事情张扬出去，您在方县刚树起的威信就要受到影响，同时也等于给方县的改革抹上了污点……因此，为了维护方县的改革成果，这事还是压下去最妥。"

梁经纬的眉心结出个鹅卵石般的疙瘩。

牛胖子凑过来，推心置腹地说："梁书记呵，说句心里话吧，我跟着老书记在官场混了三十多年，总结出一条绝妙的经验，那就是四个字——难得糊涂！您刚上来没几天，还嫩着哩。老书记很器重您，让我时时教着您些。他希望能把您培养成像他那样有水平的县领导。您是老书记的人，我才敢把心窝儿里的话掏给您呢……"

"谢谢你的教诲。"梁经纬厌恶地闭住双目。一瞬间他似乎明白了许多东西。心口又疼，发慌。他颓然坐下了。

桌上的电话铃急匆匆地响起来。梁经纬似乎猜到了什么，迅疾地抓起话筒。

"梁书记吗？出事儿啦……"

他听出是县交警队曾队长的粗嗓门："乱石沟的一帮山民聚众拦车，公路交通堵塞，现在有几百辆汽车给困在那儿了……"

"混账，你们交警队是干什么吃的？"梁经纬奇怪自己居然也会骂人。

"我们派人去了，可没用。"

"你给我亲自去！"

"可是，刚才县公安局刑警队的韩队长已经带着八个刑警骑摩托车赶去了……"

"什么，派刑警去了？胡闹！为什么不请示县委？"梁经纬急急嚷道，又差点骂娘。

"是老书记让去的……"对方的声音压低了，"他说那是个土匪窝子，不动真家伙不行……"

"啪！"梁经纬将话筒狠狠地拍在电话机上，只觉得头要炸开，眼冒金星。哦，血栓，可怕的血栓藏在动脉血管里了，也许，它早就存在了，而他却没有察觉……

蓦地，卢静娜的告诫闪进脑子里。他将头埋在双臂中，久久不说话，一动也不动。

8.

长长的车龙，前不见头，后不见尾，车头紧顶着前一辆车的屁股，一辆挤着另一辆。司机叼着烟，在车的缝隙间焦急地穿行着，抱怨着，咒骂着，都无可奈何。

紫红色的棺木依然稳如磐石般横卧在路中，像个阴森森的怪物。几个粗鲁的司机试图冲过去将棺木挪开，但女人们一阵号，孩子们一阵哭，汉子们一阵怒骂，几个司机只得悻悻地退了回去。谁也不想找打。司机们倚着车轱辘抽烟，看热闹，有的还同情地叹息几声。

孩子们依然面对众人跪着，双膝在坚硬的路面上跪麻木了，身子左摇右晃。日光火辣辣地烤下来，娃儿们的脸上便有密密的汗淌下。女人们的嗓子已号哑了，但仍然不屈不挠地发出紧一阵慢一阵的干号。几个精壮的护棺的汉子袒露着上身，常年风吹日晒的皮肤黧黑油亮结实，显示着山民的粗悍。他们握着棍棒、粪叉、镰刀，一副森严壁垒的样子。张家兄弟分别站在棺材两侧，横眉立目，大有与棺木共存亡之豪气。

柳四爷拄杖立在山民的最前面，竟如一尊石像纹丝不动。

空气变得又稠又黏，汗腥味、尸臭味、烟草味和几百辆汽车排出的废气味搅在一处，简直像有毒液体在空中流动，再被灼热的、毒辣辣的日头一烧，就像是浑浊的水开了锅。

传来警笛尖利揪心的怪叫。

护棺的山民顿时紧张起来，先是一阵不安的骚动，很快又凝固、沉默了，静得没有一点儿声响。

几个手持警棍的公安刑警拨开人群，挤到前面。薛队长径直走到棺材前，浓烈的尸臭味使他皱起眉头。他用警棍敲敲棺材，不容置疑地喝道："赶快搬开！"

山民们没有一个人动一下。

"喂，聋了吗？你们聚众闹事，影响交通治安，要把你们都抓起来。"

"为什么不抓凶手？"张德洪往前跨了一步，逼视对方，"不解决大哥的事儿，我们就不搬！"

"闪开！"

张德洪不动。

张德胜不动，汉子们都不动。

警棍倏地捅过来。一瞬间，张德洪觉着被什么怪兽麻辣辣地咬了一口，头发麻，腿发软，浑身顿时散了架，软软地瘫倒在地。

"你电人！"张德胜飞起一脚踢飞警棍，一步步逼了过来。几个红了眼的汉子跟在后面。

"你们要干什么？"韩队长忽地拔出手枪。其实，那只是他一个下意识的动作。

"不得了，警察要开枪啦！"人群中，有人喊了一声。于是，女人们一起尖叫起来。

娃崽们抱住石头，撕心裂肺地号哭着。

山民们暴怒了！荒山野岭赋予了他们粗野凶悍的禀性，他们胸中沸腾着的好斗火焰，这些天积郁在心中的愤懑终于找到了发泄的机会。他们像一群疯了的狼扑向了警察。

一片尘烟，一片叫喊，一片混乱……警棍和警帽被踩在了山民们的脚下。棍棒和粪叉在人们头顶上飞来舞去。粗野的咒骂，痛苦的呻吟……

只有柳四爷稳稳站着，苍老的面颊一阵阵抽搐，银色的胡须微微飘动。

乱石沟的大地颤抖了。

9.

本来运转得很正常的引擎突然熄火了，也许是某个零件失灵了，也许没失灵，只是不肯听他的驾驭了，于是吉普车便停在原地动也不动了。

梁经纬的驾驶技术很糟，虽有驾驶执照，可总不开车，仅仅能将车开走而已。他擦去额头的汗，狠劲地踩着马达，恨不得把它踏烂。马达又一阵声嘶力竭地干号，还是打不着火。他跳下"巡洋舰"，狠狠地摔上车门。

梁经纬沮丧极了，站着，凝视远方。01号公路像一条黑色的带子，穿过广袤的田野，跨过起伏的山岭，一直延伸到飘着迷蒙云霭的天际处。

路上，望不见一辆汽车。带子在乱石沟被剪断了，正等着他去亲自接好，可是吉普车却在这里抛了锚，真是要命啊！

梁经纬无论如何也没想到，县委紧急常委会竟开出这样一个结果。烟雾腾腾的会议室里，几个常委委员都很激动，声音激昂，面红耳赤。他们最后一致认为，01号公路拦车案是乱石沟山民们的无耻要挟，如果向他们服软，公理何在？国法何在？应该立刻派大批武装干警前去维护交通治安，不能手软。在对待张德宽的善后问题上，县委不承担任何责任，乱石沟的山民们无理取闹，是给方县的改革抹黑！为了维护县委的威望，绝不能向一帮目无法纪的山民服软认错！每个委员在发言之后，都不显山不露水地点一句：这不仅是他们个人的意见，也是老书记的意思……

梁经纬一直沉默着。他的沉默引起了人们的注意，大家渐渐安静下来，把目光齐刷刷地投到他身上。他慢慢站起来，用目光扫视着每个人，一字一顿地说：

"我以方县县委书记的名义做出以下决定：一、公安局立即拘留梁冰，查清那桩汽车肇事案，公正处理，以平民愤；二、在座的县委常委们立刻赶到乱石沟，代表县政府向乡亲们赔理认错；三、疏通公路后，妥善安置死者家属，按有关规定进行抚恤救济，以便迅速安定百姓，稳定局面。同意这个决定的，请举手！"

一阵惊愕的骚动，之后，便是死一般的沉默。会议室里静得像座古老的坟墓，令人窒息。没有一个人举手。梁经纬觉得每个人的目光都像一根根芒针射到他身上。那目光里的含意极其复杂而微妙，反感的、嘲笑的、讥讽的、不理解的、意外的、吃惊的……这沉默如果再持续几分钟，凝固的空气一定会骤然爆炸开来。牛胖子第一个站起来，旁若无人地走出会议室。于是，其他常委也气宇轩昂地鱼贯而出，脸上满是轻蔑的庄重和神圣的肃穆。

梁经纬颓然跌坐到椅子上。会议室像突然被谁使了魔术一般，变得空空荡荡，只剩他一个人。而烟雾还在，久久地飘着一片黯淡的蓝……又是在梦中吗？他茫然四顾，忽地感到一阵怅然若失的痛楚。

门被骤然推开，县公安局局长风风火火地闯了进来，神色慌乱地告诉他，刚刚接到电话，乱石沟的山民们和派去的民警发生了冲突，大部分警察被缴械。混乱正在加剧。公安局已决定立刻派全体干警一起出动……

梁经纬冒了一身冷汗，似乎看到了那可怕的后果：混战，厮打，流血，号叫，逮捕，判刑，铁窗……不，不能再拖延了，必须立刻赶到现场，越快越好！

他竟来不及找司机，自己亲自开着"巡洋舰"冲出了县城……

麦田里望不到人影，公路上看不见汽车，只剩下一片死寂。他陡然有了一种从未有过的孤独感——孤军奋战，现在真的是孤军奋战了！他苦笑了一下，毅然扔掉手中的烟头，徒步向前走去。

正走着，身后传来一阵阵清脆的喇叭声。他喜出望外地回头望去，一辆火红色的"亚马哈"摩托车正朝他急驰而来。不一刻，便似一股风刮到身旁，停稳，骑手摘下天蓝色的头盔，露出飘逸的长发、红扑扑的脸和明净得如同泉水般的双眸。

"卢静娜！"

"快上来吧！"卢静娜一摆头，"我们一起去！"

摩托车轻捷飞快地向前驰去。风在耳边呼啸起来。梁经纬的前胸几乎紧贴住她的后背，甚至闻到了那股浓郁得沁人心脾的"月亮"牌香水味。他的心忽地一热。哦，他不是孤军奋战，不是的！他应该有必胜的勇气和信心。

也许，让她当县委书记，真比我强呢？他又一次这样想。

"你要注意，农民愤怒起来，可不管你是不是县委书记。"她头也不回地说，声音里流露出不安和担忧。

"不要紧！共产党的干部如果连群众都不敢见，那就太可悲了。"

"事情很棘手呵！"

"瞧着，不出半个小时，我就把事情彻底解决！"他自信地说。

"这么简单？"

"本来就简单，是我们自己把它搞复杂了。哎，当心，开这么快！"

清爽的风扑面而来。目光越过卢静娜的肩头，梁经纬渐渐望见了几百辆各种色彩的长龙似的汽车，看见了在弥漫的烟尘中黑压压的攒动的人头，听到了乱哄哄的喧嚣。他深深地吸了一口气，浑身感到一阵亢奋。他相信他有力疏通这条公路，让一切车辆正常运行……不，他要疏通的绝不仅仅是一条公路，还有更重要的，就像大夫们清除动脉里的血栓一样，他得付出极为艰难的努力。

"民犹水也……"不知为什么，他的脑子里忽地跳出了这句老而又老的古语。

轧

原载《时代文学》

1.

"咔嚓——"

静夜中的玻璃破碎声犹如晴天霹雳，格外响亮。整个单元楼从上到下无不回荡着这一声巨响⋯⋯

时间是当晚十点十五分左右。小武局长正等着看世界杯足球赛，而那时《晚间新闻》的美女播音员正露出白牙对他说："这次节目播送完了，谢谢收看。"

美女播音员话音刚落，那半块砖头便呼啸着飞过阳台，撞碎双层茶色窗玻璃，飞落在客厅的褐色真皮沙发上。

这一突发性的暴力事件引出了一个让人惊骇的事实——小武局长家的窗玻璃让人给砸了！

2.

十点过十分，秘书科的丁小木正在那幢单元楼下徘徊。

平心而论，这是一个富有诗情画意的夏夜。半弯皓月初挂树梢，雨后潮湿的土地上筛落着婆娑的树影，紫丁香的芳香正浓，像一团团雾沁人心脾，令人迷醉……

丁小木却无心欣赏大自然的美景，只觉得白色的确良衬衣后面那颗脆弱的心脏忽而高高悬起，忽而重重落下；悬起时无依无靠、无着无落，落下时则如临深渊、如履薄冰。他的手越来越沉重，仿佛手里拎着一座山。

他驻足仰首眺望，单元楼共五层，大部分窗子都透出光亮，有白的日光灯，也有幽暗的绿灯和亮堂的红灯，更多人家的窗子则闪跳着电视机那飘忽不定、忽强忽弱的光线。显而易见，此刻大家都尚未入睡，这座楼尚处于清醒状态。倘若碰上本单位的熟人，岂不坏了大事？

他很清楚这个单元楼里住着不少本单位的职工，而且大多是有些级别和来历的，寻常之辈是住不进这幢新楼的。譬如，住在一层的是保卫科马科长，住在二层的是老吴局长，住在三层的是办公室主任邱峰。

住在三层的刘之江虽然也和自己一样，但人家的老泰山是本市的第七位副市长，故分房子时刘之江理所当然地分到一套九十五平方米的两室一厅。没人认为刘之江不该得到这套新房，一切都是那样天经地义般顺理成章。尽管丁小木在参观老同学那套装修十分典雅华贵的新房子后，忍不住涌上些许妒意，并发一番慨叹，但他还是由衷地感谢老同学刘之江，若不是他慷慨相助，何以能借到那两间小平房？若借不到房子，每月租房的房租就得耗费掉他一个人几乎全部的工资。刘之江对得起他，他也绝不能和人家去比。人比人，气死个人！知足者常乐嘛！

从正规大学中文系毕业的丁小木原本是个十分容易满足的人。然而此时此刻他站在这幢漂亮的单元楼下，却再也忍不住心中的愤愤不平，只觉得拎东西的胳膊正在发麻，整个身体也正在往黑暗的深渊中沉坠。

他惶惶然瞻前顾后，觉得自己真像个贼！而且是个初上道的新手——干这事儿，毕竟还是平生第一次啊！

他不停地徘徊着，暗暗积蓄足够的勇气。

"咔嚓——"

他在转身时听见了一声玻璃碎裂声，心中道声不好，急忙拔腿疾步而去。暗夜里，只觉得脊背上爬满了眼睛。

3.

妻子前天带孩子去北戴河疗养，不在家，小武局长一个人盯着电视发呆，显得有些心不在焉。

小武局长三十八岁。有一年搞"第三梯队"，从本单位选拔年轻干部。他曾是一所名牌大学毕业的高才生。他年富力强，思维敏捷，又有相当高的文化水平，因此提拔他是没有任何异议的。

当年老吴局长在局常委会上提出他的名字，齐刷刷地举起一片手，竟无一人反对，足见其威信与人缘都属一流。日月如梭，七八年之后，小武局长已把这官当得轻车熟路，得心应手，赢得一片"再提一下"和"扶正"的呼声。小武局长总是谦虚地笑笑，说："要听组织的嘛！"眼见再有几个月老关局长就到了回家赋闲的年龄，几乎百分之九十五的人都认为正局长的位置非小武局长莫属。

然而这些天小武局长心里很不痛快。不痛快的原因是老吴局长明显开始与自己疏远，而与另一位副局长林远亲近起来。原本，小武局长不曾把林局长放在心上，尽管他与组织部的林部长有一层八竿子打不着的亲戚关系，但他的能力及水平显然都在小武局长之下，这是公认的事实。然而近日来风云突变，老吴局长向林远的倾斜不仅意味深长，而且非同小可！于是，小武局长油然滋生了某种惶惑不安的焦躁情绪。

另一个让小武局长不快的原因是，他今天早晨意外听到一首嘲讽"第三梯队"的顺口溜。尽管那顺口溜早已风传社会，他却是第一次听到，更确切地说是看到——有人在单位厕所用粗重的碳素笔书写道：

　　喝酒，一斤二斤不醉

跳舞，三步四步都会

搓麻，五天六天不睡

泡妞，七个八个不累

　　　——赠第三梯队

小武局长立刻意识到这下流之举是林远手下人干的，目的显然是要毁坏他的名声。搞臭他，林远便有了可乘之机。他早就发现林远是个善于耍阴谋诡计的人，却没想到他比自己所能想到的还要卑鄙无耻。他立即找来保卫科马科长，把那字迹歪斜的顺口溜拍了照，然后清洗干净。马科长立即风风火火行动起来——洗印照片，查对笔迹。保卫科的所有人马都行动起来，整整忙了三天，却毫无结果。

心里窝着一团火的小武局长回到家里，拧开电视机，想借世界杯足球赛消消那邪火。在大学时，他就是个正牌球迷，曾在京城的大街上为中国队输球而抱头痛哭。工作后，尽管不再那么狂热了，但每届世界杯比赛是一定要看的。

电视屏幕上尚未出现美女播音员的面孔，正播着一部反映改革者的电视剧。据说，这部五十多集的电视剧还得了个什么大奖。小武局长越看越觉得没劲透了，恨不得把电视剧里的主人公揪下来打一顿。

正在这时，有人敲门。

小武局长怔了一下——一般情况下，这么晚了是不会有人来敲门的，除非特殊情况。

他趿拉着鞋去开门。

果然是一位不速之客——于霞！

小武局长觉得心脏在一瞬间停跳了几秒钟，一股热血将面颊烘得发热，惶惶中竟有些语无伦次："你怎么……来啦！"

于霞大大方方地进了屋子，一笑，一口白森森齐整整的牙格外鲜亮，说："我不能来吗？"

"我是说……这么晚了……"

"正因为这么晚了，才不会被你的邻居撞见，也免得给你招来风言风语嘛。怎么，不想请我坐下？放心，我只说几句话，就走！"

"噢，坐吧……"小武局长勉强地说。

于霞曾是小武局长年轻时的恋人。那时小武局长还没当局长，个头儿虽不高，但身材匀称，爱穿一身湖蓝色的运动衣，颇得姑娘们的青睐。于霞在另外一个局里当打字员，五指修长白皙，像一位出色的钢琴演奏家。那白嫩的五指终于在一天夜里拨响了小武局长心中爱的琴弦。两人正儿八经谈起了恋爱。

年轻人谈恋爱很容易把不住门儿，一冲动就把什么都忘了。他们在热恋时偷尝了禁果。然而，当医生的父母对女儿的对象十分挑剔，无论于霞怎样寻死觅活，就是不答应。宝贝女儿各方面条件都是一流的，却嫁给一个机关小职员？不行，绝对不行！后来，于霞难违父母之命，只得嫁给一位科长。那科长后来升了处长。在许多年内，小武局长极少有机会见到于霞。尽管她的单位离他的单位并不远。实际上他们都在回避对方，免得彼此尴尬和不愉快。

"今天是哪股风把你吹来了？"小武局长瞟着于霞。的确，于霞比从前更加丰腴了，也更加白嫩了，浑身的每一处都显示出一种女性成熟的美。她是容易使男人产生想法的那类女人。

"没有重要事情，我怎么敢登您的三宝殿哪！"

于霞从茶几上取了一支红塔山叼在嘴里，用打火机点着，轻轻吐了一口烟雾。小武局长发现她的风度和气质的确不错，很迷人！然而又转念一想，这种女人是不适合当老婆的，分明是给别人当情人的料，便庆幸自己当初没与她结婚。

有一阵子于霞不知抽了哪根筋，总给小武局长打电话，搞得他颇为惶惶然。听人说于霞如今也熬成了秘书科的科长兼办公室主任，出入大小舞厅，善于交际应酬，风流得弄不住……

这些风言风语让小武局长听得毛骨悚然，早没了与她重叙旧情的欲望。小武局长深知作风问题是官场的一大忌，可不能给自己惹上一身臊！因此，他对于霞的到来抱有高度警惕。

"什么重要事情？你可以先打个电话来嘛……"

于霞笑道："我知道你老婆孩子不在家，你还担心个啥！哎，这么些年，你就从来也不想我？"

"我们的事儿早就过去了，不提为好！"

小武局长有些慌乱。

"你以为我想重提旧情吗？"于霞撇撇嘴说，"我才没那份闲情逸致呢！可有的人想旧事重提，抓住这事做文章呢。"

"谁？"小武局长顿时警觉起来。

"你们局的刘之江！他老婆小凤跑到我们单位，找她的同学，表面上是聊天叙旧，实际上是侦察咱俩的事儿……"

"刘之江？"小武局长倒吸了一口冷气。他知道，刘之江与林远那伙人的关系十分密切。

"她想知道什么？"

"还能有什么，无非是那些男女间的风流事呗，无聊透了！"于霞一脸不屑地说，"她问我们单位的话务员小许，我是不是经常给你打电话？如果常打，都说些啥内容？她还和小许说，我们的关系一直没断，叫什么藕断丝连……她还要小许监听咱们的通话。简直在搞克格勃嘛，太可恶了！所以我不敢给你打电话，就直接来了……"于霞滔滔不绝地说着。

小武局长便觉得心底那股邪火倏地蹿上来，他不可遏制地说："真卑鄙！"

"我来给你透个风，让你提防着些。在政界，你不能太老实。老实了要吃大亏的！"于霞以一副深涉仕途的姿态对他谆谆教导着。

这时候，美女播音员在电视屏幕上出现了，正在说最后一句道别的话："谢谢收看……"

紧接着，"咔嚓"一声巨响震耳欲聋。于霞骇然变色，受到惊吓的她猛地扑到小武局长怀中。

刹那间，玻璃的碎屑在客厅里四处飞溅。小武局长的第一个感觉是世界炸裂了！满世界都是飞旋着的玻璃碎屑……

男人本能的保护意识使他紧紧地搂住于霞，只觉得怀中的于霞早已软成一团。低头一看，见于霞的额头被一块玻璃片划破，殷红的血正在欢快地涌出来。他一慌，一时不知如何是好，急忙拿手去捂。手上沾满了她的鲜血，感觉那血热乎乎的烫手。

稍后，门被敲得乱颤。小武局长听见门外是一片乱纷纷的询问声。那大嗓门、天津口音的是办公室主任邱峰。

"武局长，出嘛事儿啦？你开开门哪……局长，你在家吗？"

小武局长一惊，忙抱着于霞往卧室走去，说："不好，你先躲躲……"

𝒜.

刘之江今晚的手气特别好，坐了庄就下不来，把把和。人事科的牛科长不无妒意地说："你今天是脑袋上浇了高粱米汤——红成一片啦！"刘之江愈发得意，把麻将牌甩得山响，显示出一种得胜者的踌躇满志。

"自摸，又和啦！"

众人纷纷点票子。刘之江的老婆小凤乐得合不拢嘴，急忙给大家倒茶，说："喝呐，刚沏的铁观音……瞧这色儿，正宗货，是我家老爷子去黄山开会带回来的哩。"

大家都点着头夸好茶，咂舌咂嘴，做品茶状。牌桌上除了牛科长之外，另外两个也是本单位同事，一个是大巴掌林铁——林远的亲侄儿，在单位开小车，也住这个单元；一个是办公室副主任老胡，人称"胡大咧咧"，嘴头子没个把门的，咧咧起来没完没了，该说的说，不该说的也乱说。就因为这张嘴误了好前程。小武局长认为他靠不住，几次提正主任时都把他撂在一边。尤其是上回提了一个连副科职务都没有的邱峰当了办公室正主任，更把胡大咧咧气得蜡黄了脸，背地里把小武局长的先人祖宗骂了无数次。他觉得小武局长是有意整自己。好，既然你和老子过不去，老子也不尿你那壶！咱骑驴看唱本儿——走着瞧！

又要摸牌，牛科长说："得换换手气啦，否则这一夜太背运啦。"刘之江宽容大度地笑道："换就换，不怕你能把咱的手气换跑。"于是摸出四张牌来，四人先后摸了，按其点数大小择了东南西北四个方位坐定。新的一轮战局又开始了。

那时候电视机正开着，播放一首《纤夫的爱》。那女的正唱道："只盼日头它落到西山沟，让你亲个够……"牛科长坐北，正面对电视机，边摸牌边直了眼儿瞅，咧着嘴哈哈大笑道："够味儿！够味儿！这娘们儿一看就不是省油的灯，真够味儿！"林大巴掌说："那也不如于霞那娘们儿够味儿！前两天在花洲舞厅见她了，搂着我那大伯子跳得真他妈欢实，恨不能浪出水儿呢。"

"你大伯子是谁？"胡大咧咧傻呵呵地问。

"就是组织部的嘛。"刘之江码好牌，拍出一张"东风"。

"庄家不打东，打东也稀松！"下座的牛科长跟着甩出一张"东风"，喷口烟说，"这个于霞是不是真的和咱小武局长有过一腿？"

"那都是旧闻啦！"胡大咧咧甩出一张"三万"，以老资历的口吻说，"十几年前，他们搞对象，搞得满城风雨。有一回，他们两个钻防空洞，让我给撞见了。两人拔腿就跑……"

众人笑成一片。小凤竟笑出了眼泪。

"打那儿以后，姓武的小子就恨上我了，时时刻刻忘不了给我穿小鞋，总是压我一头！"胡大咧咧恨恨地说。

小凤接着给众人续茶，笑道："你那老皇历快甭提啦！我这里有最新的新闻呢……"便卖个关子打住，瞅众人的反应。

果然都停了摸牌，期待地望着她。只有刘之江一人抿茶，暗笑。

"今天，我去于霞单位找我们同学小许。小许是她单位的话务员。这小许吧，别的都好，就有个爱偷听人家打电话的毛病，尤其是一男一女打电话，她听得有滋有味。所以吧，她发现于霞总给小武局长打电话，就偷听了……"说着，却又戛然停住了。

"说啥？他们在电话里说啥来着？"胡大咧咧急得抓耳挠腮、火烧火燎的样子。

小凤莞尔一笑，觉得自己此刻一定百媚千姿："还能说啥，还不是那些让人肉麻的话，我都不好意思给你们学！都三十大几的人了，在社会上一个个人模狗样的，可背地里干的那些龌龊事也真让人恶心咧！连裤裆里的事儿，他们都在电话里说呢！"

胡大咧咧猛一拍桌，吓了大家一跳，却是甩出一张牌来："四万……我说小凤，这种丑事儿你还替他遮着盖着，还不捅到你爸爸那儿去，让市委知道一下这姓武的是个啥样的货色。还有你，大巴掌，也给你组织部的大伯子反映反映，这号人还想当正局长，坐一把手的交椅？我非给他搅黄了不可！"

牛科长不动声色地说："咱打牌，少谈单位里的事情。"

胡大咧咧却难以平静，说："可有些话不吐不快。就说今天吧，厕所里发现那首顺口溜，屁大点儿事，嘿，简直就像发现'反标'一样，又是照相，又是查笔体，把咱局里所有人的笔体一溜儿查遍了，这不是搞专制又是什么！"

"把马科长忙得像没头苍蝇！"林大巴掌也咧嘴笑着说。

"查出是谁写的了吗？"小凤关心地问。

"查出个屁！"胡大咧咧说，"大概马科长现在还没回家呢，还在单位撅着腚眼子对笔迹呢。"

刘之江说："有些事情搞得太过分了！就算那首顺口溜是骂第三梯队的，那第三梯队的干部多着呢，也不是专指你一个人的，你小武局长也犯不着气急败坏呀！太神经过敏了嘛！"

"他们又想整人了！"牛科长也插了一句。

刘之江又说："当官不能这么当，你咋也得给下面人一条活路吧？就说我的同学丁小木吧，就因为一次组织部下来搞民意测验，丁小木给小武局长打了个九十七分而没打一百分，武局长就耿耿于怀，总挑丁小木工作中的毛病。每年分房子没他的份儿不说，就连他两口子的两地生活问题也一直置之不理，坚决不同意调他老婆……有这么回事吧，老牛？"

牛科长点点头说："局常委会上讨论过这件事，大部分常委都同意把小木老婆调过来，为职工解决两地分居十多年的问题，也是为职工做好事嘛。再说小木是单位唯一的一支笔杆子，什么总结、报告、发言稿、通讯报道啦，还不都是人家小木给起草写的？小武局长的哪一篇讲话不是小木写的？小木是个勤奋能干的青年嘛。林局长在会上力主把小木的爱人调来。可林局长一提议，小武局长马上反对，好像丁小木是林局长的什么亲信。我看丁小木的事儿是无望啦。"

刘之江说："今天丁小木来找我，求我帮忙。我说我能帮上啥忙？咱都是小公务员一个！他说他这回真急眼了，若老婆的调动办不成，他也豁出去了，狗急了还跳墙呢……"

"他要怎样？"众人又都停了摸牌，望着刘之江。

刘之江不以为然地笑道："他还能怎样？小木这人太老实了，别指望他能干出啥惊天动地的大事来……"

话刚说到这里，小凤摁了下电视遥控器，电视里刚好传来美女播音员与观众的道别声。随即，从楼下传来了玻璃破碎的巨响。

刘之江一个"和"字卡在嗓子眼儿里。

倒是小凤反应快，几步奔到窗户前，往下一望，惊呼起来："是小武局长家！窗户让人砸了！"

"看见砸窗户的人了吗？"刘之江也飞速奔到窗户前，向下张望。

"有个男人，跑了……"小凤用手一指楼房拐弯处说，"是个矮个儿，手里好像还拎着东西。"

"丁小木？"刘之江怔了一下。

"没看真切，背影有点儿像。"小凤说。

这时大家早没了摸牌的兴趣，打开门来听，听得楼道下已是乱哄哄一片。

牛科长说："走，咱也去看看！"

胡大咧咧说："姓武的看样子要倒霉啦。"

林大巴掌说："官逼民反嘛。"

刘之江自言自语道："有好戏看了！"

于是，一干人撇了麻将，下楼去看热闹。

5

小武局长把门打开时，乱糟糟的人们顿时安静下来。

灯光映照下，刘之江看见小武局长苍白的面色很平静，一副若无其事的样子。刘之江的目光越过小武局长，看见客厅里的灯亮着，电视机仍开着，红地毯和真皮沙发上散落着亮晶晶的窗玻璃碎片。这幢楼房的格局是时下设计最新的，客厅与阳台连为一体，正南是一扇巨大的落地窗，采光好，视野开阔，极为气派。而此刻，那扇落地窗悲惨地破了一个大洞，浓重的夜色嵌在洞中。

许多人都想进客厅看个究竟，但小武局长站在门口并无请大家进去参观的意思，便立在门外静观。小武局长摆摆手对众人说：

"回去吧，谢谢大家关心。没啥大事儿，碎了几块玻璃而已。都回吧！"

众人悻悻然散去。

刘之江走到三层楼梯口处，停了步子往下望去，只见门口灯火阑珊处，邱主任说："我去把马科长找来。他正在单位查对笔迹呢。"

小武局长生气地说："保卫科都是吃干饭的！"说毕，便关了门。

刘之江上楼回到自己家里。大家还想继续打牌。刘之江说："今天就到此为止吧。"

胡大咧咧和林大巴掌就告辞各自回家。牛科长说抽完这支烟再走，就坐在沙发上。等刘之江送客回来，老牛低声问：

"猜出是谁干的吗？"

"难说。"

"会不会是丁小木？"

"就怕他没那么大的胆儿。"

"那会是谁呢？"

"不管是谁，都说明一个问题——小武局长的群众威信不咋样，恨他的人太多了！"刘之江冷静地分析道。

牛科长心中一惊，不由得对刘之江另眼相待——他这么年轻，尽管目前仍无一官半职，却能如此老道地论及宦海风波，城府竟这样深，平时却不显山不露水……此人非等闲之辈啊！

刘之江继续分析道："这件事恐怕不会完，他们那些人要借机做文章的。老牛，你去林局长那儿一趟，把今晚发生的事儿汇报一下。"竟是一种对下级发指示的口吻，然而牛科长却应诺着去了。在牛科长眼中，刘之江不仅是单位里的刘之江，更是市长的女婿。

老牛走后，刘之江对小凤说："我总觉得小武局长的神色有点不对劲儿！"

小凤问："有啥不对劲儿？"刘之江却不说了。小两口洗漱完毕，铺床就寝。躺下过了好一会儿，刘之江突然兴奋地说："对了，有血……"

小凤从半睡中惊醒，慌忙问："啥有血？啥有血？"

"我是说小武局长的手上有血！"

"那又咋啦？准是让玻璃片子扎破了手呗，你真神经病了！"小凤嘟囔着翻身睡去。

刘之江却睡不着了，独自思忖：假如小武局长的手是被玻璃片扎破的，那他当时应该会包扎一下，他是个对疼痛极敏感的人。再说，若玻璃碎片飞溅开来，手掌被划破的可能性极小……假如小武局长的手没有破，那么，手上的血显然是另一个人的，也就是说，当时还有一个人在场，而此人却在他们赶到之前藏了起来……

如果这个推断正确，那么，那个神秘人物会是谁呢？

刘之江越想越激动。弄清这个疑问并不难——明天一上班，就可以查验出小武局长的手究竟有没有被划伤……

后来，他听见楼下传来汽车声和急促的脚步声，心想：那一定是保卫科的马科长急匆匆地奔上楼来……

6.

平时，丁小木是踩着钟点走进办公室的。关于在什么时间上班效果最佳这个问题，丁小木是经过反复琢磨的。来早了，局领导还没到，同事们也都未露面，容易引起不必要的猜忌——就你积极吗？比领导来得还早哇？而来迟了呢，也不妥，谁也不会给你好脸子看。因此，他采用了"中庸之道"，踩着钟点进办公室，正好是单位里一半人已到而另一半人未来之时，最不引人注目。

然而，今天他却晚来了足有一刻钟，眼泡红肿，无精打采。一走进单位，他就觉察出某些异样——似乎大家的情绪都很激动，正在叽叽喳喳地议论着某一件事情。这反常的现象立刻引起了他的高度警觉，他刚想凑近去听听，人家却不说了，装作没事一般各干各的——看报、喝茶、整理文件、擦拭办公桌或扔废纸……

丁小木的心咯噔一下沉了下去——莫非，同事们议论的事与自己有关？难道，昨晚上的事被人看见了？

一时，丁小木只觉得头昏脑涨，他吃力地走到自己的办公桌前坐下发呆。

在丁小木对面坐着办公的是秘书范青。范青平时慵懒散淡，当秘书却不会写材料，凡是起草个汇报总结啥的，全推给了丁小木。她唯一的嗜好就是坐在那里织毛衣并搬弄些是非。丁小木平时与她没有多少话，她也视丁小木为呆子，在他面前作高傲状。可今天见丁小木进来，她毛衣也不织了，盯着他瞅了足足有五分钟，直盯得丁小木毛骨悚然。

"范姐你……"

范青却阴阳怪气地笑道："我说小木，你行啊！平时看不出你还有这两下子，不显山不露水，谁会想到你来了这么一手——有种！这才像个男人！"

丁小木傻呵呵地望着她，说："我……我干啥啦？"

范青抿嘴一笑，道："甭谦虚，这事儿，大家心里都明白！"

办公室里的几个同事转过头来瞧他们，都抿着嘴乐。

几乎整整一上午时间，丁小木都是在惶惑不安中度过的。他埋头起草一份关于如何贯彻反腐败的文件，闷头写了半天，却写不出几行字来。不断有同事进来办事，冲他点点头并意味深长地笑笑。他更加坐立不安起来。

上午十点钟左右，刘之江走了进来，对丁小木说："刚打印出一份文件，你来帮我校对一下。"

丁小木为小刘给他提供这样一个能摆脱尴尬局面的机会而高兴，忙不迭地答应着去了。

刘之江虽然也是秘书，却是"机要秘书"，故而自己占了一间办公室，门上赫然挂着"机要室"的大牌和"闲人免进"的字样。他这里十分清静，屋内一切都收拾得干净利落，有条不紊，显示出一种精明能干。

进屋后，丁小木擦拭眼镜，问："文件在哪儿？"

刘之江笑道："你可真老实，哪有什么文件，还不是找个借口叫你过来说几句话。"

"有事？"丁小木知道若无重要的事情，刘之江是不会叫他到机要室来聊天的。

刘之江却不急于说什么，而是盯着他微笑了半晌。他顿时感到自己所有的隐秘已被他全部看破。

"小木，咱们是老同学，有啥事，甭瞒我，实话实说……"

丁小木觉得刘之江这个人不错，时时刻刻不忘他们是老同学这层关系，便庄重地点点头。

"昨晚十点多，你是不是……"

"我……"丁小木一下子慌了神。

"你到过我们那幢楼？"

"去过……哦，没，没有……"

"瞒我？我在阳台上看见你了！"刘之江一边笑着说，一边观察丁小木的脸色。

"真的？看见了……我是去过……"

"这么说，那件事真是你干的？"

"哪件事？"

"还能有哪件——砸武局长的玻璃呗！"

"不是我！"丁小木几乎嘶叫起来，额上的青筋一突一突的。

"真的不是你？小武局长不同意把你老婆调来，你很愤怒，就干了那件事……"

"真的不是！小刘，你还不了解我吗，我一向小心谨慎，咋会干那种蠢事呢。"

"兔子急了还跳墙呢……"

"小刘，我看见砸玻璃的人了……那时我正在楼下。"丁小木近乎绝望地说。

"噢，是谁？"

"天黑，没看清。一个男的，个头和我差不多，手里拿了一块砖头，砸完就跑了……"

"那你到我们那幢单元楼干啥去了？"

"我……"丁小木一脸羞愧之色。

"讲嘛，老同学了，还信不过我？"

"我是受了你昨天那番话的启发，想给小武局长送点礼。我买了两条红塔山和两瓶五粮液，走到楼下，却不敢进去……后来，就出了那件事，我更不敢久留了……"

"原来如此！"刘之江吐了口烟。他相信丁小木不会对自己说谎。实际上昨天夜里他就猜测到真相，现在不过是为了证实一下自己的想法。

"烟和酒现在还在家里放着呢……我是第一次给当官的送礼，吓得不行，咋也不敢上楼，偏偏又背运，赶上有人砸武局长家的窗子……"丁小木絮絮叨叨地说着，一副心神不宁的样子。

"事情有点麻烦！"刘之江皱着眉头说，"单位里有人怀疑昨晚那件事是你干的。听说保卫科正查脚印呢，你可能是主要的怀疑对象。我看，你找个时间到小武局长那儿向他解释一下吧。小武局长是个明事理的人。"

丁小木点点头说："我去！我可承担不起这不白之冤啊。"

"抓紧点！全单位的人都议论这件事呢！"刘之江友好地叮嘱道。

丁小木一脸痛苦之色，点点头，走出了机要室。

回到自己的办公室后，却见保卫科的人果然正在等他。

"丁小木，到保卫科去！"

他顿时觉得眼前一黑，几乎栽倒。

7.

小武局长一上班，就敏感地发现气氛不太寻常。一琢磨，这不寻常来自于大家对他的格外关切，每个人都表现出平时罕见的同情心与人情味。

"早啊，武局长，您没事儿吧？"

"噢……没事儿。"

几乎每个人都这样问候他，他也点头应着。昨晚滋生的惶惑情绪牢牢地攫住了他。

林远副局长在办公室的过道遇见了他，热情地拉着他的手，上上下下打量着："怎么样？没伤着吧？我一大早就听说了，太可恨了！太气人了！唉，小院治安太差劲啦，叫人没有安全感嘛……"

小武局长蓦然间理解了那句"猫哭老鼠"的含意。

坐在办公桌前，心绪很乱，拿起几份文件阅了一下，竟然一个字也看不进去。

如果昨晚那件事真的是林远的手下人干的，那么是否意味着自己与林远的矛盾进入了公开化、白热化的阶段？而那半块砖头是公然挑战的宣言，还是一个警告的信号？这一手太卑劣了！如果不是那帮人干的，又会是谁呢？仇人？想不出与谁有私仇，除了工作上得罪一些人外，他的人缘还不错。那么，另一种可能是本单位某些对他有成见的人干的……除此之外，找不到其他更合理的解释。

想到这里，小武局长的心中忍不住泛起一股火，一种雄性的好斗的激情油然而生，使他欲罢不能。这时，办公室主任邱峰推门而进。

邱主任是个办事缜密的人，小武局长常常能感受到他的细心与周全。他是小武局长值得信赖的部下之一。他走进局长办公室时小心翼翼地关住了门，然后在离小武局长很近的地方坐下，用压得很低的声音说：

"这件事看起来不那么简单。我调查了一下，胡大咧咧、林大巴掌昨晚都在小刘家里打麻将，对了，还有牛科长，看来不是他们干的。今天一早，单位里都传说这事有可能是丁小木干的……"

"丁小木？"小武局长惊诧不已，"不可能！不大可能！"

"前两天因为他老婆的工作调动问题被你卡了，他怀恨在心，背地里骂过你呢。"

"他这个人，顶多会发几句牢骚，不会干出格的事。"

"这也难说，人不可貌相。丁小木看上去老实木讷，骨子里也是有股狠劲儿呢。再说，他是刘之江的老同学，两人关系比较密切，谁知道小刘咋给他煽风点火呢。"

小武局长沉吟道："连小木都这样恨我吗？我还是不敢相信！再说，这事如果没有确凿的证据，切不可胡乱怀疑任何人！我看，这件事还是暂时压下去为好。"

"可如果是林远手下人干的呢？或者，是刘之江指使丁小木干的呢？我们若不追查，只怕我们每家的玻璃都要被砸了！"邱主任愤然道，声音也不由得提高了八度。

"那就告诉马科长，别搞得满城风雨，别弄得人心惶惶。"

"知道了。"

邱峰出去十分钟左右，又有人敲门。

刘之江拿着一份文件走了进来，说："武局长，这份文件上面要得挺急，您签一下。"

小武局长伸出手去接文件，刘之江就把那双手瞅了个真切——手上没有一点儿伤痕！

"武局长，昨晚没伤着吧？"刘之江突然问。

"噢，没事儿……"

"那就好，真让我们担心呐！"刘之江意味深长地说。

"小刘，这份文件应该让老吴局长签才对呀！"小武局长翻阅着文件说。

"哦，老吴局长今天去医院了，血压又上一百七了……您是二把手，应该您签。"

这话说得小武局长挺舒服，觉得刘之江这个人还是不错的。虽然有风言风语说他是林远的人，但小武局长则认为他基本上是个中立派，是那种可以团结过来的同志。

"小刘呀，你的升职报告就要批下来了，秘书科长的担子可不轻啊，你要有思想准备。以后在工作上，我可全靠你了。"小武局长用自家人的口吻说。他懂得领导艺术的手法之一，就是要给每个部下尝点儿甜头，要让他们时刻看得到未来的诱惑。

刘之江说："我还嫩，就怕干不好！"

小武局长说："学中干，干中学嘛！像我，当这副局长时，比你还嫩哩，啥也不懂，可实践证明，我干得并不比别人差嘛！"

刘之江谦虚地笑道："我哪儿能和您比呢！以后还得武局长多多帮助我呢。"

两个人又说了一堆各有弦外之音的话，刘之江就告退了。

一进机要室，刘之江就给老婆小凤拨了个电话："小凤，你立即去找小许，让她去看看于霞身上有没有新的伤口……你别管那么多，等回家再告诉你，这事当然很重要……"

8

快下班时，办公室的楼道里很清静。

丁小木几次徘徊到小武局长办公室的门口，又几次鼓不起勇气敲门，便垂头丧气地走到一旁。

保卫科叫他去谈话使他愈加意识到问题的严重性。马科长神情严肃地询问他：昨晚十点钟左右他在什么地方？都干了些什么？他谎称在家守老婆。老婆的确是前天来探亲的，单位的人都知道。马科长让他回去写一份证明材料并签上老婆的证明文字一并交上来。他仿佛受到污辱似的昏头胀脸，可一想到自己在昨晚十点钟左右的确到过单元楼又顿感心虚，一言不发地离开了保卫科。

　　一上午，他如坐针毡。怎么想怎么觉得刘之江讲得有道理，应该找小武局长当面讲清楚。

　　再过五分钟下班铃就要响了，不能再犹豫了！丁小木将心一横，敲响了那扇门。

　　他觉得小武局长看自己的目光有些诧异。

　　"武局长，昨晚……我想……"

　　"有事，丁小木？"

　　"其实也没啥大事儿……您忙哪……您如果忙，我完了再来……"他想转身逃走。他从小武局长的目光里看得出对方并不欢迎他的来访。

　　"现在不忙，有什么事儿你说吧。"

　　"其实……我想去您家……其实我是去了，没等进去就……我看见了……可是我……大家都以为是我干的……其实……"

　　"你究竟要说什么？"小武局长有些不耐烦了。

　　"我是说……那件事儿不是我干的，我又不是小孩子啦……"

　　"什么事儿不是你干的？"

　　"昨晚那件事……真的不是我！我老婆的工作调动您给卡了，您是为了工作，我咋能报仇呢。其实我是想说……您还不了解我这个人……我发神经病啦，没事干砸人家的窗户干啥……"

　　"谁说是你干的呢？"小武局长目光犀利地反问。

　　"他们怀疑我……"

　　"他们是谁？张三还是李四？"

　　"这……"丁小木无言以对，一时颇觉狼狈。

"没人说是你干的嘛！不是你干的，你干吗那么紧张？"

"我紧张了吗？我干吗要紧张呢？您应该相信我，局长……"

沉默了有一分钟，墙上的石英钟在不紧不慢地走着，滴答滴答惹人心烦。

"好了，你完全没必要解释，很没必要，很可笑！"小武局长有些生气地说。

"我认为有必要……"丁小木嘟囔着。

"要下班了，走吧！"小武局长不客气地下了逐客令。

出门时，丁小木的脸一片灰白。一路跌跌撞撞，他不知道怎样下的办公楼，又怎样走回家的。

完了！他在心里哀叹。从小武局长的态度来看，局长也认定那件事是他干的！现在看来他纵然有一百张嘴也说不清了，他莫名其妙地被卷入了旋涡之中。

谁能证明那件事不是他干的呢？没有任何人！只有自己能证明自己，可是，有谁会相信他呢？

带着一肚子愁苦回到家里，老婆小春已经把饭做好，正等他回来。多年两地分居的生活，使小春养成了很强的独立自主的倔强性格，说话办事如男子一般。见他脸色不好，小春就问："又在外面受气啦？"

丁小木只是闷头不语。

小春又问："给武局长的礼啥时候送呀？"

丁小木还是不言声。

小春便有些生气道："瞧你还算个大男人吗？八棍子打不出个屁来，啥事也办不成！我和你明说了吧，如果这次我的调动办不成，咱各走各的路，结束这名存实亡的婚姻关系！"

丁小木可怜巴巴地抬起头来望着小春，说："我不是正在努力办吗……我们单位人员严重超编，最近正在往第三产业精减人员。小武局长亲自带头，把他的亲外甥都精减了。上面三令五申——一个人也不许调进。这种时候调你，他自然不会轻易同意啦……"

"屁，林大巴掌不是前些时候调进去的吗？"

"人家是林局长的亲戚！"

"这不结了！当官的甭听他那套。说归说，大面儿上的官样话谁不会说几句？做归做，该办的事还照办不误。偏偏你就信那一套！"

丁小木被老婆训得不敢吱声。他本想把人家怀疑他砸小武局长家的窗户这件事告诉小春，可一看她这副肝火正旺的样子，就把话咽回肚子里了。

现在的形势已十分明显，不仅老婆的调动化为泡影，就连自己能不能在单位待下去都成了问题。泥菩萨过河自身难保哩。当小春把饭端上来时，他仍在痴痴地发呆。

小春看着他这副样子，知道他也十分为难，又恨他一个七尺高的汉子竟窝囊至此，忍不住鼻子一酸，转过身去暗自落泪。

9.

午饭时，刘之江独自一人喝干了三瓶啤酒。小凤陪他喝了一杯。

下酒菜是一块酱猪头肉。小刘把一块脆骨扔进嘴里嚼着，便有一阵响亮的咯吱咯吱声发出来。他吃得满嘴流油，十分舒服的啤酒嗝儿接二连三地顶上来。这时候他忽然觉得生活真是美满极了。

"你再说说，那于霞？"他用牙签剔着牙，用赞赏的目光瞟着小凤。

"没错，小许说她看得真真切切，就在这儿，"小凤指了下额角，"那骚娘们儿在这儿贴了两块创可贴，邦迪牌的。小许问她咋受伤啦，她说是昨晚不小心撞门框子上了……"

刘之江感到很亢奋——这就对了！于霞头上的伤口说明了一个重要问题：昨晚有人砸小武局长家的窗子时，她正在屋内，受伤的不是小武局长而是她！好哇，趁老婆孩子不在家，两个老情人在家里偷偷幽会！甚至那邦迪牌创可贴也是一个有力的证据——那本是半个月前小武局长的女儿小燕不小心被刀子割破手时，我骑车子上街特意买回来的。当时买了不少，小武局长还说买这么多干啥，我说这玩意儿好使，止血消炎都灵，留着备用吧。看来，倒是给那娘们儿派上用场了。

"你咋对于霞的伤这么感兴趣？莫非……"小凤也猜出几分。刘之江只一笑，并未对她说明缘由。女人的嘴不牢，知道的事儿越少越好。

吃过午饭，牛科长来访。

牛科长坐下便说："林局长让我给你带来两个字。"

"噢？"刘之江颇感兴趣地注视着他。

"静观！"

"静观？"

"对，静观事态发展，由他们折腾去！老关局长今天在医院也听说了这件事，他说，没想到小武的群众威信这么差劲。听听，这评价！所以，林局长说，他们越折腾对咱们就越有利。"

"上边的意思明确了吗？"刘之江关切地问。

"还没有！不过倾向已经很明显了——林局长的群众威信高，上面又有人给说话，看来八九不离十！"

刘之江点点头没说话。其实，他心里对牛科长的乐观态度颇不以为然。据他了解，组织部门的主要考核对象是小武局长而不是林局长。鹿死谁手，还是一个未知数。

"昨晚那一手，果然是丁小木干的！没想到这小子平时蔫头蔫脑，关键时候还真行！"牛科长有些亢奋地说。

"你怎么确定是丁小木干的？"

"保卫科的人说的，只等丁小木自己承认了。"

"有证据吗？"

"没有！不过马科长是个很会找证据的家伙。"

"还有别的可怀疑的人吗？"

"有！听说马科长列了一个怀疑对象名单，列了十多个人的名字呢，其中还有你和我呢！"

"真不是东西！"刘之江骂了一句。

"他们在给自己树敌呢！打击面越广，就越不利于他们。"

"还有什么新闻？"

牛科长想了想说："哦，还有，他们怀疑丁小木砸武局长家的窗子，是受了你的指使……"

"放他妈的狗屁！"刘之江又骂了一句。

送走牛科长，刘之江觉得有些好笑。林远这帮人显然把他当成"自己人"了！他自言自语地说了一句：

"我谁的人也不是，我永远是我自己！"

小凤没听清他说什么，奇怪地问："你嘟囔啥？"

他笑道："我说天气真热，要下雨啦。"

10.

老婆孩子不在家，小武局长中午就在单位食堂吃饭。

在食堂就餐的有二十几个人，大都是单身或家住得远、中午懒得回去的职工。小武局长自觉排队打饭，前面的职工见了就把他往前推，让他先买。他颇觉过意不去。职工们就说："能和我们一块儿吃饭就是和群众打成一片啦，对您算是屈尊啦，不能让您排队浪费您的宝贵时间……"小武局长弄不清这是在赞扬还是在讥讽，也就不再推让，打了饭端到桌子上，与大家边吃边聊天。

有一个小伙子嬉皮笑脸地凑了过来，坐在小武局长身边，声称要与局长套套近乎联络感情。小武局长知道他叫"哈二炮"，是总务科的，平时喝酒打架骂大街，以凶悍好斗而出名。前些日子，哈二炮与单位的林大巴掌打架，被小武局长撞见，当下臭骂了他一顿，并下令扣除他当月的奖金。哈二炮不服，说小武局长偏袒对方，因为林大巴掌是林局长的亲戚；又声称早晚要给小武局长点儿颜色看看。

"听说武局长您家的窗户被人砸啦？"哈二炮一本正经地说，"您可别怀疑是我干的！我昨天在二蛋家里看足球赛，从晚八点到凌晨五点都在他家，许多人可以做证。"

过了一会儿，有两个小科员坐过来，拐弯抹角的话音中透露出他们昨晚去看了十点钟的晚场电影，以洗刷自己的作案嫌疑。又过了片刻，林大巴掌也坐了过来，说昨晚在刘之江家里打麻将，听见响声就赶到楼下，差一步就捉住那个肇事的家伙。这时有一个职工插嘴说，昨晚十点钟以前，他看见单位的丁小木拎着什么东西往单元楼方向走去，鬼鬼祟祟的样子。大家就乱纷纷地议论起来，有的说极有可能是丁小木干的，蔫人干大事嘛；有的说绝不可能是丁小木，借他几条胆子他也不敢。小武局长埋头吃饭，一时颇觉无趣。

　　这时，总务科长老侯走进来，要小武局长立刻回家，说安装玻璃的工人已经在他家门口等了一个多小时了。小武局长就推了饭碗，出了食堂，往家赶。

　　果然有两名安装工人正在等着。小武局长说声抱歉，掏了钥匙开门，带工人走进客厅。两个工人便开始量窗户尺寸，划玻璃，叮叮当当干了起来，没出半个小时，就把几块昨晚被砸的窗户全部安上了新的钢化茶色玻璃。

　　工人走后，小武局长倚靠在沙发上不想起来，他愈来愈感到从未有过的惶惑——这是怎么啦？为啥有人偏偏要砸我的窗户？为啥这一事件弄得大家都惶惶不安？为啥挺简单的事越搞越复杂？

　　从前，他没当官的时候就非常厌恶那些官场作风，什么拉帮结伙，什么你的人我的人，什么争权夺利，什么媚上欺下……那时他曾暗暗想：等有朝一日我掌了权，一定要清除这些恶习，树立一个新型领导者的形象……然而一旦进入官场，才知道"人在江湖身不由己"的滋味。一种无形的强大的力量潜移默化地在他身上发生着作用力，使他不得不违背本心去干一些事情。有时候他甚至觉得自己变成了一具没有灵魂的躯壳，一切言行都受那种无形力量的控制。

　　从什么时候起，你迷失了自己的本性呢？

　　"嘭、嘭、嘭……"有人敲门，声音极轻极小心。

　　小武局长起身开门。

　　手足无措的丁小木站在门外，说："武局长，我……打扰您午休了，真对不起……其实我来是想解释那件事情的……我觉得有必要解释清楚……"

　　小武局长觉得有些哭笑不得："不是已经解释过了吗？"

"可我觉得您不相信我，您根本不相信是吧？您认为是我干的……其实昨天夜里我……"

丁小木垂着头嗫嚅着，眼睛慌乱地移来移去。

小武局长无可奈何地摇摇头，一时颇觉悲凉。如果丁小木找上门来骂自己一顿，自己也许不会动怒，可他竟这样可怜巴巴地上门来做什么解释，简直是对自己人格的污辱。一股无名火蹿了上来，他冷冷地一摆手说：

"不必解释，请出去！"

"我……"

"出去！"

门便嘭的一声关上了。

11.

丁小木眼前的世界是一片虚幻。

他轻一脚重一脚地走在大街上，只剩一个意识——全完啦！什么老婆的工作调动，什么职称晋升，什么房子分配，什么入党提干……全在小武局长那声怒喝中烟消云散。他从未见过小武局长如此生气，也从没有这么严重地得罪过一位领导。他清楚地知道，现在他在小武局长心目中的形象——无比恶劣！而小武局长的印象直接关系到他的前途……没想到自己小心谨慎、唯唯诺诺在单位干了七八年，竟在一夜间落得如此下场，可悲可叹！然而又有谁知道我是清白无辜的呢？我小木也算得一位君子，何以会干那种砸窗破门的卑劣勾当？在你们眼里，我竟成了一个蝇营狗苟的小人？可气可恨！转念细想，谁又会把你小木当个人物看？谁又能把你的冤屈当回事？你乃一介书生，在平头草民之下，在社会上毫无地位，又无有权势的亲友做靠山，人家将你拍死还不是像拍死一只苍蝇一般……

他愈想愈觉凄凉绝望，更觉人生悲哀无奈，毫无眷恋之处。便有一口痰堵住心窍，令他痴痴迷迷，魂不守舍，一时也不知走到了何处。

却见一个人挡在面前，拊掌笑道："这不是丁小木吗，咋像丢了魂儿似的？"

丁小木这才有些醒过神来，抬眼一看，是本单位办公室副主任老胡。丁小木脸上不由得堆了些苦笑。

"小丁，来，和你说件大事！"胡大咧咧不由分说，就把丁小木拉到路边无人处，压低声音说，"你呀，闯下大祸啦！你怎么吃了豹子胆，敢去砸小武局长家的玻璃？"

"胡主任，那不是我……"

"听说马科长已经从那半块砖头上查出手印是你的，证据确凿，已报公安局啦，说是触犯了刑法第一百零三条，叫什么侵害罪，没准儿要抓你进去坐几天呢。"

丁小木却不惧，只是冷笑着。

"哎，笑啥，你不怕？"胡大咧咧奇怪地望着丁小木。

"怕？我怕，我丁小木怕了一辈子，可又咋样？还不是墙矮被人跨、马瘦被人骑吗！"丁小木露出无奈而又痛苦的神色。

"也不尽然，天无绝人之路！"胡大咧咧友好地拍拍丁小木的肩说，"林局长就十分同情你、关心你，他特意让我捎话给你……"

"啥话？"

"两句。一句是莫愁前路无知己，天下谁人不识君；另一句是他年我若为青帝，报与桃花一处开。"胡大咧咧笑道。

"什么意思？"文科大学毕业的高才生丁小木懵头懵脑地问。

"这还不懂啊！"胡大咧咧双手一拍说，"前一句，林局长把你视为自己人，要你勇敢地挺直腰，去和那伙欺负你的人干，干到底！这年头，谁怕谁呀！古代还官逼民反民不得不反呢，何况如今是共产党的天下，这么搞逼供还行？他小武局长在单位里想一手遮天，当南霸天黄世仁，做梦！还有上级机关管他，还有纪检委，还有法院、检察院，随便迫害人可不行！你告他去，详详细细写一份材料，交上去，揭发小武局长如何公报私仇，如何打击你迫害你，使你身心受到严重摧残，使你的精神受到极大伤害。你每日神情恍惚，茶饭不思，痛不欲生……"

"那后一句呢？"

"后一句是林局长对你的承诺。如果你狠狠告了姓武的，把他整倒了，日后林局长一上台，什么房子问题、老婆的工作调动等，算什么呀，一句话嘛！提你当个秘书啊科长啊也不是问题。咱哥几个有功之臣，都弄个师长旅长的当当，真是过瘾！"胡大咧咧极神往地摇头晃脑地说。

"让我告小武局长？"

"怎么样？有这个种没有？"胡大咧咧怂恿道。

"我得好好想想……"丁小木可怜巴巴地说。

"还想个屁！人家都骑到你脖子上拉屎了，你可真软弱！"胡大咧咧急不可耐地骂着，"你今儿晚上就写，明儿一早交给我……林局长就等你这发重型炮弹了，你快写吧！"

"我想想该咋写好……"丁小木呻吟着说毕便躲瘟疫般匆匆走了。

胡大咧咧却开心地笑了，生活越来越有意思了！单位里越乱，他越高兴！平心而论，他不是一个唯恐天下不乱的人，然而每当看到人家有滋有味地当官，他心里就一下子失去平衡，莫明其妙地怨恨起来——凭啥一样的人，却让他们当官享受而将我拒之门外？这世界太不公平了！

12.

下班，回家。

门锁着，小春不在，大概逛街去了。这也难怪，一个人在家谁能待得住！丁小木开了门，进了小院。

狭窄的院子里充斥着一股阴湿霉腐的气味。这是一间即将拆除的老房子，土墙土顶，给人一种摇摇欲坠的感觉。房子虽破旧，但每月房租四五百元，在市内还不易租到。若不是刘之江的关系，他连这房子也抢不到手呢。

丁小木呆坐着，神智还是有些迷糊。下午，一位老同学从海南寄来一封信，邀他同去海南闯一闯，他说他在那边已经混得很不错了，缺个帮手，真心请丁小木过去助一臂之力。在信的末尾，又写了一句："天涯何处无芳草。"这句诗令丁小木怦然心动，想和小春商量一下，既然单位如此不容他，还不如一走为好！

院子里传来脚步声，进来的却不是小春，而是刘之江。

丁小木忙热情地倒茶让座。刘之江也不客气，说坐坐就走。两人坐定，刘之江就问："你去找小武局长解释过了？"

"去过了。"丁小木点头说。

"他怎么说？"

"他……他根本不听我解释……我解释不清啊。小刘，我也不想再解释了，愿意怎么着就怎么着吧，大不了开除我的公职……"丁小木激动地说。

"瞧你又书呆子气了不是？"刘之江摇摇头不以为然地说，"想想今后，你还要在单位里混，得罪小武局长还了得？小武局长马上就提正局长了，以后你的哪一件事不得经他点头同意？且不说老婆的工作调动，就说你的提升、职称、分房子、涨工资……哪件事卡你一下都够你受的，让你人不人鬼不鬼，活也活不成，死又死不了！你若想调走，你不伺候他，他不给你盖那个公章你能走？你想停薪留职，他不放话不给你办手续，你能走？除非你豁出去了，啥也不要了。可话又说回来了，离开单位，你能干啥？做买卖经商，你不是那块料儿；体力活儿你又干不了，毕竟也是大学生嘛，到时候面子上也过不去；去南方找家大公司干干，也可以，但那毕竟是临时的，一切得看老板的脸色，稍不小心，人家就炒你鱿鱼。咱也是三十多岁的人了，每天为找工作奔波，也劳不起那个神！甭听外面传说某某去深圳去海南发了，一夜之间腰缠万贯，成了大款，那毕竟是少数。更多的人失业、破产、自杀、流落街头，惨败而归。暴发户都是那些非法之徒、心狠手辣之辈，像你我这样的人，出路只有一条——吃皇粮！这是最稳妥的生存方式。"

一番由衷之言，说得丁小木如梦初醒，再次意识到目前的危机。不错，刘之江说的句句在理，这个工作起码目前不能丢。但怎么维持呢？

"我何尝不想在单位混下去？可小武局长他……我实在没勇气啊！"丁小

木懦弱地说。

"依我看……"刘之江思虑着说，"你不如向他交个实底儿，把那些礼品拎上，就说昨晚来给他送礼，犹豫了半天没敢进来。这样解释，自然就洗清了你的冤屈。"

"行吗？"丁小木犹豫不决地问。

"怎么不行！这可是最好的解释方式了。"

"我不敢………"

"怕啥，我陪你一起去。如果遇见单位的人，就说你上我家去。"刘之江站起身坚定地说。

十分钟后，两人来到单位的家属楼。

站在小武局长家门外，刘之江把手中的礼物袋交给丁小木，低声说："快些进去，速战速决。我若露面，小武局长会有想法。送礼这事，知道的人越少越好。"说毕，就匆匆上楼回了自己家。

这时，丁小木已经没有退路了，只得硬着头皮敲门。

小武局长打开门后一怔，没等说话，丁小木已经闪身进屋，神色慌张，像个贼。

"武局长，我想上午我一定没有解释清楚。昨天夜里，我的确不在现场……不不，我在现场，但不是我干的……我看见有个男人跑了……"

"噢，"小武局长盯着丁小木，"你当时在场？"

"是呀，您瞧，我昨晚拎着这些东西，我是想上来看您，可又怕您不收，就没敢上来。今天我想了一上午，觉得还是送来的好。这点小意思请局长收下，绝无有半点别的意思，我可以对天发誓……"丁小木急匆匆地说着，语无伦次。他一边说一边把两瓶五粮液和两条红塔山取出来放在桌子上。

小武局长的第一个感觉是自己再次受到了人格的污辱，随即又觉得这极有可能是个阴谋，是林远那班人布的圈套，想让他往里钻，而丁小木则充当了一个极不光彩的角色。小武局长竭力压住胸中的怒气，围着桌子转了一圈，盯着那些烟酒冷笑道：

"不错嘛！五粮液、红塔山，够高档的啦！你丁小木每个月挣多少钱？"

"二百五十多……"丁小木嗫嚅道。

"你一个月工资能买得了这些东西吗？"

"不能……"

"是谁让你拎来的？"

"没谁呀，是我自己……"

"说实话！"

"的确是我送您的……"

小武局长顿时气得脸色发白，大喝一声："出去！"

丁小木仓皇后退，退到门口，拉开门。

小武局长几下将那些烟酒掷给他，脸色变得极难看，说："你的问题要做严肃处理！你回去后要做深刻反省！不要以为我们都是阿斗，不要聪明过头了！出去！"

这一声"出去"更加响亮，挟风裹电，震得客厅里的吊灯乱晃悠。

丁小木哪敢停留，在这怒喝声中落荒而逃。在楼道昏暗的灯光下，他面色灰白，没一丝血色。

门敞开着，对着空荡荡的楼道。小武局长余怒未消，过去关门，却见楼上的刘之江正从三楼走下来。刘之江惊诧地问：

"出什么事了，武局长？"

"噢，没事，没事！"小武局长立即掩饰了脸上愠怒的神情。

"丁小木来过？"刘之江望着楼下问。

"刚走……太不像话了，这丁小木三番五次来污辱我的人格，还送礼……"小武局长无法掩饰内心的愤怒就说了出来。他觉得自己刚才大义凛然的正义之举是别的领导难以做到的。关于给领导送礼这种不正之风，从明天起一定要在单位里宣布，严厉打击，绝不手软！

"这个丁小木，是不像话！"刘之江也附和了几句。刘之江往楼下走了几步，想起什么，又说："武局长，山雨欲来风满楼，您可要多保重呀！"

刘之江走后，小武局长回到屋里，仔细琢磨，觉得刘之江的话里有话。

他究竟想说什么呢？

13

楼下，失魂落魄的丁小木被保卫科马科长叫住了："丁小木，我正在找你呢！"

半个小时后，丁小木与马科长面对面地坐在单位保卫科的办公室里。马科长把一杆笔和几张纸放在丁小木面前，然后庄严地喷吐了一口烟，神情肃穆地说："让你写的材料呢？"

丁小木从衣袋里取出一张皱皱巴巴的纸来，交给马科长。马科长扫了一眼，皱眉，摇头说："证明人呢？怎么没你老婆的签字？"

"我不想让她知道……"丁小木吞吞吐吐地说。

"算了，丁小木，别演戏了！"马科长摆摆手，一副洞若观火的样子，"现在问题已经很清楚了，砸玻璃这件事，除了你不会有第二个人！抵赖和狡辩都是没用的，你越解释越说明你心虚！现在已经有人证明那天夜里你在现场，而且是唯一在现场的人，这是铁一般的事实。问题很严重，已经触犯了法律。但是，我们不愿意把你推上死路，你毕竟还很年轻嘛，以后的路还长着呢！这样吧，我们给你一个机会，你如果把一切都写出来，我们不但不追究你，反而会为你解决一些实际问题，如房子啦，职称啦，老婆的工作问题啦……所以，问题的关键是你的态度。你被那些人利用了，当了枪使，受了他们的煽动和指使。只要你把这一切如实写出来，万事大吉！"

马科长十分友好地说完这番话，然后紧紧盯着丁小木，一副穷追不舍的样子。

"马科长，并没有人支使我啊。"

"那是你自己主动去的？"马科长的眼里喷射出两道寒光。

"不……那不是我干的……"

"丁小木同志，总这样绕弯子可不好！当然，你也可以不写，但你要知道问题的严重性。其实最好的结果就是你现在就把一切写出来……"

"我都写了……"

"这算什么！"马科长动怒了，把丁小木给他的那张纸揉成一团，扔到废纸篓里，"拿这个来哄我？我干了三十多年的保卫工作，还不知道什么是真什么是假？把真相写出来，把幕后支使人交代出来，否则，可甭怪我不给你留情面！"

"咋写？"丁小木垂下头。

"写事实真相嘛。譬如，人家咋利诱你、许给你什么好处，然后让你深夜到武局长家去作案……"马科长平静了一些，开始诱导他。

"那不是陷害别人吗？我不写！"

"你自己看着办！回去好好想想，掂量掂量，可别犯傻！"马科长冷笑道。

丁小木慢慢站起身来向外走去。

"明儿一早上班时把材料带来。要不，就得到公安局去说清楚了。"马科长在他背后又叮嘱了一句。

这话分量颇重，丁小木的脊背又被压弯了许多。

外面已是天色欲暮，街道上十分宁静。灰蒙蒙的暮霭到处浮动游荡。城市在浓浓的烟雾里昏昏欲睡。

丁小木深一脚浅一脚地走着，感到周身发冷，仿佛周围全是阴险的眼睛在盯着他，令他不寒而栗。他知道自己已经掉到一个无法挣脱的大陷阱里，任凭他怎样挣扎也无济于事，只能愈陷愈深，因为他的力量实在太渺小了……

不知在什么地方，有人唤他。过了半天他才听清是胡大咧咧的声音："小木，那份上告材料写好了吗？林局长要你抓紧写呢……"

丁小木呆呆地走着，全然没有反应。

14.

夜里十点一刻，正是《晚间新闻》刚刚播完之时，有人急匆匆地敲门。

小武局长的心一跳，预感到某种不祥。

将门打开，却是保卫科马科长，神色慌乱。后面跟着丁小木的老婆刘小春。

马科长一脸惊慌之色，说："丁小木……自杀了……"

"啊？"小武局长倒吸一口冷气，"死了？"

"不知道死没死，下落不明，只留下一封遗书……"

小武局长从马科长手中接过遗书，心怦怦乱跳，急忙把那遗书看了一遍：

小春：

我要到另一个世界去了，别挂念我。我这个人不值得让人挂念，甚至不值得让人为我哭泣。我对不住你，这些年来，连你的工作调动也办不成，我是一个没本事的男人……我走了，你再找一个比我强、比我好的吧。

不要找我。即使找到我的尸体也没啥意义，一堆臭肉，会让你恶心的。不要责备我的逃避和懦弱，我实在没勇气面对这个冷酷的社会了。我是那样弱小无能，甚至连自己都保护不了。我不配活在世上……人家把一盆污水泼在我身上，我是跳进黄河也洗不清啊！小春，只有你知道那件事不是我干的，我没砸武局长家的玻璃。可大家都说是我干的，我就是浑身是嘴也说不清了。也许，唯有一死可证明我的清白吧。直到现在，我才知道自己是赤条条来去无牵挂的。细想起来，一辈子没有干过亏心事，没伤害过任何人，唯一羞愧的一件事就是前天晚上去给武局长送礼，在楼下徘徊了半天也不敢进去，结果，倒惹了一身摆脱不掉的麻烦……人活在世上真是不容易啊，尤其是清清白白地活着。我真的没勇气活下去了。小春，记住，明年的今天，是我一周年的祭日。

丁小木绝笔

看毕，小武局长一阵眩晕，跌坐在沙发里。他顿时记起今天中午丁小木来家里被他赶出去的情景，忆起了那张苍白失态的脸，不由得后悔自己用那么冷淡的态度对待丁小木，也许那正是把丁小木推上绝路的一个原因吧！可谁能想到丁小木是这么一个心胸狭小、毫无度量的人呢？然而不管怎么说，一块玻璃竟引发一场人命案，这对单位、对武局长来说，都是一件非同寻常的严重事件。

忽听得那年轻女子失声恸哭。小武局长惊疑地望着。马科长说："她就是丁小木的爱人刘小春。"

小武局长吸口冷气。他没想到窝窝囊囊的丁小木倒有这么一位精精干干、韵味十足的媳妇。他关心地问："丁小木是什么时候不见的？"

"晚上八点多钟，我从街上回来，就不见了他的人影，从桌上发现了这封遗书……"小春停止哭泣，抹着泪，然后用敌意的目光盯着小武局长，"武局长，这可是人命关天的大事，如果我丈夫真有个三长两短，我和你们没完！"

"找人要紧，别的咱们完了再说！"小武局长站起身来，转身对马科长说，"还愣着干什么，快，把保卫科的全体人员都叫来，各处去找……"

马科长面有难色，说："这么晚了，怕是大家都……"

"给他们发加班费，找到丁小木，另有奖励。"小武局长生气地说。

马科长应了一声去了。

小武局长拿起电话，把办公室主任邱峰喊了过来。

"把所有的环节干部都叫来，去找丁小木！"小武局长的确是急了，面孔白得瘆人。

15.

像往日一样，三圈麻将下来，恰好到了《晚间新闻》的时候。

大家都觉得今晚的气氛有些异样，都有些亢奋，麻将打得有些心不在焉，常常打错了牌。

胡大咧咧说："今儿中午我在街上碰见丁小木了，他神神道道地傻笑，我觉着不大对劲，可别得了神经病！"

"疯了才好哩，看他姓武的咋下台！"林大巴掌恨恨地说。

"丁小木太老实了，太窝囊了。他们专挑软柿子捏！"牛科长悲天悯人地说。

"我了解小木，那件事肯定不是他干的！"刘之江一副仗义执言的模样，"他的精神压力太大了，我本想找他谈谈，让他想开些，可一下午也没见他的人影。"

"今天中年他到小武局长家去了！"小凤边嗑瓜子边说。

"噢？这可是最新新闻！"

人们停了摸牌，望着小凤。

"小武局长就没让他进门，还让他滚出去哩！"

"啊？！"

大家纷纷叹气摇头、咂嘴，不知是替丁小木抱不平，还是认为小武局长太过分了。

这时候楼下汽车响，女人哭，还夹杂着一阵乱纷纷的脚步声。片刻，牛科长和胡大咧咧的老婆分别奔上楼来，气喘吁吁。

"找你哩！"牛科长的老婆说。

"也找你哩，说是环节干部都去！"胡大咧咧的老婆也说。

"出啥事儿了？"

人们忽地站起来，气氛陡然紧张。

"丁小木自杀啦！"牛科长的老婆先说。

"丁小木失踪哩！"胡大咧咧的老婆后说。

一时屋内死一般的沉寂。大家谁也没说话，面面相觑。

胡大咧咧忍不住吼了一声："真逼出人命啦！"

"小木真的不见了？"刘之江问。

"可不……武局长发动单位的人去找，现在生死不明呢！"牛科长的老婆说。

众人便涌下楼去。

院子里已停了几辆汽车和摩托车。马科长正紧张地布置任务——邱主任带一干人去铁路沿线寻找；牛科长带一干人到城郊的水井、枯井和小树林里寻找；刘之江与范青到电视台联系做寻人启事……马科长布置完毕，众人风风火火地去了。

牛科长走到半路上，将那干人马交给林大巴掌，让他领着去建筑工地寻人，自己却折了弯儿，往林远局长家而去。

16.

在几个小时之内，丁小木想过十几种死法。然而他悲哀地发现：尽管自杀的方法如此之多，却没有一种适合自己。他不想选择血淋淋的死法，也不想死得太痛苦。也许，吃安眠药是唯一可行的方法……

傍晚七点五十分，他走进一家夜间营业的私人药店，买了一瓶安眠药。

傍晚八点零三分，他在一家小酒馆喝了一杯扎啤。那是他多年来第一回喝扎啤，花去了衣袋中的十二元人民币。

傍晚八点三十三分，他坐上十三路公共汽车，在终点站下了车。

傍晚八点五十六分，他走进一家晚间营业的小百货店，买了一包剃须刀片。

傍晚九点二十分，他来到荒无人烟的东郊外，信步走着，听任荒草在脚下唰唰乱响。夜幕低沉，唯见天际间的群星与远方城市明亮的灯火交相辉映，闪烁不息。

有一阵，他停下脚步，呆呆地望着那片恍惚不定的灯光，想到那儿曾是他生活了三十多年的地方，想到他的妻子小春在那间破屋里等着他……禁不住有几滴冷泪在眼眶中打转儿，模糊了视线。

哦，再见了，小春；再见了，生我养我的地方！

他在心中默念着，然后揩干泪，转身继续往荒原深处走去。

一座黑黢黢的山便横在眼前。他顺着幽深的山谷往里走。

夜间十点十五分，丁小木走到山谷深处。他置身于幽谷之中，屏气敛声，顿觉山谷的空旷与凄凉重重地压了下来。

山谷里长满了松树柏树，都是每年城里各单位来此植树造林的结果。风很强劲，林涛声经久不息，如大海涨潮般猛烈，一阵接一阵的喧嚣，犹如一首悲壮的交响乐。

丁小木觉得激情顿生，仿佛天公为他送行，树木为他歌唱，大自然在热切地欢迎他回到它那宽阔的怀抱……

他默然垂首，许久不动。

夜间十点三十分，他一口吞下了药瓶中的二十四粒安眠药。

夜间十点三十八分，他的意识已处于半昏迷状态。他用最后一点力气掏出刀片，在手腕上狠狠地割了一下。

夜间十点四十六分，他已经完全昏迷过去。

风停了，山谷里沉寂如古墓。

17.

刘之江与范青领了任务，去电视台联系播出"寻人启事"。他们带了一张丁小木的半身照片。照片是小春提供的，大约是六年前照的。照片上的丁小木充满了朝气，眼睛里还有些许亮色。范青说这样的照片还不如不登，电视上播放出来谁也不会把它与现在的丁小木联系起来。刘之江说："登寻人启事只是一个形式，表明我们尽到责任了。其实谁也不关心这类事，如果是一个青春少女失踪了，人们也许还会看两眼。"

夜间十点二十分到了电视台，问来问去，打听到这事要与广告部联系。广告部值班的一位女士正在染指甲油，头也不抬地说："收费，每分钟三千，明晚播出。"

刘之江傻了，想了想，便拽着范青去找值夜班的副总编，详细陈述了事情的缘由，强调了事态的严重性和紧迫性，并一口保证钱没问题，只要今晚能播出就行。副总编倒温和，笑眯眯地听着，慢言细语地说："节目都是提前安排好的，不好变更，真是爱莫能助了。"双手一摊，表示他真的没办法了。刘之江便客气地说："借电话使使。"他拨了一个号码,与岳父家通了话。岳父说让他在电视台等消息。他坐下,抽出云烟请副总编吸。

不到十分钟,小刘的岳父给主管宣传的副市长打电话,副市长又给市委宣传部部长打电话,部长又给分管电视台的副部长打电话,副部长又给电视台台长打电话,电视台台长便从家里给值班副总编打来电话。三五句话,事情解决了——分文不收,立刻播出,以打字幕的形式先播几遍,然后撤一条广告,再配照片插播一分钟。

刘之江装出十分感谢的样子,紧握副总编的手不放,连称多谢。副总编谦虚地说:"电视台就是为人民服务的嘛,要不,人民怎么会喜欢看呢!救人如救火,耽搁不得。"立刻陪他们去了机房。

五分钟后,一行文字出现在每一台电视机屏幕下方:

"寻人启事——丁小木,男,现年三十四岁。特征:个不高,瘦弱,戴黑边近视镜,于今晚八时走失,有见到者请速与我联系。联系电话××××××。必有重谢。丁小木,你的家人在呼唤你,请速回来!"

十分钟后,丁小木六年前的照片出现在荧屏上。

夜间十点五十八分,刘之江与范青从电视台走出来。副总编一直把他们送到大门口。

走出很远,刘之江停住了脚步,猛然想到一个地方——东山。

刘之江差点儿就说出"我知道丁小木在哪儿啦!"但他忍住了,不动声色地对范青说:"范大姐,我先回了,明儿见。"

与范青分手后,刘之江拦了一辆出租车,说:"去东山!"

"啥?"出租车司机一怔,"这半夜三更的……"

刘之江把工作证甩给司机,说:"快,救人……"

司机犹豫道:"如果你肯出二百元……"

"给你二百五!"小刘也毫不含糊,"不过要快!"

夜里十一点零三分,出租车飞快地向城外奔去。

刘之江心想,这丁小木肯定是在东山的山谷里,没跑!他清楚地记得,今春单位在东山植树时，他和丁小木走着走着，遇见一座坟茔。丁小木感慨地对他说："这地方真好，这么安静，如果死在这山谷里，起码半年之内不会被人发现！安安静静地躺在树林里让尸骨烂掉，也没人打扰，多好！如果有一天我想死了，就到这地方来……"

坐在出租车里的刘之江忍不住苦笑一下，摇摇头，自言自语道："真是个书呆子！"

夜间十一点三十五分，出租车开进了东山……

18.

夜间十一点二十分。

电风扇已开到最高一档，可牛科长还是觉得燥热，每个毛孔都是火。烟一根接一根地抽，满屋子都是烟在缭绕，像他混乱的思绪一样。

他受林局长之命，连夜赶写一份报告。报告的题目已经拟好："关于丁小木同志被逼自杀始末"。

报告自然要从小武局长家的窗玻璃被砸写起，然后写马科长如何列怀疑名单，丁小木如何成为重点怀疑对象，再写小武局长如何迫害丁小木，让他"滚出去"。接下来该怎么写呢？林局长指示：这份报告一定要写得有分量，要求材料翔实，有理有据，具有说服力和感染力，要让上面看了之后产生震撼力……对牛科长来说，这要求也未免太高了些，深感力不从心。平时，所有重要文件——总结啦，报告啦，都是交给丁小木写的，只有他的笔杆子能玩得转。此刻让牛科长写，简直是赶鸭子上架。然而牛科长觉得，林局长把如此重要的写作任务交给他说明了对他超乎寻常的信任，他非得硬着头皮写出来不可！

牛科长接着抽烟喝茶，却仍然写不出一行字。急中生智，他忽地想起刘之江。刘之江也算是支笔杆子，又是"自己人"，请他来帮这个忙太合适了！于是就往刘之江家拨电话。

接电话的是小凤，说刘之江去电视台还没有回家。

"不对吧，我看见电视上的寻人启事早播出来了，他早该回家了呀？"

"他是不是和范青一块儿去的？"话筒里传来小凤怒气冲冲的问话。

"是呀，是他俩……"

牛科长支支吾吾，忙放下电话，之后便坐在那里纳闷。这个小刘跑到哪儿去了？难道真的和范青幽会去了？不太可能吧？小刘也不会把那半老徐娘放在眼里的呀。如果不是和范青去偷情，那他会去哪儿呢？

原来这牛科长曾和范青有过一段不明不白的关系，尽管是旧情已断，此刻心中却不免泛上些许妒意来。想了想，便给范青家拨了个电话。

接电话的正是范青。她告诉牛科长，她和小刘是十点五十八分在电视台门口分的手。牛科长愈加觉得这个刘之江的行踪实在太诡秘了！别看他年纪轻轻，却令人捉摸不透，似有极深的城府，日后得防着他一些。

牛科长坐下来抽支烟，硬着头皮往下写。刚有了些想法，大脑里跳出几个有劲的词句，电话铃却响起来。他拿起话筒一听，又是刘之江的老婆。

"我说老牛，刘之江跑到哪儿去啦？你们也不说去找找……我觉得他和范青肯定有问题！"

牛科长笑道："小刘去哪儿我不知道，但我敢给你打保票，小刘没和范青在一块儿！"

"你咋知道？"

"我刚给范青打过电话，人家早回家了！"

"那刘之江呢？到哪儿去了？"

"放心，小刘不会丢的，肯定是随大家去找丁小木了……"牛科长只得耐着性子安慰了小凤半天，小凤才悻悻地放下电话。

牛科长再次操笔，书写报告。这时他忽然觉得这份差事具有极大的冒险性——如果整不倒小武局长反而他又得了势，自己岂不是要倒霉完蛋？于是，他便懊悔自己平时跟林远跟得太紧，没有给自己留条后路……精力愈加难以集中，又想到了刘之江。这小子究竟到哪儿去了？眼前白茫茫一片……一盒红塔山快抽完了，而面前的纸上还是一片空白。

19.

凌晨两点二十七分。

丁小木醒过来了，仿佛昏睡了一个世纪，醒来后竟全然不记得曾经发生过的一切。他迷惘地望着病房——惨白的墙壁、惨白的床单、惨白的灯光……终于，他看见一张熟悉的脸，那是他的老同学刘之江，正在关切地望着他。

"醒过来啦？"刘之江弯下身子，"整整急救了两个小时，大夫说再晚送来半个小时就没救了。血流得太多啦……"

"我这是怎么啦？"丁小木吃力地问。

"怎么啦？你小子干了一件大傻事。你呀，你呀……"刘之江摇头说。惨白的灯光下，他的面孔也是一片惨白。

丁小木才依稀记起在东山山谷里发生的事情，都是些零零碎碎的片断，拼接不到一起——黑暗、夜色、刀片、林涛、鲜血、空药瓶、破碎的玻璃……大脑由于思索疲倦极了，他困乏地闭上眼睛。耳边，刘之江的声音犹如从遥远的地方传来，断断续续地萦绕：

"大家还在……满城找你哩……小春急坏了，哭得死去活来……"

丁小木睁开双眼，怔怔地望着刘之江，蓦地，哇地哭了出来："我没死是吗？我没死是吗？为啥连死也不让我死？为啥？我死又关你们什么事儿呢！呜呜……我连死的权利也没有了啊……"

刘之江俯下身好言好语劝慰了半天，丁小木才渐渐平静下来。

"你先在这儿安心养伤。噢，你给小春写张条子吧，说你平安无事，那封遗书是逗她玩的，开个玩笑而已，免得她着急！还有，就说你在朋友那儿喝多了，明天回去。"

"行，我写……"

刘之江长长地松了一口气，这才觉得浑身疲软无力。真想回去好好睡一觉，可是却不能，有些事情必须得在今夜办完。他又安顿了一番，直到丁小木睡着了，才走出病房。

夜极静，空旷的街上已没有一个行人。现在想叫一辆出租车也不可能了，只能步行往回走。

步行就步行吧，反正路也不算远，有十来分钟也就走回去了。

凌晨两点五十四分，刘之江走到单位的家属楼下。他抬头一看，几乎楼里所有人家的窗户都是黑的，唯有二楼小武局长家的灯还亮着。他不禁笑了——今晚对小武局长来说怕是最难熬的一夜，他需要有高人帮助，才能渡过难关，跨过这道坎儿，否则，在与林远的较量中他将一败涂地，从此再难抬头。

这个能帮他的高人是谁呢？

只有刘之江心如明镜。

看来，今夜真是一个历史性的重要时刻，两位重要人物就要走到一起啦！

20.

凌晨两点五十五分。

小武局长的确没有入睡，斜倚在沙发上抽烟。

客厅里萦绕着雾幔般的烟气。这一夜电话铃声不断，可传来的都是没有找到丁小木的坏消息。他越来越相信丁小木已经出了意外，现在怕是早已魂归九泉了……

当然，丁小木的自杀可以说与自己关系不大，自己并没有说是他砸的窗玻璃。他来解释，自己还安慰过他。中午把他从家中赶走是有些过分了，然而只是请他出去，并未伤害他。至于别人对他的怀疑，那是别人的事……不过话又说回来了，在老局长即将离休由自己主持工作期间，在不久他将要被"扶正"的关键时刻，出了一件职工自杀事件，毕竟于他是万分不利的，极有可能将他的前程毁于一旦。

职工被逼自杀是一桩具有广泛社会影响力的恶劣事件，他的对手林远一帮人无疑要拿这件事做文章，作为把他搞下去的一个重要筹码。马科长一点三十分打来了一个秘密电话，汇报了牛科长的诡秘行踪——他没去寻找丁小木而去找林远密谈了一个小时。之后，胡大咧咧、林大巴掌等人也都相继去了林远家。据"内线"透露：他们已经行动起来了，由牛科长起草一份秘密报告，向上级部门告他迫害丁小木……

"妈的！"小武局长狠狠地把烟头掐灭，骂了一句脏话，心想：为了搞倒我，他们简直任何卑劣的手段都用上了！也好，这正是他们真相大暴露的时候，正好认清每个人的丑恶嘴脸！

小武局长站起身，推开窗子，让烟雾散出去。之后，他打开组合音响，放了一段忧伤的音乐，心中顿然涌上一阵感伤和凄凉——人啊，为何活得如此艰难呢？自己原来是个知识分子，为何要跻身于这险恶的官场之中呢？

不，决不退让，一定要与他们斗个高低！小武局长在心中发誓。记得老人家曾豪迈地说过：与天斗其乐无穷，与地斗其乐无穷，与人斗其乐无穷……那么好吧，现在就与他们斗一斗，去体验那种斗争的乐趣！

小武局长拣了张贝多芬的《英雄交响曲》放着听。一会儿感到自己也变成了拿破仑，这支曲子仿佛是为他谱写的一般。

停了音乐，把单位里各种错综复杂的人际关系从头细细地捋了一遍，突然发现了一个极其重要的人物——

刘之江！

他猛地一拍额头，差点儿把自己痛骂一顿：居然忽略了这么一个重要人物的存在，这领导是咋当的？

刘之江，从表面上看，单位机要室的一个普通秘书，平时压得稳，在单位里不言不语，不卑不亢，可谁也不知道他心里想什么。而实际上，这小刘恐怕是只"三年不鸣"的大鸟，在他与林远之间，是一个举足轻重的砝码——他滑向哪一头，都有可能使那架异常敏感的天平发生倾斜。

首先，小刘是市长的女婿，已有可靠消息证实，他那位岳父大人很快就要由第七位升至第二位常务副市长，极有掌握实权的可能；其次，小刘与牛科长、胡大咧咧等人是"麻友"，交往甚密，对林远那班人的底细了解得很清楚；再次，小刘与丁小木是老同学，关系较好，在解决丁小木的问题上会有很大帮助（但愿丁小木还活着）；最后，小刘好像掌握了他和于霞的什么事。今天下午小刘到他办公室暗示：有人怀疑砸玻璃那个晚上，有个女人躲在他的卧室里，而且受了伤，那人问小刘是否看见血迹？小刘说这种事可不敢乱猜，他只是看见当时小武局长的手划破了……如今细细品来，小刘的话极富弦外之音，显然是暗示自己——你的秘密我会不会说出去，关键看你如何对待我了……

小武局长不由得倒吸一口冷气——差点儿由于自己的一时疏忽而酿成大错，原来这小刘手中攒着一张王牌呢，这张牌一旦打出去，后果不堪设想！在官场上，最忌那些风流韵事！一个捕风捉影的谣言足以把一位正人君子搞臭，更何况小刘并非捕风捉影！

无论如何，也要先把小刘拉过来！

就在这时候，传来轻微的敲门声，打断了小武局长的思路。他以为一定是马科长查到了有关丁小木的线索，忙去开门，谁知进来的却是刘之江。

"刚从医院回来，见您家的灯还亮着，想您还没休息，就……可以坐下谈谈吗？"刘之江客气地问。

"当然当然……有丁小木的消息啦？"小武局长急切地问。

刘之江一笑，并不急于回答。他知道这将是一场极艰难的谈话，既要含蓄曲折地表露出自己的意思，又要点到为止，不可把话说得太明朗，必须把握好分寸。响鼓不用重槌，小武局长也是个绝顶聪明的人，话只可说三分，剩下七分留给他去思索吧。

"武局长，早想向您认真汇报汇报，可一直没有机会。不过今晚已到了非汇报不可的时候了。"刘之江呷了口茶，望着小武局长。

"说嘛！"小武局长鼓励道，"知无不言，言无不尽；言者无罪，闻者足戒嘛。"

"那好，武局长，我就直说了。您目前的处境不好……"刘之江便以这种方式开始了他的长篇汇报。

21.

大结局——

先说丁小木，出院后像换了一个人似的，每日痴痴呆呆，不言不语。人们都说他精神受了刺激，这辈子也就这样了。据说，小武局长怕再出事，便让丁小木休息一段时间，并私下许诺在年末就把小春调来，安排在传达室搞收发，只等传达室的老王头退休了。

丁小木听了冷笑一声，却把一份停薪留职书交了上去。三天后，丁小木竟携妻奔往海南。临行时，唯有刘之江送行，并将一叠钱塞给丁小木。火车开后，夫妻二人相视无语，泪湿双颊，互相说：就是到了天涯海角，也不可忘了刘之江！

再说小武局长。在丁小木夫妻走后第二天，小武局长正式"扶正"，出任正局长，主持全面工作。又过了几日，小武局长重新"组阁"，出人意料地将刘之江提升为副局长，位置竟在林远之上。不久，林远调到另一个局里当副局长。有时开会遇见小武局长，少不得开几句玩笑，二人颇为亲热的样子。

随林远局长一同调走的还有林大巴掌。牛科长却被贬到总务处负责后勤工作。胡大咧咧被派到他手下打杂，连办公室副主任的头衔也丢了，他懊悔不迭，却学得乖巧了，再也不敢胡咧咧了。

现在每晚去小刘局长家打麻将的"麻友"换成了邱峰、马科长和李秘书。如果三缺一，就由小凤上桌顶着。大家都夸刘局长的牌打得好有水平！刘局长谦虚地一笑，说："手气好而已！"

忽一日，大约又是在晚上十点钟左右，"咔嚓"一声巨响，半块砖头飞进刘局长家的客厅，刚好落在麻将桌上，把好好一桌麻将砸了个稀里哗啦。一时，玻璃碎屑满屋乱飞。众人大骇。

沉寂了半晌，马科长颤抖地说："莫不是那丁小木又回来啦？"

唯有刘局长不慌，无事一般做了安排。第二天夜里，马科长亲自带一干人马埋伏在单元楼四周，却白白守候了一夜。

第二夜、第三夜……苍天不负有心人，终于在第五夜一举抓获了那个用砖头砸窗户的家伙。押回去一审，竟一一招供——原来几起"砸玻璃案件"都是他一人所为，包括一年前砸小武局长家的窗玻璃。问他作案动机，声称："好玩儿！"

一查此人身份，竟是从精神病院跑出的一个疯子。一生无他好，唯对砸窗户一事乐此不疲。

被贩卖的花季

原载《草原》

被采访者自述：

我说记者同志，这件事情你们最好不要写出去发表，为啥？怪丢人的呗！

问我今年多大？今年整二十一岁。我是十六岁那年被人贩子拐卖到山西的。整整被人家卖了五年，给吴家做了五年媳妇，生过两个孩子。老大是个男娃，只活了半个月就死啦；老二这不，刚一岁多点儿，还吃奶哩，是个丫头片子……咱命不好，命不好……

从头讲可就扯远啦，你愿意听我啰唆，能给你啰唆上三天三夜呢（笑）。没时间是吧？那咱就长话短说，你想知道啥我就说啥。

其实也就那点儿事儿！你们记者每天来问，也不嫌烦，我都懒得再给你们讲哩！难怪人家说如今记者也是社会的一大公害呢！以前我挺羡慕你们有文化水平的人，能说会写，人家都挺尊敬你们的，如今看起来也不咋着！（笑）我说粗话啦，没办法，在山西的山哈拉里待了五年，别的没学会，骂人的脏话倒学会了不少。待会儿若不小心骂了你可千万别见怪啊，记者同志。

我叫莲花，小名儿莲子。噢，你当然知道啦，前两天电视上报纸上都报道过了。我们邻居都说我成大名人了，整个呼市没有不知道莲花的哩！人家还告诉我出门上街小心点儿，把脸蛋儿遮住些，小心让人们认出来把我围住，求个签名啥的……唉，当名人也真够麻烦的哩，不如窝在山哈拉里僻静。

说起来那年刚过完正月初七。正月初八那天，我上街玩儿，去找那帮朋友拜年喝酒……噢，忘了告诉你，我只上到小学四年级就不上了。为啥？一是家穷，二是念书也没啥意思，不如出去挣钱有意思！文化再高能咋着？一不能当吃二不能当穿。就说记者你吧，文化也够高了吧，还不是为了几个稿费跑到我这破屋里来采访我嘛！

人啊，一旦看透一件事，就会去做另一件事。我十六岁那年就明白了这个理儿，所以书不念了，去当临时工。那时候我有几个铁姐儿，抽烟喝酒全会，二姐还和男人睡过觉怀过孩子。老猫就是和三姐学会了抽大烟，没钱了就去车站"捎"两个钱包回来，有了钱就请我们去下馆子猛吃海喝一顿，过瘾！

话又扯远了。正月初八那天我运气不好，找了几个地方也没找到老猫她们，就去了火车站。我以为老猫在那儿干她的老本行，给我们准备压岁钱呢。可是在车站里找遍了，也没找到老猫。那天她们都一下子无影无踪了。

我正想回家，这时候一个二十岁左右的女人走了过来，问我是不是找人，我说是。她又问我是不是想出门？如果我往西去，她可以和我一路走，过会儿有一趟发兰州的车，正过年车上人少，好坐。我就问她是干啥的。她说她叫小草，外地人，在呼市打工。我看她的模样像是见过世面的，又不像个坏人，对我十分友好，就像老朋友一样，我一下子就信任她了。她和我聊了起来，聊得挺热乎。她说她在兰州有不少朋友，去那儿找份工作是不成问题的。正说着，去兰州的车要开了。小草说："走吧！闯世界去吧！机不可失！待在家里有什么出息！"我一想也是，头一热啥也没想，跟着小草上了火车奔往兰州……

（根据录音整理）

营救札记：
三月十四日，阴，小雪。

凌晨出发，"丰田"小面包以每小时八十公里的速度飞驰着。车窗外飘着零星雪花，风在田野上吼着。车进入山西境后，道路坎坷不平，十分难行。车速明显地慢了下来。

车内的气氛很凝重。作为此次行动的随行记者，我仔细观察着每个人，带队的是自治区公安厅五处"打拐办"的老章，他眉头紧锁，不停地抽烟，看得出此次任务的艰巨和紧迫。那位老大娘是莲花的母亲，双目呆滞，望着窗外。五年来，思念女儿的急切之心无时无刻不在煎熬着她。今天，能否与女儿团聚全在此一举了。这一庄严的时刻正在迫近，她反而愈加沉重起来，沉默不语了。其他几位干警也神情严峻，目视前方。

"进入神池县境了！"司机回头说了一句。

的确是一片穷乡僻壤，山连着山，沟连着沟，乱石遍野，凄凉满目，路上坎坷难行，小面包跑起来颠颠簸簸的。

越是落后封闭的地方，营救被拐卖的妇女就越困难，稍有不慎，干警被围、被打、被困的局面就可能出现。有时候不但营救不出被拐卖的妇女，反而搭进去几个干警，后果是异常糟糕的。

出发前，厅领导来送行，紧握住每个人的手严肃地说："此次行动，只许成功，不许失败！"

在接到莲花母亲的报案时，公安厅马上将此案作为重案处理。一个大城市的姑娘竟被拐卖到山西农村。

营救行动的方案制订出来了。但方案仅仅是方案，在营救过程中情况瞬息万变，不可预料的变故会随时出现。因此，老章提出的行动方针是：迅速、果断、灵活。

一张照片从一个人手里传到另一个人手里。

那是一个憨态可掬的胖乎乎的小姑娘，大约十五六岁的模样，目光纯真无邪，脸庞上浮现着少女特有的娇艳与天真。

哦，被拐卖的少女！

车速骤然减慢。坐在车前面充当向导的当地公安干警小胡对大家说："就要到了，前面就是小井子村。"

大家停了谈话和吸烟。一位年轻干警下意识地摸了摸腰里的手枪。老章摇摇头说："不到万不得已，不要掏枪，以防激化矛盾……"

被采访者自述：

我是莲花的母亲，我们只有这么一个丫头，从小娇惯她。这孩子任性，从小不好好学习。

那年正月初八，莲子说要出去转转，这一转就没了影儿。一天没回来，两天没回来，三天还没回来……她爸就着急了，满街去找，咋也找不到……到了第七天头上还不见她回来，料想一定是出事了！就到公安局去报了案，可咱不敢声张，对街坊四邻谁都不敢言声，只说莲子回老家走亲戚去了。唉，说丫头丢了，让人笑话哩……

这就开始找哇等哇，一年又一年，真是活不见人、死不见尸。我夜里常做噩梦，经常梦见莲子披头散发、满身是血地飘回来了，说她被人给杀害啦……一下子惊醒过来，出了一身的冷汗，就把老头子摇醒，哭着告诉他说：咱闺女准没咧，被人给害啦，给我托梦回来了。老头子也不言声，吧嗒吧嗒地抽烟，一抽一夜，满屋子是烟。

其实老头子心里比我还急，他喜欢这闺女、疼爱这闺女，还指望她守在身边养老送终呢。闺女一下子没了，连一丝音信也没，老头子一下子蔫儿了，每天不言不语，闷着头往公安局跑，回来就一个人喝闷酒。一斤老白干儿全下肚，躺在那儿叫着莲子的名字。前年冬天，老头子从外面一回来就扑通躺下了。我以为他又喝得不省人事了，也没太在意，还劝他：昨夜个梦见咱闺女平平安安地回来哩！老头子不言声儿。我又絮絮叨叨地说了半晌，老头子还是不言语，我这才觉着不对劲儿，推他也不动，摇他也不动，可那眼睛一直睁着。我趴到他胸前一听，那心早没了一丝动静，原来老头子早一命归天了！唉，因为莲子，他是死不瞑目呵！

老头子死后，就剩我一个人，带着儿子过日子。孤儿寡母，日子真不好过！我出去干些零活儿，勉勉强强能糊口。一晃五年过去了，原以为莲子再也回不来了，谁知今年一月突然接到了她的一封信，是从山西神池县一个小山村里寄来的，这才知道她五年前被人贩子给拐卖到那儿了……

（根据笔录整理）

营救札记：

上午，九点三十分。

我们的汽车驶进小井子村。村口有一位农民正在井上摇着辘轳汲水，我们一位穿便衣的干警下车过去问路。那农民一边告诉着吴家的方位，一边用十分怀疑的目光瞄着我们的小面包车。便衣干警上车后说："就在前面，那棵歪脖子老榆树下的破石墙院子就是。"于是，我们的汽车一下子冲到那石墙院子门前。

老章让我们都先留在面包车里，他一个人走进院子里。随后，莲花的母亲也走进院子里。我们的摄像师浩天扛起摄像机开始录像。我们看见院子里有几个妇女正在聊天，老章走过去和她们说了几句后便突然说：

"莲花，你母亲看你来了！"

只见其中一个妇女一惊，回头一看，正看见莲花母亲颤巍巍地走进院子，就飞步跑过去：

"妈！"

"莲子？"莲花母亲呆怔了片刻，不相信似的望着，"是你吗？"

"是我呀，妈，是莲子。"

母女俩抱头痛哭，凄凉的院落上空回荡起一阵撕心裂肺的哭声。

浩天扛着摄像机进了院子，录下这感人至深的场面。

我们目视着整整失踪五年的莲花，无论如何不能把她与照片上那位少女联系起来。照片上的少女目光纯真动人，而眼前的妇女的目光却混沌无神；照片上的少女面庞有几分俊秀，而眼前的妇女则蓬头垢面，臃肿丑陋……五年的岁月，竟可以把一个人重新塑造；五年的山沟生活，可以把一个城市少女变成一位地地道道的山野村妇……

难怪她的母亲在注视了足足有几分钟之后才认出了她，喊出了她的小名"莲子"。

难怪经验丰富的老章也一时难以从那几位村妇中辨认出哪一位是莲花，不得不用那种办法让莲花自己走出来。

哭声惊动了小山村。转眼间，四邻的老乡们纷纷涌进院子里，气氛有些不对劲儿。老章急忙拽住莲花母女俩往外走，却被几个黑汉子挡住去路。

"咋，想走？！"

老章从容地说："莲花的父亲病危，要见莲花一面，让我们来接她……"

"不行！"

"为啥？"

"谁知道你们一走还回来不！"一个黑汉气势汹汹地说，"她可是我们吴家花了大价钱买回来的女人。"

"你是谁？"

"我是吴小三的大哥！小三不在家，你们休想把莲花领走！"吴老大猛一推，将莲花推搡进屋里。

这时候情况愈加不妙了，小院子里里外外聚集涌动着足足有三百多名乡民，还不断有人从远处跑来，手里挥着铁锹之类的家什，狂呼乱喊着"千万别放走她……"

异常严峻的局面出现了！

被采访者自述：

问我为啥跟那女人去了兰州？还不是想找份工作呗！这年头，一份工作对于一个女孩子来说太有吸引力哩！

到了兰州后，我才知道哪儿都一个样，好工作哪儿能轮上咱呢。唉，文化低就算给你份好工作你也干不了，咱只能在饭馆刷盘子洗碗，或者上街卖菜，也只能干这个。小草认识的那些朋友，也都是些卖菜洗碗的。不过挣的钱也够自个儿花了。一个人在外挺逍遥自在，有点儿想家，可一想要是能挣许多钱带回家去交给我妈，她还不定乐成啥样子呢。这么一想，就忍住了回家的想望，只想好好干，争口气，挣了钱回去让爸妈对我刮目相看。

小草是个好女人，待我像姐姐一般。她的身世也够苦的——父母死得早，狠心的大哥为了两千元钱把她嫁给了一个只有一米多高的小罗锅。她死活不从，进了洞房又逃出来。她说尿紧，要出去，罗锅不放心跟出来，她就蹲在地上。那罗锅发了兽性，把裤裆里的东西掏出来往她嘴里塞，她一急发狠，一口就把那玩意咬下来半截，疼得罗锅满地打滚儿，她就趁机跑掉了。后来，她不敢回老家，就跑到内蒙古打零工。在内蒙古她碰到一个对她好的男人，像大哥一样照顾她关心她，她以为遇上了好人，把自个儿的一切都告诉了人家。谁知这个男人也不是个东西，有一天夜里把她灌醉强奸了。唉，一个女人在外一旦被男人盯上，咋也得是这么个结果，没办法的事儿！小草被人家给破了身子也不恨不恼，后来就有点儿离不开那男人了，两人以夫妻相称住在一起。她以为这样就可以做一辈子的夫妻了，谁知那男的几天就玩腻了她，要用她赚钱呢。那男的带她去那些穷得连男人都讨不上老婆的穷地什，说小草是他的妹子，给个两三千元就送给人家当媳妇。钱拿到手，那男的先走，过一两日瞅个空子雇一辆小车悄悄到那村子再把小草接走。这么翻来覆去，就把小草卖了五六回，挣了好几万。最后一次那男的把她卖了五千元却没来接她，从此没了音信，她是自个儿跑出来的。她在哪儿都不敢长住，待一段日子就赶紧换地方，生怕那些买过她的男人们寻找来……

我同情小草，与她相处得很好。我俩一块儿在一家饭馆里端盘子当服务员。有一天，来了个男的，是个瘸子，人家都叫他高瘸子。这人经常来饭馆吃饭喝酒，与我们聊天，说是山西大同焦化厂的采购员，常年在外跑业务。时间久了，高瘸子与我们混熟了。有一次，饭馆老板克扣我们工资，我和小草与他吵起来。老板就把我们轰出来。这时候高瘸子来了，看见我们哭，就一人塞给五十元钱。他很够意思，为人讲义气。他说："此地不留爷自有留爷处，你们若是信得过我高某，就随我到太原去，那儿的工作比这儿好，工资也比这儿高几倍，凭我这些年跑外的关系，不愁找不到一份好工作！"我和小草听了犹豫不决，高瘸子又说："太原有一家工厂包吃包住，正缺少女工呢，每月工资三五百，干好了连奖金可拿八百。如果去，一切我全包了，负责路费……"高瘸子还说了很多，我们都信以为真了。不过最后小草还留了个心眼儿，她要看看高瘸子的工作证。高瘸子笑笑掏出了红本本递给我们，一看，上面果然有红印章呢。这样，我们就放心大胆地跟着他上了火车。

下车时天黑得伸手不见五指，冷风刮得我们禁不住哆嗦。小草四下张望问高瘸子："这是太原站呀？咋连个灯光也看不见呀？"高瘸子说："太原站正在重建，这是临时站，咱们还得倒汽车。"高瘸子叫了一辆小三轮，我们坐上就走。开三轮的男人看上去与高瘸子挺熟，一口一个高哥叫着，还问他这一趟咋去了那么长时间。高瘸子只说了句："货紧，不好弄。"就不说话了。

三轮车一路上颠得厉害，路越来越难走。我悄悄问小草："不是说太原是大城市吗？咋连条柏油路也没有呢？"小草说："兴许是在郊区呢。"我探头往车外瞅了一眼，果然是一片黑乎乎的田野山路。三轮车走了大半夜，停住了。我和小草早睡得稀里糊涂，睁眼就问："到太原啦？"高瘸子嘿嘿一笑说："太原还远着呢，先下车歇歇脚。"

我们下了车，四下瞭望也不知是啥地方。高瘸子把我们带进一座破窑洞里，说："今晚就住这儿。"我壮着胆问："那啥时候去太原呢？"高瘸子冷笑着说："还想去太原？太原找工作比登天还难，再说，这一路上你们花了我那么多钱，都把我搞成穷光蛋了，连去太原的车钱也没啦。我看这样吧，给你们俩在这地方找个婆家，在这儿好好过日子吧，这地方也不错！"说完，撇下我俩出去了。小草抱住我说："完哩，他是个人贩子，我们上当啦！他要卖咱俩呢！"我哆嗦成一团，说："那咱们跑吧。"小草说："就怕跑不脱哩。"

我俩悄悄向窑洞外溜去，刚走到门口，一道手电筒的光就打了过来，照在我们脸上。那个开三轮车的走了过来，狠狠地给了我们几巴掌，还骂骂咧咧："想跑？死了那条心吧！"我们俩被堵回窑洞里，相依偎着等着天亮。谁知天蒙蒙亮时，那个开三轮的走了进来，三下五下脱去身上的白茬皮袄，盯着我和小草淫笑，说："老子一路上给你们开车够辛苦的啦，得伺候伺候大爷。"说着，手就在我身上摸来摸去，说："你多大？"我说："十六。"他说："十六还嫩得冒水儿呢，老子今天要尝个鲜嫩的过过瘾。"我被他死死地抱住了，怎么也挣不脱。那家伙像牛一样有劲儿，一下子就把我的上衣撕开了……

记者同志，我讲得有点太细了是不？讲这种事有点不文雅是不？反正事情就是那样的，你写的时候写含蓄点嘛！我如今算是名人了，大多数名人是不愿意让人家写这些事情的，我也一样，你听了知道咋回事就行了，最好别写。

说到哪儿了？噢，把我的衣服撕开露出了奶子呗。那时候我还不太懂男女间的那些事情，可是我知道我完啦，身子就软成一团动不得了。这时候我听见小草说："大爷，你放了她吧，她还小，伺候不好你，让我伺候大爷吧……"那家伙盯着小草看了半晌，果然撒开了我，饿狼一样扑向小草，不一会儿工夫就把小草压在了身下……当着我的面干了那种事。我第一次知道了男人和女人如禽兽一般的事情……

（根据录音整理）

营救札记：

上午，十一点二十五分。

我们被围困在小井子村吴家那座破石头墙院子里已达一个小时。几百名乡民将院子和我们的小面包汽车包围得水泄不通。他们的情绪都很激动亢奋。空气陡然燥热起来，混杂着喧嚣与尘土，还有乡村特有的马尿驴粪味和麦草味。

处在激流旋涡中心的是老章、莲花和她的母亲，现在，他们想往外走出一步都很困难。与他们对峙的是吴家三兄弟和他们的父母亲。吴老奎是一个又高又壮的汉子，双手叉腰，双目圆睁，髯须直立，颇有张飞喝断当阳桥的气势。老章正在耐心地做说服工作，与他们费尽口舌，但对方仍不让步。围观的群众竟完全站在吴家一方，呐喊助威。

"不能让他们带走人！"

"就是，城里的姑娘，走了就回不来啦！"

"是莲花给家里报的信儿，她不是东西！"

老章沉稳地扫视众人，目光直射吴老奎。他清楚地知道只要攻破吴老奎，事情就好办了。

"吴大叔，人心都是肉长的，看你也是个通情达理的人，莲花在你家待了五年，你们一封信也不让寄，现在她的父亲病危了，临死前想见她一面，咋也不能不让她回吧？"

吴老奎噎嚅了一下，自觉理亏。老章又趁机攻心：

"且不说你们买媳妇是违法的，就从亲戚的角度来考虑，终归还有个媳妇回娘家的时候吧？把儿媳妇像犯人一样关起来，你能防她一辈子呀？退早也得有个解决的时候吧……"

吴老奎果然软了下来，说："媳妇回娘家当然可以，只是……"

"你信不过我们？"

"这事儿，一旦她不回来，我们去哪儿找人。"

"只要你同意莲花走，其他都好商量。"

"这样吧，把莲花家的地址给我写下来！一旦她不回来，我家小三子就去寻她。"

老章毫不犹豫地掏出笔和纸写下一个地址，交给了吴老奎。

吴老奎挥了下手，众人闪出一条路来。

老章带着莲花刚走到院门外，却又被人群忽地围住了。吴小三的母亲扑了过来，拉扯住莲花，说：

"不能走，要走，把吃奶的娃儿也带上！"

"对，不带孩子不能走……"

"带上孩儿就拴住她的心哩！"

"孩子必须得带上……"

围观的乡民也乱嚷起来。尽管几名干警全力劝阻、围挡，可人数太少，简直杯水车薪，无济于事，反而激化了矛盾。

"警察就可以随便带人吗？"

"把他们汽车轮子的气放了，甭让他们走！"

"惹翻了老子，一把火烧了汽车……"

刚刚松弛下来的气氛陡然严峻起来，又是僵持的局面。

被采访者自述：

有时候一想，人就那么回事！我说的对吧，记者同志？

我在山西农村整整待了五年，就像坐了五年监狱。尤其是刚去那几年，不管你去哪儿，吴家人都盯着你，就是上茅房也有人盯着，盯得你拉不出屎撒不出尿来。想跑？一点门儿也没有，全村人看守着你一个，你跑一个试试！我？咋没跑过，不只跑过一两回，总试着跑了个八九十来回了吧，可没有一次能跑出去。每次让人家抓回来都是一顿毒打，躺在炕上几天爬不起来。

有一次倒是跑出了村外，大概离县城不远了，听见后面有小四轮响，就拦了四轮搭上车走。谁知，那开车的后生虽不是小井子村的，却是吴家的一个远房外甥，还是个高中毕业生呢。我不认得人家，人家可知道我，车上说了没几句话，车头一掉，一溜烟儿把我送回了小井子村。一路上还劝我，让我安心过日子。一回村吴家正在满世界找我呢。这次他们没打我，是那后生说了话，他说打没用，不要打，要把她的心留住。人家有文化，说出的话也不一样哩。

噢，又扯远啦，还是拉呱拉呱我是咋被高瘸子给卖掉的吧。

高瘸子把我和小草关在那个破窑洞里也记不得关了多少天，怕我们跑，他花钱雇了一个要饭的看守我们。那要饭的老头就搬了些石头块、烂砖头把窑洞门给堵了。他白天躺在窑外晒太阳捉虱子，夜里裹件烂皮袄打瞌睡。这个要饭老头太厉害了，夜里我们窑里有一点儿动静，他立马就醒来，拿手电筒从只留下脑袋那么大的一个窟窿往里照。白天，就从那窟窿口塞些玉米面窝头和烂菜叶子啥的进来，让我们吃，只要饿不死就行。我和小草拉屎撒尿全在那破窑洞里。那里面臭气熏天，要多恶心有多恶心！

这个窑洞不知几辈子没人住了，是高瘸子贩人的一个黑窝点。我和小草从灶坑里发现过两条被撕烂的乳罩，还找到过月经带、发卡、口红等东西，大概都是被拐卖的妇女留下的。还有一次，我发现炕沿上有一块发黑的血迹，还沾着几根很长的头发，就叫小草来看。小草说这肯定是被拐来的妇女在这儿被弄死了留下的，吓得我们抱头哭起来。

有一天，我从地上的乱柴堆里一脚踢出几根死人骨头来，更吓坏了。等到第二天我们从那窟窿里瞭见高瘸子走了过来，我和小草就一起大叫："高大叔，行行好，快把我们卖了吧。"

你别笑，记者同志，我们那时真的熬不下去了，与其死在那阴森森的窑洞里，还不如快点儿让人买走呢。真的，那里简直是个活地狱！所以我们每天都巴望着有人来买我们，就像盼望救星似的。（哭泣）

高瘸子也不闲着，他每天到各村转悠寻找买主。听见我们求他，他得意地笑着说："想明白啦？这会儿知道你高大叔是为你们做积阴德的好事了吧！瞧你大叔拐着一条腿东奔西跑的，容易嘛！以后日子过好了，可甭忘了我这个大媒人哟。"

有一天，高瘸子终于引来两个买主。买主要看货，要饭老头就把堵在门口的乱石头搬开，让我和小草走出来。太阳晃得我俩睁不开眼睛。买主是两个四十多岁的农民，可能是兄弟俩，说好了哥哥买小草弟弟买我。兄弟俩看样子对我们挺满意，开始和高瘸子讲价钱。你见过农村人买卖牲口的样子吗？两人把手藏在袖筒里捏手指头……对啦，他们就是那样讲价钱的，捏了好半天还是没个眉目。后来，那兄弟俩挺失望地走了。高瘸子冲他们背后喊："回去再想想，甭错过好机会呀！这可是两个黄花大闺女哩，两万元钱不贵！"我们这才知道高瘸子跟人家兄弟俩要价两万，兄弟俩只能给得起一万，嫌贵，买不起，没谈成，走啦。这个高瘸子，也太贪太狠了，想拿我们赚大钱呢！回到破窑里，我和小草都骂，又说那兄弟俩看上去也忠厚老实，相貌也说得过去，还不如让他们买去，我俩以姐妹相称还可以住在一起呢。

又过了几天，我和小草商量——装病，每天有气无力、半死不活。高瘸子这下真慌了，我们一死，他挣啥钱？喝西北风去吧。他可不愿意做亏本的买卖。很快领了一个人来。这人大概快五十岁了，脸上长着癞疮，眼有些斜，高瘸子管他叫赖二哥。赖二哥看货看得很仔细，连奶子、肚脐这些地方都不放过。他相中了小草，嫌我太嫩，说小草有味道，正合适当老婆。这回成交得好快，赖二哥当下取出五千块钱给了高瘸子，就把小草领走了。

小草是坐驴车走的，那地方的人管那叫"驴吉普"。她走的时候正是傍晚，太阳红得像一摊浓血。驴吉普在山坡坡的小道上越走越远，后来像粒屎壳郎那么大小了。我听见小草的声音还在那山沟沟里飘荡着："莲花……"她的哭声把我的心都喊碎了。从那儿以后，我再也没见到她。（哭泣片刻）

就在那天夜里，我一个人在窑洞里昏昏沉沉要睡着的时候，有一个人影悄没声儿地摸进来，一下子把我压在身下，我刚喊了一声，就被那人捂住嘴。他说："你再喊我就宰了你！"我这才感到脖子上凉凉的，果真有把刀子架在脖颈上。我吓得哪儿敢再喊，只得听天由命了。就在这时……噢，记者同志，这些你听听就行了，可别写出去呀……

（根据录音整理）

营救札记：

中午，十二点零三分。

僵持在继续。

有一部分乡民向我们的小面包车涌来，浩天扛着摄像机只得退回到汽车里，听到有人嚷嚷要烧汽车。小胡急忙掏出枪来，说："谁敢胡来！"却见吴老大一步蹿上前来，唰地将前胸衣襟撕开，挺胸怒声道："来，朝这儿打！谁要眨下眼谁就是龟儿子！"

真是穷山恶水出刁民！遇上这样一群毫不讲理的法盲，真是一点办法也没有。在这里，是非公正似乎全都颠倒了，我们来营救被拐卖的妇女，本是正义之举，却不得不像贼一样偷偷摸摸地进行，居然像过街老鼠一样人人喊打！这一切难道仅仅是由于这里的贫困愚昧所造成的吗？作为一名随队采访的记者，我忽地感到了一种深深的悲哀。

人群中有个老太太在哭号："媳妇是我们花了五千元买来的呀，你们凭啥说带走就带走？这不是要我们的老命吗……"

许多妇女都哭道："是呀，五千元呀，容易吗！"

"辛辛苦苦挣一辈子啊……"

"没公道啦！这世上没公道啦！"

"媳妇买来就是人家的人啦，凭啥走？"

"这莲花没良心啊，没良心……"

"城里的女人心黑着哩……"

女人们一哭，汉子们更激动了，说："不答应吴家的条件就不能放人！"

"对，休想走掉！"

在他们看来，正义和公理是在他们一方的，吴家是受害者，而我们警方的执法者却成了一伙明火执仗的抢劫者。

老章是我们当中唯一一个能沉得住气的人，他已经参加过几次这样的营救行动了，经验十分丰富。他对莲花和母亲说："只要我们能走，什么条件都暂时先答应他们。"莲花说："那就把孩子带上吧？"母亲说："吴家的种儿，我们不要！"老章劝道："孩子还小，怕是离不开母亲。带上吧，否则，我们是不好走的。"莲花说："妈，不带孩子他们不让咱们离开，再说孩子也离不开我。"

母亲不言语了，老章回头向人群说："你们来一个主事的人。"吴老大走了过来。老章说："我们带上孩子可以走了吧？"吴老大想了想，点点头，摆摆手，乡民们闪出一条路来。老章、莲花和母亲抱着孩子向面包车走来，动作迅速地上了车，司机立即发动了汽车，正要启动，突然，吴老奎和老伴儿扑在汽车头前，说："你们不能走哇！等等小三子，他就回来！小三子不回来，你们说啥也不能走！"

汽车又被堵住了，我们再次陷入进退两难的境地。

被采访者自述：

吴家买我花了四千九百元。对他们家来说凑这笔钱也不容易呢，几乎倾家荡产。小三比我大八岁，人样子还行。他对我好，因为我还是个处女，他认为那四千多元花得值，捡大便宜了。

那天夜里是那个要饭老头摸进来，想破我的身子，不成想我的叫喊声被高瘸子听到了，他赶来的时候那老东西正要得手，让他两拳就把老东西打瘫了。他骂："这是个没开苞的黄花大闺女呢，连老子都没舍得破她，留着卖好价呢，你他妈的还想先尝这一口哇？滚！"老叫花子屁滚尿流地滚了，再没敢回来。

第二天，高瘸子就领了吴老奎和吴家三兄弟来相我。小三他爸围着我转了一圈，说我骨架子粗大，干活儿、生孩子都行，挺满意的。吴老大和吴老二简直喜得抓耳挠腮。小三子话少，还有点儿不好意思，可眼睛总偷偷地在我胸脯子上转，我就知道没啥问题了，这一家就是我的归宿了。可我不知道这三兄弟当中的哪一个娶我。

第三天，高瘸子拿了钱就走了，之后我再也没见到这个王八蛋。

我到了吴家后，就被送进一间小黑屋里，门锁得死死的，饭是从窗口递进来的。小三子夜里偷偷摸摸到窗口看我，激动地对我说："甭怕，明天就让你出来，咱们拜堂成亲，你是我的啦！咱俩有缘分！"

第二天果然热闹，吴家大院里吹吹打打，就像真的娶媳妇那样。我被人从小黑屋里揂出来，换了一身半新不旧的衣服，洗了脸，绞了眉，梳了头，就被人送进了新房。那新房其实是一口旧窑洞改出来的，墙上刷了点白灰，窗上贴了两个红色的"喜"字，别的，啥也没有，就算新房啦。我这才知道，吴家的确很穷。

后来，小三子才告诉我他家的事儿。那年，他二十四岁，他大哥三十一岁，他二哥二十八岁，都到了该娶媳妇的年龄，可家里只攒下五千元钱，该给谁娶呢？吴老大要娶，吴老二也要，老三也不让。老大说不让他娶他要杀人，老二说不让他娶他就自杀，小三子就说他先杀大哥二哥然后自杀。这可把个吴老奎愁得没了法子，一算计，五千元连半个媳妇也娶不来呢，那地方娶一个媳妇最少得两万元。全家一合计，就决定从人贩子那儿买个媳妇回来。至于媳妇买回来给谁，到时候再抓阄决定，谁抓着归谁。

这样，把我买回来的第二天晚上，吴老奎两口子就拿旧报纸做了三个纸阄，两张画了圆圈儿，一张在圆圈中间点了一个点儿，谁抓住带点儿的这张，媳妇就归谁。结果小三子手气好，他抓着那张圆中带点儿的，我就成了他的媳妇。

第一天夜里，他就急着想干那事儿，我拼死不让他动。那年我才十六岁啊，还弄不懂是咋回事哩，怕得不行。我俩喘着粗气像牛顶架似的顶了一夜，把他急得呀像只猴子。（笑）

他央求我说："你是我媳妇了，就得让我那样。"我说："这样也不行，甭说那样了，谁是你媳妇，结婚证拿出来让我看看？我是被买来的，这是犯法的！我要回家，我想我妈哩！"说着说着我就哭了，越哭越伤心。小三子慌了，忙哄我，说他再不那样了，我才止了哭。

一连五六天，我都没让小三子近身。他可真急啦，一夜一夜在屋里院里走来走去。他爸吴老奎就知道了，气得站在院子里破口大骂："日她！去，扒了裤子去日她！咱花了五千元钱，买她来，不让日，买她干甚哩！"

就在那天白天，他们一家子把我绑在了炕上。人出去后，小三子跪在我身边对我说："由不得我呀，莲花，你就依了吧，这是迟早的事儿。"我知道这事儿的确由不得他也由不得我，眼睛一闭，横竖由他去了。我听见院子里挤满了人，窗户上也趴满了人，后来才知道原来村子里的人都跑来瞧热闹，就像赶庙会看大戏似的。

那年我才十六岁呀。

刚十七岁那年，就生了个孩子。男娃，不该有的命，只活了半个月。我说过了，咱命不好。（哭泣不止）

幸亏小三子对我还不错……我们有感情呐……所以我离开时也舍不得他……

（根据录音整理）

营救札记：

中午，十二点五十五分。

吴家大院内外，整个一个兵荒马乱。汽车被水泄不通的人流堵住，根本无法移动半步。老章被吴老大带的几个乡民给挟持到屋子里，成了人质。莲花母女俩被一群妇女围住唾骂。我们被困在汽车里，无计可施……现在，唯一的办法就是等吴小三回来了。可他到另一个村子帮人家办喜事去了，谁知什么时候才能回来。

谢天谢地，正在混乱之际，吴小三回来了。

起初，他看见这么多人时愣住了。吴老奎和老章分别给他说明了情况，老章到这时仍格外冷静，说出的每句话都极有分量。他说："吴小三，你是主要的当事人，乱子弄大了，对你没有任何好处！所以，你必须得出面，让乡亲们撤走，让我们顺利出村子。"

吴小三思谋了半晌，终于叹了口气，说："事已至此，就让她回吧！不过，必须把我也带上，我是孩子的爹，我得跟着走。"说毕，把孩子抱在怀里。

"不行！"莲花母亲极力反对，"他算个啥？跟着我们让我们丢人现眼哪，不行！"

"妈，让他去吧！"莲花为吴小三求情，"不管咋说，他也是你女婿呀……"

"屁！我不认！"

"大妈，我看他们感情还不错，让他一道走吧！至于以后咋办，回去再商量！"老章也劝道。

母亲终于做了让步，对莲花说："跟不跟是你的事，反正，回去后我家里是容不得他的！"

老章立即果断地向吴老奎说："孩子和吴小三都跟着一起走，你看呢？"

吴老奎豪爽地一挥手，对众人说："行啦，人要走，咱也不能强留！有小三子跟着，我放心啦！大家让开道吧！"

混乱的乡民这才平静下来，闪出了一条路。

我们的小面包车缓缓驶出了小井子村。

长达几小时的围困已把大家搞得筋疲力尽，口干舌燥，谁也不想多说一句话，全都闷头坐在车座上沉思着。

营救成功了吗？是成功了，可我们做出了很大的让步——吴小三坐在车里，大家谁的心里也不痛快。尽管最后还是他起了作用，给我们解了围，可他毕竟是我们的对立面呀，或者更确切地说，他曾是我们的假设敌。而现在，他就得意地坐在车后，与莲花母子并肩坐在一起。这个事实使我们仅有的一点胜利的喜悦荡然无存。

忽听得吴小三在嚷嚷："快，毛毛拉巴巴哩……"

我们都回身探头看，只见莲花和吴小三正手忙脚乱地给孩子擦屁股。稀屎沾在吴小三的手上衣襟上，莲花忙用纸为他擦着，边擦边心疼地说："孩子让我抱吧，你忙了一上午，够累啦。"

吴小三亲着孩子说："不累不累！你也甭太激动了，当心身子骨！毛毛，咱回姥姥家啰！高兴吗？姥姥家可在大城市哩！爸爸还从来没进过城呢，这回可也走出山沟沟啦……"

莲花用食指在他脑门上戳了一下，说："看把你高兴的呀！"

我们回过头来，面面相觑，哭笑不得。

被采访者口述：

我真的没啥可说的！咱是山哈拉里的一个平头草民，从没出过那山沟沟，没见过大世面，笨嘴秃舌的也说不了个话！要说的，咱媳妇莲花都说啦，她说的比我好，就是那么回事。

头一回到这么大的城市里来，可开眼哩，也开心哩！那彩电大楼、昭君饭店、民族商场……呀呀呀，真不得了，像到了北京一样呢！怨不得莲花每日吵吵着要回来呢！这地方敢情比咱家乡的山沟沟里好，甭说她要回来，连我也不想回去啦！不回啦，死也不回啦，就在这青城住一辈呀！

咋生活？好说，咱有的是力气，打零工呗，当个装卸工甚的，都行！这地方遍地都是钱，可好挣哩！咱挣钱养活媳妇孩子，孝敬老人，再给二哥攒几个娶媳妇的钱……

咱媳妇如今是大名人了，电视、报纸都上过。咱呢，就是名人的男人。人家都说做女名人的丈夫太难，我可不那么看，莲花到了啥时候也还是我媳妇，我俩有感情哩。只要有了感情，连法律也管不着嘛……反正，我以后要好好挣钱，好好和媳妇过日子，绝不亏待她！她也不容易哩，在我家那五年，因为逃跑，没少挨打……其实那时候我也挺疼她，她想家想得不行，那封信就是我让她写的，我拿到乡里发的。要不是那封信，你们如今也找不到她。想找她，难哩！

不说哩不说哩，咱说不来个甚，没瞅见媳妇笑我哩……

（根据笔录整理）

后　记

　　三十年前的今天，我在北京的鲁迅文学院读研究生。那一年发生的事情使我彻底改变了自己的人生观、价值观。说实话，自己算不上是知识分子，而自己更是从来没有把自己当成知识分子。小学五年级便赶上了轰轰烈烈的运动，然后是辍学参加宣传队，成为乌兰牧骑的一名学员，几乎没上过几天文化课，课堂上根本没学到什么知识。后来，在工厂当工人，实在找不到出路了，才拿起笔来写作。

　　曾经有位记者为我写过一篇文章《一支笔改变了命运》。其实，靠一支笔改变命运的人有很多，凭写作升官的有之，凭写作致富的亦有之，但凭写作一直苦苦地坚守自己的价值观而真的把全部的生命投入到文学当中的，有吗？当然有，这样的作家也可信手拈来一大批。在我的心目中，只有这样的作家才是真正的作家！而我，一直也想当这样的作家。

　　对于那些作品中没有自己的信念、没有自己的价值观，只是为写而写、为获奖而写的所谓作家，我是嗤之以鼻、不屑一顾的。作品中如果没有作家对社会的深刻认识、对人性的解剖、对黑暗的批判，那么，无论他获多少奖，他的作品肯定不会有生命力的！

　　那么，三十年前的今天可能是我创作观念发生颠覆性变化的一个分水岭。在那之前，我的创作处于一种懵懂的状态，全凭感觉往前走，也知道写社会、写人性、批判黑暗，但那是一种不自觉的写作。在那之后，我清醒地意识到我应该怎样写了，不但知道我应该写什么，而且知道了我写作的使命是什么。

本集子收录的我的几部中短篇小说就是在这种状态之下创作完成的。譬如《别动那颗小红果》是想表达那时知识分子的颓丧与无奈，当然也有一种心灵上的抗争；譬如《谢幕》，反思自己少年时代所经历的那段岁月，从中寻找出真爱的可贵，同时反映那个时代的荒谬。而《血栓》和《轧》表面上看起来是"改革文学"的样式，实际上我是想通过更深层的心灵探索，把一个表面事件融入对现实黑暗的批判中。

我以为：文学启蒙的功能非常必要，而且行之有效。倘若没有了鲁迅，没有了他那些对国民性、劣根性的深入批判，我们也许至今还在为"阿Q精神"唱颂歌呢，或者对《狂人日记》中那两个"吃人"的字眼儿熟视无睹。

将我所创作的"都市小说"收集在这里，也是我私心的一种表露——我也曾写过都市题材的小说啊，并且有的小说发表在中国最为都市化的大城市上海、北京。这也算是我多年来创作的一种心灵慰藉吧。

最后，还想说明一点：有几部小说其实是写得比较隐晦的，真正读懂它的人并不多。我最大的期望和欣喜就是，你读完了之后可以说：我读懂了！